2013 — 2015年度

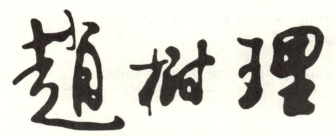

文学奖获奖作品集

THE ZHAO SHULI
PRIZE FOR LITERATURE

山西省作家协会编

山西出版传媒集团　北岳文艺出版社
BEIYUE LITERATURE & ART PUBLISHING HOUSE

·太原·

图书在版编目(CIP)数据

2013—2015年度赵树理文学奖获奖作品集/山西省作家协会编.—太原:北岳文艺出版社,2018.1

ISBN 978-7-5378-5537-2

Ⅰ.①2… Ⅱ.①山… Ⅲ.①中国文学—当代文学—作品综合集 Ⅳ.①I217.2

中国版本图书馆CIP数据核字(2018)第001185号

书名:2013—2015年度赵树理文学奖获奖作品集	编 者:山西省作家协会	装帧设计:张永文
	责任编辑:陈学清	印装监制:巩 璠

出版发行:山西出版传媒集团·北岳文艺出版社

地址:山西省太原市并州南路57号

邮编:030012

电话:0351-5628696(发行部) 0351-5628688(总编室)

传真:0351-5628680

网址:http://www.bywy.com E-mail:bywycbs@163.com

经销商:新华书店 印刷装订:山西人民印刷有限责任公司

开本:720mm×1000mm 1/16 字数:261千字

印张:19.75 版次:2018年1月第1版 印次:2018年1月山西第1次印刷

书号:ISBN 978-7-5378-5537-2

定价:49.80元

目 录

contents

2013-2015年度赵树理文学奖获奖作品

长 篇 小 说 奖

出　口

李燕蓉

颁奖词：李燕蓉的《出口》，具有明显的精神叙事特征，意在深刻地探究和解决当下时代人们带有普遍性的精神病症。作品描写了在市场经济大潮的席卷下，面对着来自物化世界的强烈挤压和各种社会矛盾的制约与困扰，许多人爆发出了各种意想不到的精神病灶。小说试图为此寻找到良好的解决之道，具有强烈的时代特色和深刻的启迪意义。

第一部分　等待寻找

云凌18岁这天，向红专门做了头发。作为母亲，向红固执地认为，只有18岁这一天才是云凌人生另一个成长阶段的真正开始。那天，随着酒精的释放，向红逐渐陷入一种冗长的滔滔不绝的回忆性叙述里，从云凌出生开始，向红把她认为重要的人和事几乎都描述了一遍，也谈到了男人。云凌唯一庆幸的是母亲没有把早逝的父亲统归在那群男人里。

父亲的意外死亡给母亲留下了不少抚恤金，这让她除了生活无忧，还吸引着那些像游客般慕名赶来的男人。但向红偏偏在感情里永远是个幼稚又摇摆的人，她自己也不明白想要什么。她期望一切在女儿身上能得到改观，精心铺设谈话内容，告诫云凌不要相信爱情，但让云凌困惑的却是母亲似乎花了人生近一半的时间去追逐它们，甚至还会更久。18岁的夜晚，对向红来说充满了留恋和仪式感，对云凌来讲却是厌烦和泥泞潮湿的气味。

母亲在18岁夜所说的一切对她没有起到任何作用，不但如此，在25岁那年，云凌甚至有种错觉：她正在步母亲的后尘——陷入盲目而毫无前途可言的情爱里，不可自拔。

第二部分　开始遗失

除了摊在手边这些毫无关联又堆积如山的纸条，云凌没有留下任何一个表明她已经离去的字，潜意识里宁远感觉云凌并没有消失，但偶尔理智又会突然跳出来告诉他——云凌已经没有了。他像贼一样心虚，惶恐，羞耻不安。他担心云凌，但他更担心在第一本书即将出版的当口，因为任何事情的牵扯而导致出版夭折。

于是，宁远选择主动报案，向警察极尽详细地描述了他发现云凌消失后所做的一切，并以精密的措辞做了铺垫，以备事情发生时他可以和这个曾经最亲密的女人摆脱关系。

报案后，负责案件的张胜悉心排查了云凌身边的每一个人：宁远、云凌的母亲向红以及云凌身边的同事、老板，然而案件没有任何进展，唯一能确定的是没有任何迹象表明云凌已经不在了，因为电脑查询云凌没有任何外出记录。

一时间谣言四起，宁远成了最大的嫌疑人。张胜重新分析、跟踪了云凌身边的每一个人，仍然一无所获。然而交谈中宁远对他的审视和心理对峙却让他感到怀疑。后来他有意约宁远吃了两次饭，想在放松防备的情况下探询点什么，但宁远极为谨慎。两人各怀心思，酒没有喝多却都因为处心积虑找话题而显得疲惫不堪，不欢而散。

没过多久，宁远的书终于出版了！"月光开出的花"在顾社长的建议下被改成了"日记上的血痕"。书的第一页和校对稿一样还是写着：爱上她，就像月光开出了花……

这句话原来写在一个发黄的日记本上，不是写在第一页，而是最后，最后一个字用血画出了一个心形。把日记整合成一本书还是云凌的提议。没有云凌，没有云凌的这句话那么绝对不会有这本书。他相信这一生自己一定会写一本书出来，但绝对不是现在，而且绝不会写他的舅舅连升。

那晚，宁远反复摩挲着自己的第一本书沉沉睡去，无梦、无忧。那是云凌走后难得的一个好觉。

第二天一早，嘈杂的敲门声把他叫醒。开门后，有闪光灯闪过，他第一反应是采访新书，然而所有问题却都指向云凌。他逃离般冲了出去，怀疑这只是自己想出名想疯了的一个梦境。小军告诉宁远，这是一周前顾社长制定的宣传方案：以云凌消失为噱头宣传新书。他等待着宁远的责骂，却没想到宁远只是一笑而过，甚至表示赞赏。

果然，宁远的书在媒体的炒作下变得炙手可热。他以"想静一静"为借口延续着媒体的热情。顾社长打电话的口气也变得十分客气，这使宁远第一次感觉到自己如此重要。

新书发布会的场面盛况空前，而发布会前已经有一个栏目专门负责做云凌的追踪调查，名字叫《遇见女孩儿凌》。宁远的书在一周内迅速卖光、脱销，因为脱销，书也变得更为畅销，一切都像是一个滚动着的雪球分分钟就可以看到它在变大、变得更大。

随着宁远和云凌事件的发酵，顾社长的出版社名气也越来越大。小军用公司发的三万块钱付了别克车的首付，杨利民继续存他的钱。《遇见女孩儿凌》栏目采访了和云凌有关的几乎所有人。云凌的母亲向红特意做了精心准备，电视里的她有着美人迟暮般的风采，她还是说了那天和张警官说的话：

"我不相信自己的孩子会轻生，她一定在一个我们看不到的地方安静地待着。"云凌在大家的记忆里成为一个优秀的、懂事的、乖巧的、善解人意的姑娘。

张胜仍然没有放弃对宁远的怀疑。他分别找小军和杨利民从侧面打探宁远与云凌的关系。小军仔细回想宁远这段时间的行为，暗暗怀疑宁远心机深重。他借机约宁远喝酒，并像密探般向张胜汇报了所有细节。杨利民则是话到嘴边留三分，一切回答以"不太清楚"为主。

这些天宁远正精心准备《日记上的血痕》再版。当他带着王律师以客气而疏远的语气协商再版事宜时，小军开始确信是宁远操纵了这一切，从云凌的消失到一切的炒作。王律师扔出两个选择：要么抽卖书的版税，要么一次性付60万。顾社长一时难以应对，只好借故终止，日后约谈。

几天后，顾社长表示要将宁远的书转让给另一出版社，宁远顿时陷入了极度的惶恐。他打电话给小军，那头却是淡淡的冷漠。他开始害怕，甚至后悔请律师帮忙。可是很快，他就推翻了自己的想法，王律师居然通过日记找到了书中的主人公"梁鸿雁"，打算迫不得已时再次炒作，并以此与新的出版商谈条件。

宁远的书同样被送到了张胜手边。对于书里出现最多的"出口"两个字，还有对死亡美好描述的字句，让张胜怀疑，宁远是通过书中传递的思想杀死了云凌。他将自己的推理汇报给领导，并再次约宁远见面。

数月未见，宁远已脱胎换骨。他身着名牌服装，特意将饭店选在城市地标性建筑上，行事做派都颇为讲究。两人握手、寒暄，彼此夸奖了一通便直奔主题。张胜戳穿宁远利用云凌失踪来炒作新书的事实，宁远则恼羞成怒，指责张胜对他的无端猜疑，两人再次不欢而散。

第三部分　剖开

云凌和宁远是在饭局上认识的。刚在一起时，宁远的眼睛总是缠绕在云凌身上，他喜欢用自己的手在她身上游走，喜欢整夜搂着她而睡。渐渐的，宁远偶尔也会嫌云凌的床有些小，除非云凌生气，否则宁远很少再用那样的眼神关注她。和宁远在一起的多数时间里，云凌都是茫然的，不停地分析判断然后不停地来回摇摆，宁远反而成了她最不了解的人。

就在这时，一个叫"午后"的病人走进了云凌的心理咨询室。她详细讲述了自己的一次自杀经历。叙述中，她表现得极其冷静，语调不但平稳甚至是光滑，如果不是事先准备过很多次那就一定有虚构之嫌。而更让云凌疑惑的是，"午后"似乎总能猜透她的想法，笑起来的神态居然与她十分相像，这让云凌感到了些许不安，她从没有想过有一天她会在诊室里遭遇另一个自己。第二次见面时，云凌反复告诫自己：绝不能再那么被动了！然而"午后"整个下午都在描述一种情绪、一种状态，在某个瞬间，云凌甚至以为这是自己的独白。因为被说中而开始心生不安，因为不安又极力抵抗，最终那个下午还是以疲惫不堪收场。临走，"午后"说，过几天来看你的时候，云凌有了一丝苦笑。

出乎意料的是，那之后的一个月里"午后"没有再光顾诊所，直到两个月后一个叫"小惠"的病人到来。"小惠"坚持戴墨镜诉说，云凌无法阻止。"小惠"不知道她与丈夫的关系是从何时发生了改变，他们的离婚在旁观者那里有四个不同的版本，且都曲折、离奇，甚至动人。离婚后，在旁人忙碌的生活中，"小惠"仿佛成了多余。于是，她只身前往另一个城市，在夜灯与鼓点的吸引下不由自主走进了街边的舞厅。她与一个陌生男人环腰而舞，第二天，又应邀跳进了舞池。他们到了小旅馆门口，然而她逃离了现场。

之后，"小惠"逃回自己的城市上班，却发现记忆变得模糊不清。她被同事撞到泪流满面的颓相，游说、说媒、开导的人群从此络绎不绝。偶然间她在街上遇到了前夫和他的女人，那女人至少外表看起来远不如她，她终于很低俗地开心了起来。

故事刚结束"小惠"就起身告别，云凌先是松了一口气，合上本子的时候却突然有异样的感觉冒了出来，但因为要见宁远的缘故，她压制下了自己好奇的推理，也快速地离开了办公室。

那晚，宁远心情很好，和云凌大段描述他即将完成的书稿，云凌却没有说话的冲动。在宁远的叙述里，云凌对未来渴望的心情日渐遥远，甚至心生倦意。更可怕的是她发现自己的生活已经离诊室里那些女人的描述越来越近，甚至开始重叠、暗合。而年少时对母亲所有的耻笑似乎无一例外地全返了回来。她第一次觉察到母亲单独养她的艰难，也想起了母亲在遭遇爱情时，一次次小心翼翼地询问："喜欢王叔叔吗？喜欢李叔叔吗？不喜欢吗？"而她一直心安理得地认为养她只要钱够就可以，包括18岁那晚，从母亲不断回想和不断叙述里谁都看得出母亲的留恋，她却只是一味地应付母亲。她头一次为母亲落了泪，后来抽泣声让宁远有过短暂的清醒，但只有一瞬，拍了拍她的背又沉沉睡过去。

几天后，名叫"小奈"的女子来到了云凌的诊所，她的出现让云凌有了某种错觉，一种相识的、熟悉的、重叠的感觉击中了她。她依旧戴着墨镜，却否认与云凌见过。在"小奈"的叙述中，云凌听到了另一个故事。

刚结婚时，"小奈"和丈夫也过了一段吵吵闹闹、亲亲热热的日子，而当他们决定要个孩子时，许多东西开始一点一点地变了。两人绞尽脑汁，但就是等不来那个小人儿。在父母的劝说下，两人尴尬又郁闷地去医院做了检查，结果是"小奈"子宫后倾、输卵管有些狭窄，这种情况能怀孕但是概率小了点儿。

在这件事情上，公婆并没有说什么，反而对"小奈"更加殷勤。母亲则完全不以为然，一改以往模棱两可的民主做派，强势地找来许多方子助孕。但单独剩下夫妻俩时，一切才变得有些微妙、滑稽。做爱不再是身体的享受，而是制作生命一个不可缺少的步骤，就像应对单位的工作，枯燥、乏味、毫无新意。后来"小奈"主动提出了离婚，却没料到丈夫没有反对，母亲也没有拿出强硬的态度。公婆则误以为小奈不想拖累大家，满是愧疚，还将房子留给了她。事已至此，"小奈"也无可奈何。

离婚后"小奈"通过相亲认识了一个男人，一个学心理学的刑警。初次见面男人就夸她漂亮，说她长了一张妩媚的猫脸，两人很快走到一起，度过了一段亲密而美好的时光。激情过后，爱情还是发生了微妙的变化。赤裸相对时，他也曾对着"小奈"互诉衷肠，谈论出轨的父亲，谈论自己对心理学的热爱，但爱抚中不再嗅到情欲的味道。

半年后，在"小奈"母亲的盛情邀约下，男人勉强赴宴，但气氛却异常融洽。更奇妙的是，从那天起，离婚以来的失眠症状也荡然无存，"小奈"开始嗜睡。母亲敏锐嗅到了"小奈"怀孕的兆头，男人却怀疑她图谋不轨，要以孩子相要挟。无意间，"小奈"发现了男人的日记，叙述中她在爱人眼里完全是一副不知廉耻、平庸无趣的荡妇模样。爱情在怒火与不解中化为泡影。

"小奈"决心打掉孩子，母亲与"小奈"促膝长谈，告诉她糊涂地过生活，才能得到幸福。那天之后，男人也来了，他哭诉对生活和工作的种种厌恶，"小奈"意识到，他还是个孩子。几个月后，当宝宝在肚子里踢腿时，她心软了。原谅，复合，这便是故事的结局。

"小奈"摘下假发、墨镜，摇身变成了理着寸头的"午后"。云凌没有表现出想象中的愤怒，只是抱着胳膊深吸了一口气。叫"午后"也好，"小奈"也好，"小惠"也好，就是个人名。两人相约在甜品店，分享"午后"

的秘密。

原来七年前，"午后"曾是一名心理咨询师，由于控制不了自己的某些念头，不得不放弃这个职业。她怀疑自己人格分裂，认为变换身份向云凌讲述故事，也许就是出于发泄。两人由此展开了一段学术讨论，一切诡异又滑稽。

在度过最初那段从身心到情绪都只有宁远的时间后，云凌惊讶自己与宁远的感觉与"午后"的叙述颇为暗合，她对爱情的意义产生了怀疑。再次见面时，她们尝试着一起梳理云凌的生命过往，"午后"认为云凌的困惑最根本的是她对爱情依赖于多巴胺的分泌这样一个理论深信不疑，如果没有了多巴胺，爱情和婚姻还有坚持的意义吗？云凌对自己和宁远的感情没了信心。

在"午后"的建议下，云凌决定出走考验宁远的感情。临走前，她向母亲说明原委，并为她预排了应对的说辞。她以"午后"的身份通过安检与"七七"见面，开始了全新的生活。

"七七"是"午后"的密友，白天的身份是小老板，开店给人穿饰品珠子，晚上则沉迷于游戏中难以自拔。云凌像姐妹般与"七七"经营小店，忙着，闹着，半年的时光一晃而过。在与母亲和"午后"的定期通话中，她也得知宁远的近况。起初，她幻想宁远会疯一般找寻她，欲生欲死，抑郁发狂，却没想到，他在象征性的短暂等待后就匆匆报案。云凌心痛过，这种痛却在时间的洪流中变得钝钝的，隔了皮肉、隔了锋利。反而是与"七七"在一起的日子变得自由而快乐。

转眼间到了满城飞絮的五月，云凌踏上归途那天，艳阳高照。她先见"午后"再去见母亲，接着便打电话给张胜，去警察局做了简短笔录。当宁远从张胜那里收到结案的消息时，他的心情异常低落。他不明白云凌为什么不第一时间来找他。这个雨夜，他回忆起第一次男欢女爱的场景。他想起云凌的出走，想起小军、出版社，愤恨无比。

云凌一直在等待着她与宁远的最后一次机会，希望宁远跑来追问她事情的原委，可电话始终不曾响起。半年后，宁远新书出版的消息在电视下方滚动播出，无论怎么热闹、忙碌，它们最终都难逃被更为忙碌的脚步所淹没的命运。

　　但，云凌还是看到有水花溅了出来，她的、他的、他们的。

（张乐　缩写）

下柳林

白占全

　　颁奖词：长篇小说《下柳林》，生动反映了抗日战争时期吕梁山区人民在党的领导下，艰苦卓绝、可歌可泣的英雄业绩。作品架构宏大，故事性强，人物刻画真实、鲜活，具有积极的创新精神；融民俗、民谣于作品当中，地域文化特色浓郁。

　　1939年4月18日，柳林张家儿媳金蛋随着拥挤的香客去香严寺烧香祈福。人们行色匆匆、低头不语，近些天来的日本兵成了萦绕在大家心头挥之不去的阴霾。香严寺里，香客们正井然有序地烧香磕头，突然间七架飞机挟着颗颗炸弹俯冲下来，人们都两股战战，四散逃走。紧随而至的密集枪声来自不远处的加八汕，晋19军68师426团正和企图进入柳林的日军进行着激烈的战斗。此时太原已失守，阎锡山同大部队撤到隰县克难坡，调426团到晋西驻防柳林，阻击日寇向南进击。2营3连连长张玉清奋力指挥战士杀敌，战斗一天一夜后已经少粮缺弹，师部下令驻扎于圪台及三交一带的405团向北驰援426团。

　　与此同时有消息传来，日军、伪军将分三路进击柳林，上级要求游击队做好阻击工作。队长张玉骥带领游击队在龙花垣山头设伏，待鬼子刚爬到半山坡，便奋力射击，突如其来的炮火令敌人措手不及，紧接着战士们把大量搅有白灰的干黄土袋扔向鬼子，鬼子以为遭到新式烟幕弹袭击，纷纷溃乱逃窜。龙花垣阻击圆满撤出后，游击队继续在鬼子驻扎地附近执行游击任务，敌疲我扰，敌进我退，不仅浪费了敌人不少弹药，还让鬼子心惊胆战，不得安宁。

此时，国民党与日军对抗的主战场加八迆山头已是硝烟弥漫，张玉骥估计与鬼子交战甚久的阎军已陷入困境。尽管阎锡山不满共产党，但在阎军部队里也不乏弟弟张玉清这样英勇杀敌的好汉，只要打鬼子就应该支援。于是张玉骥当即带领游击队前往加八迆对面山头袭扰敌军以减轻晋军压力，让晋军能趁机安全撤出。游击队战士二不愣带领一个班留在石槽峁，先向鬼子打一通枪再点燃几万响的鞭炮，然后立即撤往艾家坟，用同样的办法诱引敌人火力。日军指挥官山口正为阵地久攻不下气恼，突然又被对面的枪炮声吓懵，以为国民党来了援军，立即指挥炮火射向对面山头，弹尽粮绝的426团随即向南撤退，迅速和增援的405团汇合。张玉骥见诱敌目的达到便很快撤走了。缓过神来的日军再回头向加八迆开火时，早已不见晋军踪影，气急败坏地向柳林进发。

金蛋从香严寺逃回来时受了惊吓，错将张家百岁老爷爷张满德认成蛇精而失手掐死。这张满德原是保定人，大旱逃荒到柳林，被东家高明理好心收留。他实诚勤快善交际，随东家走南闯北赚了不少钱也学到许多做生意的本事，很快在此安下家业，随后生意越做越大，成了柳林一带有名的大商户。他的大儿子逃荒时染病死了；二儿子张青栓做生意被晋军以通共名义杀死，留下两个孩子张玉骥和张玉清跟随寡母长大；现在是由三儿子张青山操持家业。张青山仁义诚厚，但是他儿子张玉飙却是个十恶不赦的恶棍，年轻时在外拈花惹草不知悔改，被赶出家门后又招摇撞骗、欺男霸女，在阎军处捞得个救护大队长的官职，私下却与日本人勾结欺压百姓，被乡亲们戳着脊梁骨骂"汉奸"。爷爷张满德去世，孙子玉骥、玉清、玉飙都赶回来吊唁。此番回来的张玉清因不满阎军部队内风气腐败，带着从加八迪一战中突围出来的兄弟们自立门户打鬼子，自己也做些买卖以供队伍给养。就在举家吊丧之时，谁知已断气良久的满德老汉突然死而复活了，张青山遂把白事改为做寿，又是搭寿棚唱大戏又是设晚宴，好不热闹。然而汉奸张玉飙却邀请驻扎柳林的日军来参加寿宴，宴后德田、吉田几个日军长官聚在戏台前聚精会神地看起戏来。原来张玉骥在回家前就做了突袭鬼子的战斗部署，他把游击队分为两队，一队袭击背当铺吉田公馆，一队袭击龙潭日军总部，天黑后做好埋伏，趁日军长官放松警惕之际，派潜伏人员摸掉岗哨后发起攻击。"喤喤喤啪啪啪"，响彻天际的爆炸声中龙潭总部和吉田公馆双双受袭，待德田、吉田从戏台冲回老巢时，游击队早就跑得无影无踪了。

夜袭鬼子老巢得手后张玉骥撤回驻地，随即要去干部训练班学习，同行的还有漂亮能干的妇救会主任肖琪。路上肖琪掉队险遭人染指，在张玉骥救护下脱险，彼此互生好感。一个月的学习生活让肖琪和玉骥互相有了更深了解，萌发的爱情也在升温。归来后张玉骥一直在思考给游击队增添武器的方法。恰好赶上伪军在马家山一带强逼老百姓拍良民证照片，玉骥认为这是个好机会，于是他事先谋划周全，然后带着队员和当地百姓里应外合，不费吹灰之力就让伪军们缴械投降，得了十来支好枪。这件事让伪军头目贺焕芝、陆彦龙勃然大怒，二人立即彻夜密谋，计划对共产党地下组织和抗日积极分子进行暗杀抓捕。共产党员白明亮、高如龄、康子民等人先后被捕，面对敌人的威逼利诱，他们拒不交代其他共产党员的信息，遂被残忍杀害。紧接着，肖琪和一众宣传抗日的积极分子也遭到抓捕，饱受酷刑折磨也未吐露任何信息，让敌人无计可施。张玉骥得知消息后迅速展开营救，他先和二不愣用包着野大麻籽儿的猪肉丸子毒疯了日军总部的几条大狼狗，然后带着几个精干战士乔装成煤窑工人来到关押战友的铁丝牢前，设下与岗哨鬼子抢鸡制造混乱的圈套，趁乱手刃了看守铁丝牢的鬼子，成功营救出肖琪等人。

在龙门垣一带组织自卫队单枪匹马活动的张玉清，经常保护当地百姓免受日伪侵扰，当地人送了他一个"中离虎"的雅号。靠近年关，两个日本人来村庄打劫，杀人越货、强抢妇女，自卫队痛杀了两个恶魔救下被欺凌的乡亲。加上之前阻挠阎军征粮和多次袭击日军运输车，自卫队早已成为日伪的眼中钉。德田奉命速剿自卫队，势单力薄的自卫队很快就被鬼子包围住，在张玉清准备带领队员冒死突围之际，张玉骥带着游击队赶来解围，使得自卫队成功突围。原来张玉骥得知玉清杀鬼子、截军车、打阎军征粮队已是四面临敌，于是派出队员密切关注鬼子动向。近来日阎达成"友好合作，共同防共"协议，形势对游击队和自卫队都很不利，张玉清在张玉骥的劝说下带领自卫队加入了八路军。玉骥带玉清和自卫队回到驻扎地梁家山村，军民一起热热闹闹地过了个新年。在哥哥的介绍下，玉清认识了妇女干部李改瑛，二人一见钟情，定下终身。几日过后，在游击队和群众送别下，张玉清带着新参加八路的三十名自卫军战士向八路军晋绥特务团驻地进发。

鬼子龙潭总部受袭后，德田把总部搬到了三郎堡，将柳林城周围用铁丝网网住，且在周边广设岗哨、大建碉堡群，完成了对柳林的全部控制。德田对上次围剿自卫军失败一事怀恨在心，纠集离石、中阳的日军向北山抗日根据地大举扫荡。德田带着日伪军1000多人先来到石家峁，游击二中队立即组织群众转移并自做诱饵和日伪军周旋。德田追击，队员便三五人一组，化整为零，分散活动，袭扰日军，保护群众。德田逮不着游击队，就对路过的白家塔村、石洞门村进行扫荡，群众被抓住押往二郎庙审讯，德田从群众嘴里未得到丝毫关于共产党和八路军的消息，气急败坏地大开杀戒，整个二郎庙内瞬间血流成河。张玉骥速派人向八路军特务团报告鬼子扫荡情报，随即带着二不愣摸掉山头最高处的两挺轻机枪，将枪口对准二郎庙的鬼子扫射起来，埋伏在石洞门后山的战士们也向着鬼子射出愤怒的子弹。德田担心遭到八路军和游击队的打击，假意撤出石洞门后又重返石家峁。另一路中阳日军在陆彦龙伪军的配合下，烧杀抢掠无恶不作，用烟熏死了躲藏在山洞内的70余名群众，一路扫荡也向石家峁集结。石家峁的日伪军越聚越多，不断有群众被残杀。游击队势单力薄只能袭扰敌人、转移群众，没有力量给敌人以创伤，幸好接到情报的特务团连夜赶来与游击队汇合。三天扫荡过后，疲惫不堪的鬼子正分批撤出，中阳日军前脚刚撤出，特务团一营便向还未撤走的德田军队发起猛烈攻击。游击队利用地形的掩护悄悄靠近鬼子，赶在返回救援的伪军到来之前快速从东侧背后痛击德田，德田听到东面山头机枪的嚎叫声，以为八路军援军到了，自感受到两面夹攻无力支持，不得不退出山头阵地。等救援的伪军抵达，德田已灰头土脸地撤了下来。日伪撤走后，特务团战士和游击队队员展开了解救安抚群众的工作，妇女干部肖琪与李改瑛也赶来帮群众一起重建家园。李改瑛见到随特务团作战而来的张玉清，二人情意绵绵，难舍难分。

张玉清回到特务团后整日训练，他带的战士个个训练有素，赢得全团将士认可。团党委决定在柳林建立情报站，让张玉清以阎军逃兵身份承叔叔张青山商会会长荫凉，在柳林开家商铺打入敌人内部了解日伪动态，并派遣游击队厨师马月季作为玉清的单线联系人，不得向任何人泄露。张玉清接受任务回到柳林，以吉玉饭店作掩护，与德田、佐藤等日军长官，陆彦龙、董翻译等一众伪军汉奸假意打得火热，趁机秘密搜集情报。先后向游击队驻地传送了日军送军粮、煤窑驮炭、袭击县委驻地官庄垣等一系列情报，使得游击队每次都能提前设伏，大大阻挠了日军的侵略计划。日军长官佐藤在玉清的策动下成功逃脱敌部，去延安参加了日本共产党创办的反战同盟，并给柳林捎回了洋洋洒洒的《告柳林日军弟兄书》，使日军内部军心动摇，反战情绪高涨。尽管张玉清饱受柳林乡亲、家人以及爱人误解甚至唾骂，但他还是默默地做着地下情报工作，为打击敌人贡献力量。

张玉骥的游击队一直缺乏武器弹药，难以对付装备精良的日伪军。于是他派游击队战士去八路军兵工厂学到了制造爆发雷和安装地雷、手榴弹的技术。有了自制的充足弹药，游击队在好几次阻击战中不费吹灰之力就大获全胜，使得德田愤恨不已又无可奈何。

张玉清一边凭借着和日伪、汉奸们建立起来的良好关系继续收集情报，一边给本质不坏的伪军做思想工作劝其反正。玉清成功劝说陆彦龙的中队长杜金及其手下伪军弃暗投明，派马月季将该情报速传给游击队。张玉骥当即做出部署，武工队负责在三郎堡救出被捕伪军，五中队负责对香严寺后梁碉堡发起佯攻，火力很猛，做出八路军要攻陷二分哨碉堡的样子以吸引德田出三郎堡增援，减轻武工队救人压力，待从三郎堡救出人后撤出战斗，二中队牵制一分哨碉堡里的敌人，三中队在二郎庙后山迎接杜金。趁着陆彦龙二婚人员混杂，一切计划得以顺利进行。五中队对香严寺二分哨碉堡的猛攻成功吸引了三郎堡主力，武工队顺利救出被捕伪军，三中队也掩护伪军二中队顺利从二郎庙撤了出来，杜金及众伪军感动不已，当即决定加入八路军积极抗日。等德田意识到中了八路军的调虎离山计时为时已晚，紧急返回三郎堡，又中了武工队布的地雷阵，真是大快人心！

得知伪军二中队顺利撤出二郎庙，张玉清兴奋极了，昨日被二不愣误解为汉奸的愤懑压抑之情得到宽慰，随即又开始思谋着如何从德田那里得到毒气弹运送情报。张玉清加紧和德田走动，当得知幼时玩伴马萍萍是德田的姘妇时，玉清苦口婆心一番劝说，萍萍也深明大义，趁机获取了鬼子运送毒气弹进攻陕北的具体时间和车辆情况。情报迅速传送到游击队，张玉骥连夜酝酿出一套成熟的作战方案，次日带领游击队在鬼子运送路线上做好埋伏，打了一场漂亮的伏击战，销毁了威胁河西根据地人民生命的毒气弹，严重挫伤了日军的军事力量。

德田奉司令部之命，连夜抽调各碉堡驻军去参加对晋绥边区的扫荡。张玉骥得知后决定趁鬼子内部空虚之机，在其后院狠狠放把火吸引鬼子回援以减轻根据地压力。他审时度势，决定先打掉卧龙湾碉堡和上白霜碉堡。玉骥通过给碉堡担水的王自来了解到卧龙湾碉堡内鬼子的布防情况和活动规律，认为天半明是最好的进攻时机。第三天天半明，游击三中队分成两组，一组割断鬼子通往柳林的电话线，警戒寨东碉堡鬼子动静；二组选择有利地形把守，割断两碉堡间的电话线以封锁消息，监视上白霜碉堡敌人动向并等待卧龙湾碉堡摧毁信号。游击二中队一部分人迅速收拾了堡楼里的鬼子和伪军；另一部分人配合区民兵中队守住吊桥做好接应。王自来做内应，挑进去水后观察到鬼子无异常现象，迅速给隐蔽着的玉骥一行人信号，队员们快速闪进碉堡，抢夺枪支，解决了地窖里的鬼子，退出时用地雷炸毁了碉堡暗道。三中队二组听到卧龙湾碉堡爆炸后，迅速移动到上白霜，趁敌不备立即包围了碉堡，堡内伪军见大势已去纷纷投诚。一连拿下两个碉堡，士气大涨，张玉骥谋划好作战方案，吩咐队员们部署好地雷阵，又趁热打铁攻下"硬骨头"李家垣碉堡及南梁碉堡。游击队连续拔掉鬼子碉堡四座，迫使扫荡晋绥边区的离石、柳林日军撤回，大大减轻了前线压力。

扫荡晋绥边区的柳林日伪军撤回时伤亡已超过三分之一，又加上碉堡被炸，损失更加惨重。游击队割断柳林鬼子所有的电话线，切断了鬼子与外界的联系，在鬼子碉堡周围利用地形构筑封锁线，全面实施地雷攻势。不几天，其余几个碉堡均已被壕沟及地雷封锁，日伪军蜷缩在碉堡内不敢轻举妄动。柳林这边的地下工作也有条不紊地进行着，张玉清劝说汉奸张玉飙手下二中队队长刘堂焕弃暗投明，游击队收到情报后成功接应救护二中队。然百密一疏，二中队的疤脸猫儿子未投诚反倒去德田那里告了密，玉清身份暴露，被捕押到三郎堡总部。德田对玉清威逼利诱，甚至将玉清母亲杏儿连夜绑来威胁，遍体鳞伤的张玉清也未透露半点儿共产党机密。德田恼羞成怒，将玉清母子残忍杀害。听闻母亲和弟弟惨遭敌人毒手，张玉骥心如刀绞，暗暗垂泪，毅然带领游击队端掉了鬼子的寨东碉堡和香严寺后梁碉堡。知晓玉清的真实身份和死讯，改瑛痛彻心扉，对自己当初冤枉爱人并撤销婚约悔恨不已。玉骥、肖琪、改瑛、二愣子为玉清母子掘墓立碑，祭祀哀悼。

此时国内外战局也发生重大变化，电报传来"苏联红军出兵，日本人投降"的喜讯。为了防止阎锡山军队抢夺胜利果实，张玉骥带着五中队和民兵去对付阎军，二不愣带领三中队切断日军退路，堵截其潜逃。德田把柳林交给陆彦龙和张玉飙后，趁着夜色被张、陆二人护送撤出时遭到三中队猛烈射击，骑着高头大马的德田瞬间被击毙。9月5日拂晓，一声清脆的枪声划过透着微微光亮的天空，解放柳林的战斗正式打响，伪军们要么投降要么被击毙，陆彦龙被活捉后吞金自尽，张玉飙、猫儿子等汉奸叛徒们被判处死刑枪决。柳林乡亲们欢欣鼓舞、奔走相告。作战成绩突出的游击队被改编为八路军一个营，张玉骥担任营长，改瑛、肖琪也参军被编入其中，随军向晋中挺进。张玉清的英雄事迹被人们编成民歌在柳林一带广为传颂，柳林街头也恢复了往日"小北京"的繁华热闹。

（孙蓓佳 缩写）

夏

许大雷

颁奖词：许大雷的《夏》，格局宏大，篇幅厚重，涉及社会层面广泛。小说通过鲜活的故事和生动的人物形象，阐述了中华民族根祖精神和对当代人的影响。作品关注现实，富有时代感。语言独特，结构合理，内容引人入胜，具有浓郁的黄河文化特色。

　　作家裴黄的童年是跟着爷爷奶奶在河东老家度过的。那年父亲裴文怀被打成右派在省城唐城劳改，母亲王曼凤为了参加"大跃进"炼钢把他送回黄河边上的裴王村。爷爷裴旺才，外号"能不尽"，喜爱唱诗，还是曾经的"武秀才"，他在每年黄河涨水时常会救下许多人。裴黄人生中最重要的朋友郭笑，幼年时就生还于裴旺才之手。裴黄在河东裴王村最深刻的记忆有二：一是每年夏季刚过，河水下落时，纷纷下河滩捞煤的滚滚人流；二是在黄河摧枯拉朽、天塌地陷的声音中，爷爷裴旺才"坎坎伐檀兮，寘之河之干兮，河水清且涟猗。不稼不穑，胡取禾三百廛兮……"的唱诗声。

　　裴黄9岁后被父母强行从裴王村接到大王庄生活了六年，直到15岁，因为父亲是右派，无法上县城里的高中。裴黄的家族——魏州裴家是个读书世家，出过很多才子，家族里对待他上学问题的态度高度统一，因为他们都懂得"劳心者治人，劳力者治于人"的道理。于是家里人决定让裴黄给河东地委文管会工作的叔叔裴孝怀当儿，到河东中学读书。就在那一年，他跟着爷爷翻过中条山来到了河东中学——这是一所有大学气派和数千年历史气韵的省内名校。解放以来，不管是抓教育还是搞革命，一直是典范，常排区域第一。入学第三天，他便认识了来河东中学深造的地委通信员郭笑。裴黄自小饱读诗书，故而写的文章也是文采斐然。偏偏这郭笑也是惜才之人，于是两人很快交好。

郭笑是地委周运康书记的通信员，常常带裴黄来地委大院长见识、改善生活，裴黄也不时给郭笑修改文章以助其在报刊上发表。一次周书记临时来河东中学视察，校长司马宏图要给周书记准备一个讲话稿，于是郭笑就推荐了裴黄。裴黄果然不负众望，得到了周书记的赏识。高中一毕业，他便顺利地来到地委秘书办工作，成了郭笑的同事。做了秘书办文书后，他的文学创作激情大增，诗歌、散文、小说不断问世，被领导誉为大作家。秘书办的几个年轻文书及郭笑都成了他的助手。书记与秘书比翼齐飞搞文学成为美谈，但是郭笑却因嫉妒而愤怒了，他认为裴黄过河拆桥，是个十足的势利鬼。裴黄自知解释不清，于是在那个冬天他背起行囊，离开了郭笑和地委大院，去考大学。

裴黄的行为激怒了地委，郭笑也因此受到牵连而被赶出地委大院。那个深冬之夜裴黄不知去向何处，是高中同桌马卫东收留了他。然而此时马卫东的父亲却因政治问题被抓进了大牢。尽管马卫东悲痛欲绝，但还是将裴黄留在家中让其安心复习。复习期间，马卫东大闹法院被抓，郭笑前来找裴黄商量营救对策。在裴黄高考前夕，郭笑托人隐秘地安排了一次会面，三人放声大哭，义结金兰，决定此后共同为伟大友谊和理想奋斗。

第二年3月，裴黄成为省城河东大学中文系的学生，而三年之后的秋季，一个西装革履、气宇轩昂的人又重新站在他的面前，竟是郭笑。多年后，马卫东也成了河东首屈一指的企业家。在较量中相互保护，在保护中相互较量，郭笑、裴黄、马卫东三兄弟长达半个多世纪的情义就是这样形成的。

自称"混混"的小桃在北京文化圈里是个活跃而神秘的存在。她不仅是北大历史学教授古兰卜的得意门生，且还是北京各行各业、各个圈子策划、创意、研讨会议的座上宾。小桃的人脉颇广，在她吊儿郎当的外表下却潜藏着拍一部真正红遍中国的根祖文化大剧的野心。这样的想法源于她与中国历史人文学科泰斗级人物童波先生的一次会面。童先生认为河东就是华夏根祖之地，是一片拥有几千年文化和故事的沃土，他希望河东这片土地能让更多人了解熟识。童先生的话打动了小桃的心，她决定以这个足以震惊中国和世界的题材拍一部名为《大河东》的根祖大剧。童先生见她颇具慧心且性格惹人喜爱，于是收其做了关门弟子并认作干女儿。童先生建议小桃创作《大河东》最好去唐城找自己的侄子裴黄合作。小桃欣喜万分，直奔河东。

小桃带着导演唐季宇、编剧卫老师从北京来到唐城，见到了"感动中国十大人物"之一的河东纪检委常务副书记郭笑和童先生侄子、河东才子裴黄。小桃看了裴黄作的《大河东》六十集电视剧策划案，仅是一开头就把她深深吸引住了：

"大河东就是黄河之东，是中华民族太阳升起的地方，这里数千数万年之前云集着我们华夏创世的先祖，但我们要写的却是活着的祖先，要通过他们表达中华民族生生不息的民族动力，解读全人类唯一的一个文化香火不灭的文明传奇，而这个传奇里不仅有当今正名震中国的郭笑，还有更多富有神采的人物。"

小桃对裴黄的敬仰之情溢于言表，一下子拉住他的手，央求裴黄再多讲一点儿河东那片土地上的事情。于是裴黄讲起了童年在裴王村黄河滩边捞煤的往事。

茶余饭后，郭笑招待北京一行贵客来河东省最豪华的歌厅唱歌。除了河东蒲剧大师王蓝婷的《窦娥冤》之外，郭笑认为中国只有一首歌才能与之媲美，它就是《父老乡亲》。听这首歌时，郭笑表情非常神圣，挺胸闭眼，双手有节奏地在双膝上打着节拍，然后慢慢流下眼泪，他的样子俨然是天下父老乡亲的孝子。几十年来，从地委通信员到地委秘书，从县长到县委书记到河东市委副书记到河东市市长，然后到感动中国的十大人物，到省信访局局长，到省纪检委常务副书记，郭笑53岁，为官已经三十年，他以处理信访案件的业绩誉满全国，但他更多的只认识基层百姓，他常常给老百姓下跪，老挂在嘴边的一句话也是"当一天官，就要为老百姓办一天事，哪怕明天摘掉乌纱帽"！

与北京一行贵宾会晤结束后，《大河东》的创作和拍摄事宜初步定了下来。裴黄突然接到郭笑电话让去他的家里坐坐。裴黄猜到一定有事，于是准时赴约。到了郭笑家中，郭笑两眼含泪地告诉他："根娃，我是你喜子哥。"原来郭笑就是当年被爷爷裴旺才在黄河滩捞煤时救起的孩子喜子，后来喜子认了恩人裴旺才做干爷爷，认了裴黄做兄弟。之后因为裴黄父亲被打成右派，两家人的来往就少了。郭笑泪水后面是裴黄四十多年来都没再看到过的喜子的那张快乐而倔强的脸。听着郭笑反复说着"咱们是兄弟，咱们是真兄弟"，裴黄却始终晕乎乎的，并没有意料之中的欢喜和激动，相反有点儿不知所措的慌张。

往往这种时候，他会想起那个面色苍白、体态柔弱、姿态优雅、善解人意的女人，她叫于洁。面对于洁，他心中总是充满讲故事的欲望，一般都是借杜撰的名义讲自己的事情，而且一讲就不可收拾。

"根娃"和"喜子"重逢激动过后。郭笑敏感地想到裴黄一家人过去的政治身份，他突然产生了一种深刻的担心，好像两人之间突然打进一个楔子，使他们三十年来的关系突然出现了裂缝，他不得不找那个人聊聊。他知道这是对裴黄的一种伤害，但这会儿拍《大河东》是件大事，于是他必须听那个人说说，看看老朋友裴黄是否能用。

郭笑现在是省内高官，马卫东是河东集团董事长、河东首富，俩人干得都挺辉煌，但郭笑打心眼里还是看不起马卫东这个挣钱的，他崇拜裴黄。但今天他要了解裴黄，心里特别纠结，就好像做贼似的，但为了大事他不得不这样。当年他评选"感动中国十大人物"时，就是因为那个人的一句话他才成了众所周知的精英。

当裴黄摁响于洁的门铃时，门铃的话筒里传来一声"请叫于老师"，那熟悉的声音来自老朋友郭笑，他真希望自己听错了。裴黄进来后被请至楼上稍等。

郭笑询问于洁好些关于裴黄的问题，他想知道裴黄是否适合做《大河东》的编剧。于洁说，裴黄是不二人选，但是此时在楼上将二人对话听得一清二楚的裴黄心里却经历了一次大地震。郭笑对自己的猜忌以及为什么他会认识于洁，成为刺痛他神经的利器。

小桃、唐导一行人回北京前与裴黄、郭笑的秘书石遥正在马卫东的河东会馆内做剧本讨论，这时传来郭笑遭遇麻烦的消息。下台的国企老总万润民全身缠着炸药劫持了一位老人上了省委大楼的观光阳台，郭笑正准备乘直升机上去和他谈判。郭笑上去之前想给裴黄和马卫东各打一个电话，但是马卫东和裴黄已经上气不接下气地跑到他跟前，兄弟三人头扎在一起商量起对策来。

一架直升机降落在省委大院，郭笑拉着马卫东登了上去，等到靠近万润民时，郭笑用话筒喊道："万总，我和全省著名企业家马卫东两人代表省委给你们解决点儿问题。马总愿意收留咱们唐纺下岗职工中有工作能力的员工到他的企业工作，至少可以用几千人，你要是不相信，一会儿下来咱们就签合同，保证工资待遇不低于省城的中高档水平……"万润民激动得不住道谢，慢慢解下了身上的炸药。

裴黄站在楼底下心脏异样地跳动起来，因为他认出了那个老人竟是自己的爷爷，河东著名的百岁老人"活神仙"，他以不厌其烦地上访而出名。裴旺才106岁，耳不聋眼不花，记忆力极好，继承了河东人爱告状的传统，告了大半辈子状，但他告的是日本人和严立本，这让信访局的人哭笑不得。郭笑顺道认了亲，这幼时挽救他生命的干爷爷。

裴黄开车送爷爷回河东老家，于洁和河东商院老师王图想见识见识河东风采，于是顺路一道来了。路上裴黄为他们讲述河东的历史和文化，沿路所过之处几乎处处都有故事，而且都是几千年的大故事，这让于洁、王图二人一路上惊喜不断、感受颇多。将爷爷送回后，裴黄便与马卫东开车翻山，带着于洁、王图一行人开始实施考察计划。他们先后游历了后州的"中华后土祠"、马卫东的老家万泉、历山舜王坪。这一路上的风景区都是马卫东河东集团投资的旅游产业。路上大家讨论着河东人特有的那股劲儿——"zeng"，中国没有这个字，但河东老百姓口头上经常这么说。众人一致认为"zeng"即是河东人那种谁都不服，谁都认为自己天下第一，好像天生就是胜利者的那股精气神。当裴黄、马卫东一行人畅游河东时，身在唐城的郭笑却因一件事坐卧不宁，也驾车奔驰在回河东的路上。

省纪检委书记唐耀祖车祸身亡了，而肇事者竟是河东市夏州县县长柳随季！原来是柳随季在高速路上行驶时突然发现前面竟是唐书记的车，于是想要上前打招呼拍马屁，结果一兴奋油门踩过了，直接把前面的车撞到了高速护栏上，唐书记当场死亡。郭笑就是为这事回来找裴黄、马卫东的。郭笑先找了裴黄，说在收拾唐书记办公室时发现一千多万赃款，暗示这是一次上位之机，裴黄对官场不甚了解，只让他抓住机会即可。郭笑接着又和马卫东会面，马卫东表示全力支持，并答应在下面帮着活动活动。郭笑走后，裴黄和马卫东也深谈了一番。

其实马卫东对郭笑怨气很深，当年他在后州起家时，制假农药入狱，本来希望当时作为县长的郭笑能帮自己一把，结果郭笑竟认为马卫东应该仗义地做出牺牲。铁面无私、六亲不认的郭笑曾经就是这样踩着马卫东高升的。之后马卫东干成了，郭笑当市长、进省城，这一路上马卫东出了不少钱，使了不少手段，但也都无怨无悔。马卫东还向裴黄表示想成为《大河东》的投资方。这次谈话效果出奇的好，二人都有些意犹未尽。

回唐城之前，裴黄带着于洁、王图见了一些故人。首先拜访了当年在河东中学读书时的老校长司马宏图，他在校园里看到自己的相片出现在1977年文科状元的光荣榜上，回忆夹杂着激动一齐涌上心头。司马校长虽然退休了，但是一直关注着当年从自己手上毕业的所有学生，临走时突然对裴黄说自己听说近几年裴、郭、马三人关系不和，希望他们兄弟三个好生相处。裴黄大惊，奇怪是谁传的这个谣言。然后他去看望了老书记和当年在地委工作时的一些领导和同事们，最后还约见了几个大学同学。

裴黄这次考察，本来是想激发一下创作《大河东》的灵感，却鬼使神差地听到了三人有矛盾且闹得不可开交的谣言，他心里特别窝火，更感到奇怪。他很想找人聊一聊这事，这当然只能找于洁，但是，半个月来，他越来越不想和于洁坐在一起说话，甚至对她有点儿反感和警觉，于是他一次又一次地忍住了找于洁说话的情绪。

马卫东自见过郭笑后便一直在为其顺利上位而活动。马卫东当年造假农药入狱期间与一位北京腔的黄姓哥们交好，马卫东多年来与黄先生保持亲密联系，这次他便想通过黄先生的关系为郭笑升迁做做铺垫。他见了黄先生后，留下了一个信封，信封里是一套煤矿馈赠手续。马卫东的发家史可以说是一部苦难史，但是这人身上自有一股河东人的"zeng"劲儿，并且头脑聪明善于经商。他的商业版图绝不限于河东省，他的野心是让河东人占领北京，走向全中国，所以他给他在北京的公司起名叫华夏国际。

小桃来到唐城找到裴黄，希望能去河东再寻一些灵感。裴黄开着小桃的车直向河东驶去。二人先去蒲州，游历了"天下第一楼"鹳雀楼、"天下第一陵"舜帝陵、"天下第一情"的发生地普救寺。接着去了"天下第一盐"的解州盐池参观，随后在来到"蚩尤村"，竟然碰见了郭笑。原来这"蚩尤村"就是郭笑的老家，他这次回来是为家乡的父老乡亲发月饼的。裴黄与小桃轮换着开车，两天昼夜兼程，跟着郭笑一共看望了127个"特困、特冤、特老、特麻烦、持续时间特长、影响特大"的"六特"上访户，给他们送了月饼，所到之处，老百姓全部下跪，感激涕零。郭笑把他们扶起来，以同样的方式回报，告别的情景恋恋不舍。第三天小桃实在受不了跟着郭笑没命地跑，就与裴黄一起以考察采访为名告了别。郭笑嘱咐裴黄回去一定给他这次送月饼写点儿文章，并要求裴黄为他录制的送月饼电视片配词。接着裴黄和小桃去了平州以及裴父裴母居住的大王庄。这一路上，裴黄、小桃渐生情愫，二人感情迅速升温。

这年冬天的一个清晨，裴黄写完了长篇小说《大河东》的最后一个字，由于三个作家的配合，同时他又完成了60集电视剧《大河东》的剧本创作。一月中旬，小桃以制片人和总编导的双重身份，带领《大河东》摄制组来到唐城。剧组的阵容特别强大，其他像监制、策划、编剧、导演、出品机构、策划机构都是国内一流配置。小桃满意极了，裴黄更是惊讶异常，他没想到小桃竟有这么大的能量。开拍之前，裴黄一再强调尽管这是一部根祖大戏，但它绝不是历史剧，而是一部深度反映华夏根祖精神的现代大戏，是一部史诗性的人文大戏，是一部有关河东三个同学朋友的命运大戏，他们不是血缘意义上的兄弟，而是文化意义上的兄弟，文化传统是他们共同的成长之母。这部剧是要让先祖的精气神在今人中活起来，活在今天河东人的肢体上、语言上、长相上、表情上、思想上、情感上、性格上、行动上，给全中国和全世界的观众呈现出一个精神不死的文化人种。在多方协助下，《大河东》的拍摄过程非常顺利。

郭笑担任了代理省长一职，每天都陷在文山会海之中，他找不到当省长的感觉，于是怀念起当小官的日子。他觉得那时候如鱼得水，有当官的感觉，能为老百姓办事，能实现为人民服务的理想，兑现执政为民的诺言。可当代省长几个月来，他觉得自己像个木偶。而马卫东从美国考察一番后决定要在河东建一座华夏公园，正当他大胆策划时，他的洗浴中心经理发消息告急，警察从洗浴中心光溜溜地刚抓了一百多个小姐和一百多个嫖客，省市电视台的记者扛着机子正成群结队地跟着拍呢。紧接着马卫东便戴着手铐被押送出河东会馆，他面对小姐们的指控，生气得像一只发怒的狮子。一百多个小姐告得有鼻子有眼，还都有河东集团的工作证，这明显是社会上有人盯住了自己，企业内部也出现了小人，他发誓要查出幕后陷害自己的元凶。

于洁约裴黄商量营救马卫东的对策，但裴黄对于洁已不再信任，故二人商量无果。一天夜里，裹得严严实实的郭笑溜进关马卫东的房间，当面甩出一个信封，马卫东定睛一看，竟是当初自己送给黄先生的煤矿手续。郭笑冷笑着说："你的好意我领啦，在此谢谢，但是，这个手续是假的！"马卫东顿时眼冒金星，半天才真正明白发生了什么事。郭笑随即派人将马卫东从房间中接出去。

这年春节期间，60集的华夏根祖现代人文大戏《大河东》成功地播放在黄金时段，使这个"年"成为"《大河东》"年"。裴黄带着小桃回到河东老家过年，小桃更充分地感受到了节日中河东的浓浓的风土人情，也了解了裴家几代人之间的故事和恩怨情仇。《大河东》大获成功，在全国范围内反响不凡，作为主创，裴黄的知名度也迅速提升。裴黄又回到原来曾就职过的《金色年华》杂志社出任总编。开始创作《大河东》一两年来，三个老同学老朋友每个人身上都发生了许多事，但是大家一直都忙着没顾上在一起坐坐，裴黄便约了郭笑、马卫东去河东会馆谈谈。

裴黄提前到达，却不经意发现郭笑在和于洁密谈。郭笑向于洁抱怨《大河东》本来主要是要讴歌"郭笑"这个党的领导干部形象的，结果播出后对其的社会讨论却很少，反而作为编剧的裴黄却实实在在地火了，他觉得裴黄的创作和策划背着他"藏"了一手。裴黄扪心自问，觉得自己在对郭笑、马卫东两个人物的塑造上，没骗过他们，他真的是那样写，他们在剧中就是活着的祖先。接着郭笑又向于洁抖开了马卫东用假煤矿手续替他活动的事情，裴黄对此一无所知，但于洁好像对郭、马二人的过节一清二楚。郭笑还暗示于洁，让她一定从裴黄手中把华夏公园的策划宣传抢过来，于洁也表示会在人代会对郭笑代理省长正式选举时下点工夫。裴黄心里酸痛地叹道，三人的关系竟到了这般地步！于洁借着司马校长之口一次又一次地传播着郭、裴、马三人有矛盾的谣言，并且散播一些关于裴家家族的隐秘事情，这让裴黄十分愤怒，他觉得于洁简直就像克格勃，愈来愈可怕了。

马卫东的助手王图办事得力，很快抓住了陷害马卫东的几个小喽啰，就在进一步盘问马上有眉目时，小喽啰头目却遭了黑枪，一枪爆头致命。这越发让人感到幕后真凶的神秘可怖！另一边，郭笑在电视上讲话，要大力整改煤炭企业、地产行业以及娱乐服务行业。马卫东嘲讽地笑了笑，郭笑这大刀阔斧是要狠狠地向着他劈头盖脸砸来呀！

清明节前一个月，按照裴黄的策划，"中国华夏文化节"已经开始在全国和世界宣传，"河东"这个地方被炒了起来，成了社会的关注焦点。因为这个文化节，郭笑、裴黄、马卫东三人又走到了一起，行政、策划宣传以及投资几方面的精准把控使得这次"中国华夏文化节"圆满成功。专家学者大加赞誉，旅游团和考察团纷纷来到河东乡间，越来越多的商业投资和订单也砸向河东，改革开放三十多年，日益冷清的河东农村突然繁忙热闹起来。马卫东的华夏公园事业也因文化节得到了实质性的推进，可以说这次文化节借着《大河东》的余潮又大获成功了一把！然而文化节后所有的参与人员都收到一条恶意短信，短信上说，网上正铺天盖地攻击这次"中国华夏文化节"，把举办这次活动的中央及省市机构、投资方、策划者等全部在网上告了。告状的总标题是《状告大师，质问河东！》，副标题是《华夏之根，谁之劣根！》，还说网上痛骂《大河东》以来全国文化上的寻根热潮，认为这是一次全国范围内的、有组织有预谋有计划的阴险的功利炒作行为，并指名道姓地贬斥所有参与的专家大师都是功名利禄的走狗，认为他们是借文化之名出个人之名，名为利华夏，实为利自己，是给中国、给中国文化界、给华夏文化抹黑，甚至说这是一种犯罪行为。

风云突变，幕后黑手到底是谁？

一则新闻把裴黄惊呆了：一个小偷深夜到唐城一处别墅行窃，被女主人发现，情急之下将女主人打晕，然后提着一个沉重的皮箱逃之夭夭。而这遭到毒手的女主人正是于洁！深夜时分，王图头破血流地提着一个皮箱来到裴黄住处。原来王图早就觉得于洁可疑，每日开车潜伏在于洁家附近观察，于是正好截获那个小偷手中的赃物。皮箱里有上百本日记，里面指名道姓地记录着于洁几十年来与省内外许多名人、要人的来往，记下了他们在政治、经济、感情、友情、普通交往上的很多秘密，以及于洁对他们每个人很阴毒的看法，包括她在每个人身上都惦记着的东西。这箱日记要是公布出来，牵连的人不在少数，定会在社会上引起轩然大波。裴黄让王图把日记里认识的名人、要人的片段全部复印了，按年份装订成册，每册上面都印上"于洁日记"字样，然后匿名寄给他们。

于洁无力承担这样大的后果，毅然决然地走进南海自杀了。

郭笑、马卫东看了于洁日记后都觉得，这几年唐城发生的一些和河东集团有关的事情是有人在破坏河东人的团结，肯定是想达到什么目的，恶意造谣是小，关键是一步步阴险的行动。郭笑、马卫东二人也因煤矿手续一事渐生隔阂，谁也不想再与对方交流、解释、道歉，哪怕摊牌，于是决定各干各的，各安天命，成败荣辱今后都与对方无关。马卫东突然顿悟，他再也不准备与郭笑纠缠下去了，他想真正当一次企业家，不靠官，不沾任何人的光，看看官和企业家谁更厉害。

唐城发生了一次八级大地震，郭笑在抗震救灾中立下汗马功劳，再一次成为民间英雄。裴黄已跟着小桃迁居北京，小桃已经成为他的妻子，并为他生下一个儿子。郭笑和马卫东联手设局，将潜藏在幕后的人一个一个都揪了出来，这些人物不是太小不值得计较，就是太大根本不能碰，二人决定罢手算了，但让人寒心的是这些背后插黑刀的人很多都是当年他们帮助过的对象。有些事恐怕永远也查不出来了，因为不能查，比如黄先生那套假的煤矿手续，那几个亿，那次一弹致命的黑枪……不是查不出来而是不能查。

裴黄那年整整高烧了三个月，直到秋末那场骤降的暴雨后才渐渐好转。故人们纷纷来北京看望他，在那三个月的炙烤中仿佛一切事情都尘埃落定了。暴雨过后，河东老家的黄河又涨水了，河面接住了两岸的山。裴黄仿佛又看到黄河滩上众人捞煤的场景，听到爷爷唱诗的声音。忽然电话响起来，电话铃声是一首雄浑的歌：

> 坎坎千秋兮，乃我尊堂。泱泱万世兮，乃我河疆。悠悠天地兮，唯我炎黄。煌煌日月兮，唯我华章。
> 坎坎千秋兮，颂我尊堂。泱泱万世兮，拓我河疆。悠悠天地兮，壮我炎黄。煌煌日月兮，谱我华章。
> 天大地大，吾心飞扬。

（孙蓓佳 缩写）

中 篇 小 说 奖

蝴蝶传说

杨殿梁

　　颁奖词：《蝴蝶传说》构思巧妙，悬念迭生，无论情节进展，还是故事场景，都让读者有大开大合之感，体现了创作者关注生活领域的丰富性。作品对人的精神世界的弊病予以批判，蕴含着丰富的人生哲理，发人深省。

一

　　是陶醉，还是羞涩？裸躺在郁金香花丛中的夏蝴蝶用双手捂住了自己的眼睛。戈力为夏蝴蝶准备的生日礼物——一颗硕大的心形郁金香花床，让她既觉奢侈又觉感动，但是对于一个来钱就像写阿拉伯数字一样简单的私募大亨来说，戈力的概念里没有"奢侈"这个词，情趣、新奇、另类才是他的消费品。

　　他把夏蝴蝶拉倒在花丛中，与她调情、逗趣、做爱，谈论"蝴蝶效应"，花香扑鼻而来，很贪婪、很满足。夏蝴蝶深情赞美戈力作为"男人"的魅力，而嗜酒如命、通宵搓牌，做爱只有十秒的文一阳只让她充满鄙视。

二

文一阳正在麻将馆筑长城，刚和了一把好牌。或许是好运气引起了狐姐的妒忌，她对文一阳调侃起黄段子。成天混迹于麻将馆内，文一阳也满肚子坏水地骂趣，但当狐姐质疑他性功能不行时，他竟恼羞成怒，在众人的推拉中讪讪离场，决定回家向老婆夏蝴蝶证明自己的"能力"。

三

耳畔传来开锁声时，床上的戈力和夏蝴蝶吓了一跳。夏蝴蝶完全失了分寸，戈力却在恐慌的氛围中，高度集中注意力。好在房门已经反锁，文一阳又把钥匙扭断了。戈力提前将两人的手机调成静音。当文一阳打来电话时，夏蝴蝶在戈力的授意下谎称自己在向阳市洗浴，看大片。

文一阳将信将疑，临走时故意在门缝里塞了细小的塑料纸团。当他的背影在夜色中逐渐远去，戈力和夏蝴蝶也分头整理屋子，悄然离开。

四

门缝中的塑料纸团有一粒跌进了戈力的衣领，他随手扔了，未觉异样。两人手忙脚乱地奔向车内，戈力却敏锐地嗅到了一丝危机。果然，文一阳疑虑重重地折返回来，站在车尾处许久才潜入楼道。

戈力突然启动车子仓皇逃遁，引起了文一阳的注意。夏蝴蝶惊慌不已，戈力也意识到了那几团塑料纸的意图。他将夏蝴蝶送至向阳市"海岸浴城"，嘱咐她对偷情要坚决否认。

五

找到夏蝴蝶后，文一阳因没有证据，怒不敢言。

次日一早，两人打车到东阳找锁匠换锁。回家后，文一阳满腹狐疑地从床头搜索到床尾，无可奈何地逼视着夏蝴蝶，想说什么却终究没说出来。最后，他反为自己的捕风捉影内疚起来。

当初凭着父亲东阳市常务副市长的职务，夏蝴蝶以专科文凭成为东阳市政府的公务员。为了讨夏蝴蝶的欢心，文一阳接受了房地产老板以超廉价格"赠送"的大房子，与夏蝴蝶顺利结婚，但父亲却因此而落马。两人还未入住，就被从大房子中"请"了出来。夏蝴蝶为此哭得伤心，文一阳便承诺一定给她更大的房子。从此，除了酗酒、搓牌，房子几乎就成了一个远大理想、一个奋斗口号。加之夏蝴蝶对"那个"事情要求日渐强烈，文一阳的身体却又差到难于应付一两次，他就干脆以工作为由待在向阳市不回来。

父亲的落马让文一阳看尽了世态炎凉，但夏蝴蝶面对各种骚扰并未轻易就范，这让他颇感欣慰。可这次，他感到过于蹊跷，决计一定要查个水落石出。

文一阳去保安室调出监控，抄下车牌号，交到交警队的哥们手里，查出了戈力的信息，接着又去移动营业厅打印出夏蝴蝶的通话记录。

六

坐在工作室里，戈力一整天都焦虑不安，偷情的事会东窗事发吗？更让他焦虑的是，他已经隐约嗅到了一场来自北美大陆的金融风暴正在悄悄逼近。

刚从哈佛毕业时，戈力就凭着能嗅探股市的异秉被吴诚一聘为投资经理。后来，他创办了自己的私募公司"力基金"，取代吴诚一被尊为私募投资的"盟主"。他的投资业绩，很快引起了华尔街的注意，包括他的哈佛同学艾比。

此前，在臭名昭著的高盛集团做操盘手的艾比给他打电话，希望能利用本土的力基金账户，作为操纵市场的阵地之一。戈力却以美国式的幽默将电话转给了自己的太太、艾比曾猛烈追求的女人——安小平。

七

安小平与艾比寒暄一番挂了电话。多年来，安小平利用自己的财经博客，建立了一个VIP股票实战圈，在散户中的影响越来越大，会员已达两万余人。日常操盘中，当戈力对一些股票做好布局，或者需要砸盘建仓时，只要安小平在键盘上敲几行字，圈里的会员就能够把盘面狂拉起来，或者狂抛筹码让一些板块飞流直下三千尺。戈力需要这支散户游击队，但是，这是一个有违道德规则的不可告人的秘密！除了自己和安小平，再无他人知晓。

安小平认为戈力若能与高盛集团合作，就不再惧怕那些凶悍的国际游资。戈力则表示自己从来就没有惧怕过，并再一次向安小平自豪地回顾了让华尔街大鳄完败的那一役。

八

夏蝴蝶用公共电话联系戈力。见面后她告诉戈力，文一阳全知道了。当他在她面前精确说出戈力的所有信息，她就慌了。更何况，文一阳还在群众广场疯了一样对她施暴。但夏蝴蝶并没有完全坦白，她一次也没有承认发生关系，只说两人坐在家里聊股票，怕引起误会才没有开门。戈力劝慰着，埋怨夏蝴蝶的胆小与愚笨,又怜悯她的懦弱与自卑,再次嘱咐她无论如何不能承认。

九

这一边,文一阳正坐在沙发上思忖对策:父亲落马,自己无能,离婚只会更窘迫,不离好歹还有老婆,还有家。打定主意后,夏蝴蝶一进门他便挥着斧头,满嘴酒气,鬼哭狼嚎地叫着要剁了戈力。文一阳折腾到半夜才走进卧室,第二天一早便拿着三把"凶器"匆匆赶去上班。

夏蝴蝶心中极度恐惧,到街头电话亭给戈力打了电话,直到戈力赶来,她才终于吃下一口饭。她再次向戈力强调文一阳的凶器和叫嚣,戈力则毫不畏惧。

十

隔了一两日,文一阳再来到麻将馆,找狐姐一起研究夏蝴蝶的手机话单。从规律而可疑的电话单中,狐姐分析夏蝴蝶与戈力一定发生了关系。告别狐姐后,文一阳孤独地在夜色中游荡。他冲着驶过的车辆喊叫宣泄,醉醺醺地打的士折向东阳市,还拿起砖头砸坏戈力的轿车。

十一

第二天,戈力得知了文一阳砸车的事实,为了避免发生同类事件,他约夏蝴蝶在酒店见面,让她谎称有人报警,吓唬文一阳,文一阳果然被吓住了。

十二

文一阳怕警察追究砸车的后果，叫来狐姐商量对策，狐姐建议他让夏蝴蝶找戈力说情。文一阳虽一百个不愿意，却无可奈何，只好拨通了电话。为防止文一阳再查通话记录，夏蝴蝶装模作样地在床上跟戈力通了话，两人继续欢爱。

这天晚上，文一阳要去东阳市出差送材料。夏蝴蝶立即在QQ上邀请戈力来家中过夜。

十三

关掉QQ，戈力谎称要去工作室为某客户发一个邮件，便起身向外面走去。安小平满腹狐疑地盯着电脑看了一会儿，对于这个说辞产生了怀疑。她下载QQ聊天记录偷窥器，读取了夏蝴蝶与戈力的所有聊天信息。她泪眼模糊，伤心不已，而戈力则正与夏蝴蝶床上缠绵。

夏蝴蝶软磨硬泡，缠着戈力透露了老鼠仓的信息。第二天，她便狠狠地挂单买进，稳赚一把，破例自掏腰包请戈力喝了一顿葡萄酒。两人在宾馆过夜，一夜未归。

文一阳拜托狐姐到小区楼下打探情况，发现家中无人。

十四

安小平找来叫"蚂蚁云"的黑客高手，企图利用芯片截获戈力的所有信息。她试着输入戈力的手机号，但只按到一半，就丧失了继续输入的勇气。

恍惚中，她走进一个露天舞池，也幻想被男人邀请，获得别样的快感，但最终还是拖着无力的脚步向家里漫溯而去。

这个晚上，文一阳也出差回来了。他猜疑那天晚上夏蝴蝶去与戈力约会，却没有证据，夏蝴蝶一口否认，他只好作罢。他逞强着与夏蝴蝶做爱，不到三十秒就又倒下来。

十五

午后，戈力与夏蝴蝶将车停在休闲安适的"合欢大道"幽会，蚂蚁王也打的尾随而来。在蚂蚁王"间谍级"的监控下，狐姐也在合欢大道与戈力的车遭遇了。她立即给文一阳打电话。当文一阳出现在车窗旁向内张望时，夏蝴蝶吓得捂住了脸，戈力则淡定地一脚油门火速离开。夏蝴蝶担心文一阳发疯，执意回家，戈力嘱咐她无论如何绝不承认，一旦施暴，立即报警。

十六

夜深人静时，戈力的轿车还在市内穿梭，安小平已在客厅焦虑地踱步。她做出了一个疯狂的决定，打算与艾比合作，将中国市场主力机构的持仓情况透露给华尔街国际投资大鳄。在3000点的中国政府底线，主力机构、管理层、散户几乎都形成共识，认为指数已经不能再跌，除了满仓买股票，不会有人冒着踏空的风险轻仓。但安小平就是要与大鳄们联合做空，把戈力变成乞丐。

另一边，夏蝴蝶则在家中忍受着文一阳疯狂的摔砸，辛苦买来的家具几乎被打砸一空。

十七

天将亮时，文一阳到麻将馆找狐姐，两人决计向戈力索要赔偿。

文一阳的电话打来时，戈力正在夏蝴蝶家里清扫碎片垃圾，他并不急着接听，等他再回过去，文一阳反倒没了底气，没几句话就将五万元的赔偿降到一万元，惹得戈力一阵耻笑。

十八

文一阳与狐姐特意挑了一家很有派头的大酒店，戈力款款而来，一开场就甩给文一阳一万元钱，看到狐姐在场，立即猜测是她在幕后出谋划策。为了笼络人心，他当即送给狐姐一万元辛苦费，盘算着狐姐能从中说和。

果然，狐姐欣喜若狂，称赞戈力的气度，并给文一阳使眼色，不提出轨之事。戈力否认与夏蝴蝶的情人关系，只说他们是谈论炒股事宜。借着酒劲，他又教诲文一阳如何疼爱女人，并暗讽文一阳无能。酒至深夜，双方各自离场，狐姐劝文一阳不要执着此事，而应多动脑子，向戈力要钱。

十九

不久，安小平在戈力上班后来到书房，开盘刚一个小时，上证指数已经暴跌200多个点。她知道，艾比已经来了。两人通话后，安小平向她的粉丝及VIP注册客户做出预言：中国指数至少还要再下跌1000个点，建议粉丝清仓！

当看到安小平打出"清仓"提示时，吴诚一被惊出了一身冷汗。他向戈力打探消息，戈力却一无所知。戈力已联合多家私募机构全仓杀进，他们每启动一波井喷行情，就被轻而易举打了回来。他断定是海外游资在砸盘。可这次，他没有成功阻击，中国 A 股的"铁底"被砸穿了。

二十

两个月后，沪指飞流直下三千尺，连两千点的生命线也没能守得住。夏蝴蝶凭着对戈力的信任向高利贷借了 50 万炒股，如今已负债累累。她向戈力求助，戈力却因破产，无能为力。

安小平找到夏蝴蝶，承诺给她一支黄金股，一年后升值到 100 万，但要求夏蝴蝶离开戈力，不再有任何联系。

二十一

吴诚一跳楼了。戈力却一心想找到夏蝴蝶，他卖了车为夏蝴蝶筹钱，却丝毫没有她的消息。人去楼空，杳无音讯。数日后，戈力退掉了租用的工作室与住宅楼，在安小平的陪伴下，离开了东阳市。驶出城区时，戈力不禁落泪，安小平却告诉他，那个随随便便拿爱情换钞票的女人不会再出现了，只有自己还会留在他身边。

两人一起去参加了吴诚一的葬礼，并决定去安小平买的果园看看。秋天，他们要用卖苹果的钱再造戈力投资的新传奇。他们还要在果园里，生儿育女，安度一生。

（张乐 缩写）

高铁穿越煤窑村

成　龙

　　颁奖词：作品记述了某地因修建高速铁路征用土地，引发的一系列矛盾冲突，真实地表现了当代农村道德价值观的复杂形态和建设者的智慧，并且将两条线索有机地融为一体，较好地把握了人物性格，也有真实的场景展示。作品生动表现了当下中国面临的问题及其发展进步的必然趋势。

一

　　当我被抬进了英武县人民医院骨外科病房，我手机就收到了短信，关键词是：你；胡文成；滥用职权；芹泉村；袒护；勾引；煤老板前妻柴翠翠；被打断双腿……

　　柴翠翠三十六七岁，风姿犹存，前夫是芹泉村唯一的煤窑老板贾进财，小名四狗。传说，贾四狗凭借柴翠翠的二哥开煤窑发迹后，隔三岔五以公事为由往外跑，实则是去逍遥快活……柴翠翠把贾四狗拴回"矿长办公室"不到半年，一对四川母女抱着一对婴儿来认亲，扬言是贾四狗的龙凤胎……

　　就在夫妻俩闹得凶时，我们标段的指挥长岳建国拿着高铁线路规划图，来到芹泉村外一块"新农村"宅基地边上，指着柴翠翠的"不省心"超市，说：轨枕、桥梁浇铸厂就扎这儿吧!

但村支书柴兴旺却插话：能不能把"不省心"超市给让过去。

眼跟前，龙凤胎的事，柴翠翠还被蒙在鼓里。"不省心"再给拆了，岂不是雪上加霜?

柴翠翠有两个妮子，但柴翠翠天生不是个省心的主儿，一心想生个儿子，承接这煤窑。

第二天一大早，柴支书陪我们朝"不省心"走去。

"不省心"超市，犹如一幢乡间别墅。周围是一望无际的农田。柴支书问一个浓妆艳抹的十三四岁女孩儿，你四老姨呢?

窑上了。

二

柴兴旺说：翠翠打定开超市的孬主意时，村主任贾肖和他都曾对柴翠翠一通苦口婆心，劝她和贾四狗老老实实开煤窑卖炭、生小子。

四狗骂：连两个逼妮子都伺候不了，还想张闹超市?

我，柴翠翠，收秋时候，一定要张闹起个超市来。

接下来的一个多月里，柴翠翠把两个妮子扔给养尊处优的公婆，自个儿去上上下下地跑……最终，拿着县里的一份公文回来。

柴翠翠从煤窑上回来了。

眼前一个浓妆艳抹、穿金戴银的少妇。

柴支书径直带我往二楼办公室走，边说：翠翠，铁路上有公事通知你。少妇不情愿，却跟着往二楼走。柴支书打开天窗说亮话，柴翠翠强忍怒火，给我们沏茶递烟，自己也点上一支，翘起半尺高的鞋，坐到沙发里，沉默不语……

三

油路旁，我点上一支烟，静观柴翠翠命令着几个矿工倒腾"不省心"超市的商品。我渐渐觉得这个只有初中文化的农村媳妇着实不易。

就在前几天，柴支书陪我第一次去"不省心"超市之前，贾四狗一个电话打来，叫她马上去趟煤窑！四狗每次从矿井下升上来，都得进办公室的浴室里洗澡，然后叫老婆给他送内衣。柴翠翠不给送，他就不吃不喝不出来，可一旦送进去，没有一顿晌午饭的时间又出不来……

柴翠翠兴冲冲进了"矿长办公室"，见坐满了男女老少。其间，有两个外乡人女人，抱着一对哭号的婴儿。柴翠翠想，肯定又是外地矿工伤着了，家里人不让了。

年轻姑娘，猛然站起来操着四川口音，哭诉：大姐呀，你得给我两个娃儿做主呀！

刹那间，翠翠的眼圈泛红了：老汉四川哪里的？

咱村的……三狗答。

柴翠翠费解：幺妹儿，你老公是芹泉村的？

要得！要得！年轻女子回答。

四狗儿的老爹训斥道：往后来了俺村就得把"得得"改了，外路话会让人笑话俺贾门宗！

婆婆也说，没错，你爹说得对！

柴翠翠的脸色变了。一跺脚，站起身，探头逼问：四狗子，你这是不打算过了吧？

贾四狗像尊泥胎，气也不喘。

柴翠翠走进套间。一阵摔打后，抱着一沓高档内衣内裤出来，嗓音发颤：幺妹儿，以后四狗从井下上来洗澡，你要亲手把换洗的衣裳送进去！记得牢牢的！

柴翠翠头也不回，转身走了。

四

秃顶头上的臭虫明摆着，贾家终于盼到了孙儿！翠翠觉得胸口堵，一头钻进"宝马"，连档位都没顾上确认，一给油，车屁股撞到后面贾四狗的同样枣红色的"悍马"车头。

四狗出来，夫妻相对无言。临走前柴翠翠只扔给前夫一句话：好日子来了……

回超市的路上，柴翠翠碰见村主任贾肖，通知她拆"不省心"超市的事。

第一次到"不省心"超市来，我完全没有料到不是个好时机。

五

临近傍晚，最后的货柜车开走。我们标段的汽运车队工程可以进驻了。

我、柴支书跟着柴翠翠来到了她家，拿到超市的图纸。院子里传出一阵凶猛的狗叫声。柴翠翠喊道：仙女子，告五狗儿，来亲戚了，不能吼更不能咬呵！

狗叫声戛然而止。

院落地上，散落着零碎的超市商品。

晚饭没有起灶。我们在客厅里宽大的茶几上吃了些便捷食品。

胡甚来？对，胡部长。咱们今晚就将就上一顿哇，改天我领你去县宾馆吃我二哥的刀削面去。我顺势说：好，改天。今晚饭免了，你把图纸给我，我得回去安顿一下……

柴支书夆拉下脸，说：你要见外，以后甚的话也不跟你说了。走哇，你！

说话间，柴翠翠已经取出一瓶汾酒，说：仙女子，把咱五狗儿放开！

六

那天仙女子见她已不胜酒力，想扶她上二楼躺着去。

滚边子去！柴翠翠眼角挂着泪，朝仙女子吼。柴支书不紧不慢道：有火了，就泼一泼吧，唉！

柴翠翠亲生父母早年相继病故。大哥柴顺顺把她拉扯到五年级时，报名去北京当兵了，转业后就在北京落了户。二哥柴壮壮把她供进乡中学。柴壮壮自幼削得一手十里八乡闻名的刀削面。于是，让没出五服的本家大哥柴兴旺照顾柴翠翠，他应聘到县政府宾馆厨房。

妮子家短缺管制，当柴兴旺发现她不再用他接送，反倒是同村开着手扶拖拉机贩苹果的贾进财捎回来……柴兴旺警觉了，不止一次数念过，警告过。三个兄长也一致坚决反对。理由很简单：贾贵老两口子拖拉着四个狗儿，穷得连个锅碗筷灶都凑不齐，年轻妮子们更是绕着贾家院门走，生怕冷不防从里面扑出四条狗，叼一口、挠一爪……

初三毕业前，柴翠翠已经被贾家宠成一尊活娘娘了！这也就激发起柴翠翠叫贾家换新天的决心。初中毕业，柴翠翠彩礼、婚宴一切减免，下嫁给了贾四狗。婚后第二天，就给贾家分工：公婆和大狗负责承包地里的活计；二狗负责收苹果等；三狗负责与客商谈价；四狗负责跑运输；她则全面负责财务结算。

冬闲时，柴翠翠开始思谋着找她二哥给男人们找营生。凭在厨师擂台大赛荣获面点组第一名的柴壮壮，此时已晋升为县政府宾馆的领班。柴壮壮叹一声：行，就上石雕山煤窑哇……

打此后，贾家靠着翠翠转运啦！

七

我向岳指拍胸脯：合同，已交到法人柴翠翠手里。估计两三天就能签了
转给我。你放心吧。

我放个屁心！岳指拉下脸训斥。几十号工人整天窝在新板房里不是打扑
克，就是蒙头睡觉，窝工啊，胡文成，懂不懂？不追着签合同，是追着煤窑
老板娘喝酒去了——我耳朵里可听到风言风语了。

我苦笑。

我就信合同。总之，我再给你四十八小时。

你再敢迈进柴翠翠家院门一步，小心你龟孙子的狗腿！——这是一封恐
吓信。至于是谁，不得而知。

我揣上恐吓信，大步朝村委会走着……路上，经过柴翠翠家院门口，看
见停有一辆白色的"路虎"和枣红色"悍马"。

进了村支书办公室，将恐吓信拍在柴兴旺的办公桌上。

柴支书一脸无所谓：谁要敢在我眼皮子下耍暗的，我收拾狗日的！

说完恐吓信的事，我又说了与"不省心"周围的承包地人家签合同的
事……

此时，柴翠翠打电话来叫柴支书去她家。

柴翠翠家院门外，两条戴墨镜的壮汉拦住我们，一言不发。

柴支书狞笑：四狗又从哪儿贩回来的六狗和七狗？

这时，院门内传来柴翠翠喊叫声：仙女子，让你老舅们进来。谁拦，叫

五狗儿照死里咬！

村主任贾肖也来了。还有一位四十二三岁的男子：理着个板寸发型，穿着件唐装，我猜测，此公应是闻名遐迩的贾四狗。

茶几上，摆放着两沓有字的A4纸。柴支书低沉道：签哇，离婚和公家用地一道。

柴翠翠转脸，冲身旁的男人，一字一顿，心平气和：纸纸上写得算数哇，不是放屁哇?!

算——数——

好。有底气。像个有了儿种的男人了……

据柴支书讲，离婚协议的大致内容是这样的：

"不省心"在柴名下；两女儿抚养权归柴，但两个女儿在煤窑上各有一份干股。柴分得一套北京单元房；大妮子分得一幢海南别墅；二妮子分得一套上海浦东高层。贾一次性拿出三张共存有七位数的银行卡……

四狗想小子，我翠翠生不下，人家窑姐有本事，我认了。

八

我毕恭毕敬地将签好的合同书正本双手呈递给岳指。他翻阅完合同书，冲我大声嚷：

这是尿合同，就签了超市的合同，水泥仓、龙门吊、成型库、大批工人的板房……搁哪儿?

柴支书替我解释，并当即保证完成指令！

农历八月，标段干部办公区板房以北，方圆几十亩地的农作物中间，一条白石灰的粗线画出个方方正正的区域。岳指让我去找柴支书要点农民来清理作物。

离婚的事传开后，村子里都替柴翠翠鸣不平……四狗为了收买民心，就统统把壮劳力"请"到煤窑干活了。所以，柴支书也找不上清理作物的人。

从柴支书家院里出来，我一抬头看到了柴翠翠，剪了短发，正和五狗在街中嬉戏。柴翠翠，素面朝天，洗净铅华。我把找劳力的难题苦诉给她。

第二天凌晨，板房外传来喧闹声。工程部部长兴高采烈地告诉我：地里有个女工头，点名叫你去验收——快快快！

九

尽管如此，我们标段的前期准备工作还是延误了十六天。

财务部给我打来电话，问我，清理农作物的工钱什么时候结？现金，还是转账？

我脱口而出：这个月，至于现金、转账，我现在打电话问乙方。柴翠翠说：她和仙女子、五狗儿的工钱就全免了。剩下的工钱三分之二你亲手交给贾大狗吧！

柴翠翠告诉我，憨厚的前大伯子悄悄招呼了一干刚下了白班的矿工，趁着夜色，一路杀将到农田。柴翠翠就也招呼小媳妇、半老婆姨们会合开战……

胡文成，你去哪儿？

我正要转身到芹泉村送工资。人力资源部杨部长叫住我，让我先跟他去趟岳指办公室。

等待我的是一张破纸"命令"，说把我打发走人。

没尽职吗？贪污受贿了吗？找小姐了吗？没有——为什么不说个青红皂白……岳指也收到了调动令，由尹学军接替指挥长职务。

打铺盖卷时，手机响了。

接通手机，我没好气：谁？

能是谁？谁今天中午来送工钱的？柴翠翠好像心情挺好。

我拍自个的脑门儿：胡文成呀胡文成，你真是尿事揽不成，不是顾了前脚，就是忘了后手！怪不得单位撵你。

我这就给你送钱去！

太阳直冲天灵盖往下烤。我低着头，闷闷不乐，朝柴翠翠家院子走……

十

从全身麻醉中醒来，我第一眼看到的是柴翠翠，在她的周围有尹学军、岳建国、柴支书、贾肖村主任……

床头两侧各坐着两名警察，你一句，他一句，让我尽可能清晰地回忆那天中午发生的事件：

先说钱！据说几万的票票飞了一大街……我躺倒时，村里人都在抢钱……

那天我来到柴翠翠院门口。门边依然杵着两条大汉。我打电话给柴翠翠没接，只好扯开嗓门儿吼：柴翠翠，出来拿钱来！

话音没落，一鬼扑向我捂我的嘴。

我也不是一盏省油的灯，照着一鬼的指头狠狠咬了下去。

只听那鬼龇牙咧嘴，操口四川腔：打！打！打死他个龟儿子！……

住院的前几天里，仙女子每天必定要给我送一趟鸡呀鱼呀的。说骨头汤是二哥给我熬的。

铁建集团派我们总医院的救护车来接我转院。当天早晨，柴翠翠一身素装走进我的病房，说：那天中午，贾大狗跟那些小媳妇、半老婆姨们都等着我往过送钱呢。千不该万不该，大狗坐上贾四狗保镖的"路虎"来。因为贾四狗曾给保镖下过死令：不许任何一个男人跨进老宅院子：见一个，往死打一个！

柴翠翠愧疚地说。

一张是我给你买吃喝的。柴翠翠手摁着枕头一角，怕我拿，继续说：另一张是四狗补偿的……

然后站起身，告辞说：她下午要飞趟北京。柴翠翠冲我努力咧了咧嘴，摆了摆手，冒出一句纯正的北京话：再见您嘞！

我躺着，望着她的背影，心里袭来一阵酸楚——我忙掩饰：替我问五狗儿好！

汪！汪！柴翠翠回头。

……我发现她的眼角已经挂满了泪水。

十一

北京西站人山人海、人声鼎沸。

五年前，我转回省城集团总医院，先养了近一年的腿伤。

岳建国成了标段的副指挥长。而我被分配到党委宣传部。一次采风，要去北京西站坐火车。走过一家麦当劳，绕过一家牛肉面……无意中，我看见一家名为"省心超市"的门店。我疾步走去……

要点什么——您？

要两瓶好带的陈醋。有吗？

四十八块钱，您哪！——她抬起头……

我俩人几乎异口同声：

胡文成！

柴翠翠！

……

上了火车后，我掏出笔记本电脑，插上无线网卡，照着收据纸上写的QQ号码，与一个网名叫"不省心"的网友聊起天……

"不省心"告诉我：五年前就打定到北京发展的主意。你离开的第二年，村主任贾肖和柴兴旺支书，被两名大学本科毕业生取代。她怕兴旺大哥消沉，就把"不省心"超市产权全权委托给他。又让标段修建了一座养鸡场，把贾肖招收进了养鸡场……

那贾家的兄弟们干什么去？

大狗在村养老院当法人，二狗三狗一个去县城开饭店，一个去省城开歌厅。

你前夫现在还牛吗？

公家封了煤窑，四狗以大狗的名义在村里盖了个养老院，之后，他带着小老婆和五狗、龙凤胎回四川老家了。2008年地震，四狗买了六卡车食品，带着五狗往汶川捐，发生了车祸，五狗用身体护住四狗的一条腿……

五狗呢？

走了！死了！

唉——四狗呀；五狗呀……我感慨万千，现在呢？

现在四狗在成都附近开了家农家乐。名字叫：好省心！

（温晓慧 缩写）

天 眼

杜 斌

颁奖词：这部小说以当代商战为题材，以天眼为比喻，生动表达了"人在做、天在看"的主题思想，富有独特性。其写法铺陈细节，设置悬念，对几位商场人物的个性刻画也非常成功，表现了不同人物性格的复杂多变。作品整体结构完整，语言老道成熟。

壹加壹太阳能公司老总张高美自称开了天眼。为证明这天眼来路正统，他专门跑到金台寺礼请了一串开过光的佛珠套在手腕上，动不动就拨一珠念一句"南无阿弥陀佛"。

竞争对手乐普太阳能公司老板刘成讽刺他："马王爷有三只眼，人家是长在脑门上，你张高美是长在屁股上。"劲敌天之源太阳能公司的总经理李春生，也对张高美的天眼嗤之以鼻。

黄杨中学主管后勤的邝副校长对张高美的天眼更是不屑一顾。不过张高美最近因争取黄杨中学太阳能工程这块肥肉而有求于邝校，点头哈腰地和邝校正打得火热。这不刚到周末，张高美就亲自驱车接邝校去吃饭。刚出发不久，张高美失声大喊说他的天眼看到车后有人跟踪，说着就把车停在路边。十五秒后一辆驶过的车被张高美拦住了，从车上被拉下来的人留着郭德刚式的寸头，慌忙将手里的摄像机往T恤里塞。张高美夺下摄像机翻了一会儿，发现一个邝校与靓女缠绵的视频，邝校脸一下子烫滚滚的。郭德刚式寸头在张高美不断上涨的金钱诱惑下，向张高美和邝校坦白他受李春生委托来偷拍邝校腐败的证据以便要挟其把学校的工程让出来。邝校听后大骂李春生，张高美趁势在旁边扇阴风点鬼火。

消遣完毕送走邝校后张高美心情大好，正在他春风得意之时，手机突然响了。听筒那边开门见山："你今天干了件缺德事，我会给你记住这笔账的。人在地上做事，神在天上监察。"不等张高美回话，对方就挂了。张高美心情一下子紧张起来，翻看来电显示，手机号码是陌生的，声音有点熟悉，沙哑，雄浑，带点三千年的沧桑，却想不起来是谁。他的手不由得拨动着佛珠，嘴里不停念着"南无阿弥陀佛"。

下一步张高美来到刘成的乐普公司刺探军情。原来刘成手下有个业务员也在做这单工程，张高美得知后决定要尽快和邝校把事情落到实处。此外张高美还偷听了刘成的电话，意外得知其一笔生意。他马上就给在乐普当卧底的表弟打电话说刘成要去见一个客户，得尽快搞清并立即跟进把客户抢过来。经商就这样，寸土必争，否则你将永无立锥之地。

天之源的李春生倒不请自来，一进办公室就开门见山："我知道你把邝校搞定了。只要你出三万茶水钱，这个标天之源就配合壹加壹，否则我会用一切手段阻止你中标的。"张高美想起李春生骗他食河豚又以中毒需要解毒的名义让自己吃人屎的往事，把李春生赶了出去。

张高美把所有竞争对手在脑子过了一遍，觉得问题关键是要摆平珠海本地几家大佬。李春生已经让他秒杀了，现在最难缠的就是刘成。突然灵感闪现，一个新的计划在张高美脑袋里形成了。他兴奋得跳起来了，连夸自己是商界奇才。不过张高美清楚，他得到招标文件发出后的第七八天使用这招最合适。就在张高美开心地拉着小秘亲热时，手机不合时宜地响了。听筒那头声音有些熟悉，沙哑，雄浑，带点三千年的沧桑："我知道你又要干缺德事，我会给你记住这笔账的。人在地上做事，神在天上监察。"还是前几天打过电话的号码，但他依然想不起来是谁。张高美脊梁上流下一道冷汗，佛珠在手里不停地拨动着。

黄杨中学工程的招标文件下来了。张高美看到设计方案和评标细则都是按照自己的意思来的，一颗心才稳当当地坐回到了肚子里。接下来的几天，张高美除了以请邝校吃饭的名义不给其他同行留下接触邝校的机会，还抓紧时间给购买标书的公司打电话试探对方的态度，以便最终摊牌以最低的价码让对方配合自己。到了第五天张高美就把外地几家公司全部安抚好了。第六天张高美已经搞定了大部分珠海的同行们。乐普、天之源因要价太高没有达成意向，张高美假装脸上无奈，心里却喜鹊叫喳喳。第七天晚上张高美请在公安局的老乡吃饭，求老乡给自己帮忙，还恰到好处地递上准备好的两万元钱。

第九天张高美按计划邀请刘成去晚上的饭局。刘成虽然心存戒心但还是答应赴宴，去了才知道来的全是太阳能行业的人，暗叹这顿饭是好吃难消化。此时张高美却一直在想刚接到的那个电话，对方继续警告他"人在做天在看"，但这个有点熟悉的，沙哑的，雄浑的，带点三千年的沧桑的声音从他认识的人里面怎么也搜索不出来。

等同行们都到齐后准时开宴。有几个人开车来的坚持不喝酒，刘成也是亲自驾车来的，马上响应。张高美暗自庆幸，自己磨破嘴皮子叫上嗜酒如命的酒鬼高富贵算是叫对了。刘成经常找高富贵配合做业务，不得不给高富贵面子，只好连喝了好几杯。这时包间进来三个人来给大家敬酒，在座的都认出是公安局的人。张高美的老乡也在里面。张高美的老乡敬酒时，坚持让刘成先清空酒杯，然后亲自倒酒，边倒边说感情深一口闷。在公安干警面前，刘成不得不老老实实地喝，不知不觉四瓶白酒见底。刘成的舌头已经麻木了，人像吃了摇头丸。

饭局散后，刘成想把车扔在停车场打车先回，可又怕同行们笑话他人怂酒量小，最终还是打消了这个念头。刚拐上珠海大道他就看见有公安设路障进行车辆检查，刚想调头开走可车已经进入了警察的视线。刘成无可奈何地下了车，对准酒精含量探测器进气孔吹气，蜂鸣器报警，他被拘留十五天。

乐普副总王三宝去拘留所看刘成，刘成已经知道是张高美给自己设的套。他让王三宝去找邵大火，要不惜一切代价阻止张高美中标。此时离黄杨中学工程投标只剩下五天的时间。这邵大火可是搞网络炒作的高手，王三宝把意图向他说明，要求三天内见效，并下血本付了邵大火8万元。

距离黄杨中学太阳能项目投标还有两天时，张高美翻车了。此时黄杨中学太阳能工程事件已经上了百度风云榜上的热点事件：排名第五名，点击搜索次数高达118829次。"珠海黄杨中学太阳能工程未投标已确定壹加壹太阳能工程有限公司中标""壹加壹董事长向黄杨中学邝某副校长行贿50万元数额曝光""黄杨中学邝副校长曾接受张高美性贿赂"……一时间各种传闻像海啸一般铺天盖地，摧枯拉朽，张高美被席卷到惊涛骇浪之中无力挣扎。而这时珠海太阳能行业的人都收到了一条信息：喜大普奔！第二天黄杨中学学生公寓太阳能中央热水系统工程项目开标。迫于舆论压力，综合评审的结果为价格最低的天之源公司中标。

看着李春生飘飘然的样子，张高美和刘成二人像心里倒进了一桶地沟油。张高美派表弟去天之源公司当卧底以掌握其在施工中用了哪些不符合招标文件的产品和材料，到时让工程无法验收，结果被检查施工的邝副校长发现，原来这表弟就是上次偷拍自己的那个郭德纲式寸头，心里大呼早上了张高美的当。

张高美在表弟暴露后来找刘成商量对策。刘成告诉张高美，天之源投标书上太阳能集热器用的是北京桑普太阳能的产品，但安装上去的却是山寨货。只要张高美给十万，桑普公司愿意出具天之源没有从他们工厂购买太阳能集热器的证据，有了这个证据，保证让天之源的工程不仅验收不了还要全部拆掉重新安装。这么一折腾天之源恐怕要损失 100 万元左右。其实刘成早料到张高美会来找他，所以就准备好了这些东西，当然这些都是假的。他不能在这个项目上白白浪费那么多精力和钱财，况且他还因此进了趟拘留所。现在敲一笔也算是对自己的一个补偿。

刘成还故意激张高美，问要不要把精通炒作的邵大火介绍给他。张高美瞬间血压飙升，黄杨中学投标前的那些舆论让他至今刻骨铭心。他竭力让自己平静下来，心中恨刘成比恨李春生多一万倍！

这时刘成手机来了短信，他滑动屏幕打开信息。张高美偷偷把隐藏在高尔夫球帽后面的针孔无线高清摄像头对准刘成的手机屏幕。就在张高美津津有味地偷看刘成手机上的短信时，他的手机也响了，又是那个熟悉的，沙哑的，雄浑的，带点三千年的沧桑的声音。他条件反射地打了个冷战，手不由得就去拨动佛珠。

"人在地上做事，神在天上监察"在他耳边挥之不去……

（孙蓓佳 缩写）

短 篇 小 说 奖

流　年

李心丽

颁奖词：《流年》是对当今社会许多人平淡婚姻生活的真实表现。故事时间跨越二十年，阐述了"维系婚姻家庭的中流砥柱靠什么"这样一个问题，现实意义深刻。在这篇小说中，读者能够看到超越世俗、超越时代的人性之美，看到人类对于纯真质朴、清新自然之美的深切呼唤。

陈若兰坐在阳台的花盆中间，她用鼻子嗅，空气里什么味道也没有，她用力又嗅了一次，还是什么味道也没有。倒是雨点滴落的声音从窗户传进来，窗外除了雨声什么也没有。寂然的屋子让她有一种非常强烈的渴望，如果能找一个人聊聊，她就不会这么茫然和绝望。空寂的屋子让她有一种世界末日的感觉，让她有一种恍惚，以为自己老到快要死了，连悲痛都没感觉了，假如生活要这样持续不断地过下去，她觉得死就不可怕了，她突然间就对那种要死的状况有了兴致，一定有人，对死不曾有过惧怕，可是她觉得自己分明又在惧怕着，闫江平十天了都没有音信，她惧怕他死。即使是猜想的担忧，即使是潜意识的惧怕，她都有些不可忍受了。

她突然间想到了韩香。

她之所以能突然间想起她，是因为不久前她接到了她的一个电话。

乍然接到韩香的电话，她有一种兴奋，她们的联系稀少，但她们在青春岁月里积存的友谊还是深厚的，电话让她们停滞的友情继续向前延续。她乍然接到电话的时候，声音是欢快的。她说这么久没有联系了，我没想到你会给我打电话。最近怎么样呢？韩香说，你不知道，这一年，我一直在地狱里活着。她听到这一句话一下子愣怔住了，她以为韩香这是夸张她的打工生活。隔着电话线，她看不见她，听她的声音有一种悲怆。

她没想到事情会有怎样的严重。

她拿着手机，一个人在黄昏浸润的阳台上，听韩香说话。韩香说你不知道吗？你这一年就没有听说吗？她说我不知道，也没有听说，我很少回我们镇上，回去也见不着你父母。韩香说哦。韩香说知知走了，出去送货的时候被车撞了。那怎么样呢？她没想到会是这样，知知是韩香的丈夫。等我赶去的时候就没有命了，韩香说，一句话也没有给我交代。她心里咯噔了一下，她见过知知，他们订婚、结婚的时候。结婚后他们去了一个很遥远的地方，知知一直打工的那个城市。之后，十几年了，他们再没有见过面。

她在韩香的电话中一直往下沉，脑袋里始终有一个问题蹿出来，一个人的生活怎么往下熬啊，白天和黑夜，无尽的时光，那一定是没有光的日子，比地狱还可怕。她知道隔着几千里的几句安慰话安抚不了韩香，但她还是不由得说了许多的安慰话，她说你要面对现实，生活中有许多的变故比这还要可怕，比如说被男人抛弃了，比如说得了不治之症，韩香说我也这么想，可是我宁愿他是拐着别的姑娘跑了，宁愿他是病了，哪怕是不治之症，这样我与他还有见面的机会，还有相处的机会，现在，我的悲伤是我再也见不着他了。

你说我活着还有什么意义？韩香幽幽地说。从知知的突然离世到活着的意义，韩香与陈若兰一直讨论着这个话题，后来韩香那边门铃响，两人才收了线。

那次通话之后很多天，陈若兰一直惦记着韩香，但就是不敢拨一个电话过去，她有点不敢面对韩香的伤痛。

雨一直在下，从窗户看出去，仿佛整个世界都被水洗过一样，崭新崭新的。其实她很喜欢这样的天气，闫江平也很喜欢这样的天气。

但是现在有点太安静了，什么味道也没有，什么声音也没有。阳台上那许多的植物，竟然什么气息也没有。水果筐里从果树上摘来的新鲜的苹果，都蔫了，也没有了属于它的味道。客厅里水果盘里的葡萄，密密实实，颗粒上的那层白霜还在，不过隔了这么远，她也闻不到它的味道。有一阵子，夏苹果浓郁的香味萦绕在整个房间，整个房间被香气缭绕，她在网上看过，这种果香有助于人的健康和睡眠，偌大的空房子里，她缺少的就是这两样。

她的丈夫闫江平十天前离家出走了，走的时候说他要出去散散心。当然他们之间累积了一些矛盾。村里的老宅要拆了，他要让他的父母来与他们住在一起，她不同意。她说他们不能在一起生活，彼此习惯太不同了。她说拆迁办有安置费，可以租房子住，何必要挤住一处呢。他说拆迁办的安置费不高，租不来像样的房子，两人都有自己的理由，说不到一处，他气哼哼的，她不表示同意，他也没有坚持，但好长时间他都有一肚子气，看她如敌。

前一周，他说他要出去走走，与单位请假了，手机放在床前的抽屉里。她问他这是什么意思？他没有回答，她又问他走多久？他也没有回答。他好像不屑于与她说话。她后来有点咆哮一般了，说你至于吗？这句话刚说完，他的身体已经晃到了门外。她又去窗台边看他，他朝家属院的大门走去。她冲他喊，你还没拿钱呢？他没有返回来，也没有作声。她不由得想，说不定他自己有私房钱，如果没有，晃不了多久，他也就回来了，如果晃得足够久，那确实他有自己的小金库。

陈若兰与闫江平的生活，可以说是平铺直叙，没有波澜。这出走，是他制造的一个很大的波浪。陈若兰不得不在这几天的时间里对闫江平做一个全新的分析，对他做各种各样的猜想。都说四十岁的男人处在危险的年龄，闫江平是不是也走入了一种规律里了，他是不是无法脱离四十岁的宿命？

陈若兰的第一个猜想，是闫江平交桃花运了，这周而复始的日子让他过腻了，特别是将近二十年的婚姻，婚姻里的乏味，让闫江平产生了少年时期的逆反心理，当然，陈若兰没有推卸自己的责任，前不久争吵的那件事，让他对她失望之至。就这样，他就借出去走走的借口，对她进行惩罚。他是不是约了一个网友，或者驴友，过神仙一般的日子去了。

闫江平出走三天后，陈若兰看他还没有回来的迹象，就给刘锁军打了一个电话，刘锁军是闫江平初中高中的同学，两人关系很好，刘锁军接到陈若兰的电话时，正在牌桌上，大着嗓门问是谁，陈若兰说我是陈若兰，刘锁军说听不清，我出去接，出来终于听清了，问陈若兰什么事，陈若兰问他最近有没有见闫江平，刘锁军说最近没有见，但通过电话，陈若兰说他这两天出去了，说要出去散散心，走的时候也没有带手机，你知道吗？刘锁军说不知道，陈若兰说你知道他会去哪里呢？刘锁军想了想说，能去哪里呢，我还真不知道。你们是不是吵架了？陈若兰说没有吵。刘锁军说我以为你们吵架了，他这是吓唬你呢！陈若兰说那你先忙，有消息我们再联络。

这之后，隔一天半天，刘锁军就要给陈若兰打一个电话，问闫江平回来了没有。电话中，陈若兰就要与刘锁军一起分析闫江平的状况，陈若兰从刘锁军那儿也了解不到什么有用的线索。

十天后，闫江平的母亲打来电话，找闫江平。陈若兰说出去了。闫江平的母亲问去哪了？陈若兰说她也不知道。闫江平母亲问，你们吵架了？陈若兰说没有。那他干什么去了？陈若兰说他说出去散散心。闫江平母亲说和谁闹别扭了？陈若兰说不知道。闫江平母亲说打他电话老关机，我以为他工作忙呢。陈若兰说走的时候没带手机。家里出了这样大的事你为什么不早说呢？一个大活人十天都不见了你不着急吗？闫江平母亲在电话中有点气急败坏，末了说，我儿子要有个三长两短，一定与你有关。陈若兰听这话觉得好笑，说不会有两短，只有三长。她婆婆说什么三长，陈若兰说，可能找个小情人快活去了。她婆婆听她这样一说，停顿了一下说，你还不赶快找找。陈若兰说世界这么大，我上哪找去？本来陈若兰想按兵不动，看看闫江平到底能在外晃多久，但她婆婆这样一叫唤，她不由得也着急了。

婆婆的电话，给了陈若兰当头一棒，是啊，都十天了，她没有采取任何行动。

上午上班的时候，她来到闫江平单位，遇见人，她不由得就挂上虚弱的笑容。有人问他，你家闫江平请假不在，你是不是给他续假来了。陈若兰喏喏的，不知道说什么好。她找到办公室杨主任，杨主任问她有什么事。陈若兰不知说什么好，心事重重地坐下来。虽然闫江平在这个单位上班，但陈若兰对这儿的人不太熟悉，偶尔有个什么活动，也只是照个面。杨主任管办公室，和她还比较熟悉。陈若兰坐在离杨主任办公桌不远的椅子上，非常不自在，她觉得她一开口，她的隐私就要暴露了。杨主任说什么事呢，锁着个眉头。是不是闫江平那小子欺侮你了。陈若兰说没有，他这几天不在，不在都十天了。杨主任说他和我请假了，请了两周。前一段时间工作忙，几乎没有休息日，最近这段时间比较清闲，单位的职工可以有两周的轮休。哦，陈若兰松了一口气，那他说去哪了吗？杨主任说我不知道，他没在家吗？陈若兰说走十天了，手机都没带，谁也联系不上他。杨主任听陈若兰这样一说，顺手就拿起电话拨了一下，闫江平的手机果然关机。杨主任见事情有些反常，就问陈若兰，是不是和你闹别扭了，赌气呢。陈若兰说他父母也这样问我，没有啊。他是不是和同事有什么不愉快呢？杨主任说没有发现啊，我调查调查。陈若兰说千万别，一调查，别人还以为发生什么事了。杨主任说，说不定他是和我们玩失踪呢，假期一结束他也就回来了，你也别太着急。陈若兰本来想问杨主任，闫江平是不是有交往甚密的女人，又觉得这样是愚蠢的，即使有，杨主任能说吗？

陈若兰心事重重地从闫江平单位出来，正午的太阳热辣辣地照着。来到街上，她首先给她婆婆打了一个电话，把闫江平请假的事告诉了婆婆。婆婆听了，长舒了一口气，说，等他回来，你可要好好反省自己，自己的男人这样隔着心，说明你不称职。陈若兰听着婆婆的唠叨，一句话也没吭，她永远站在闫江平的立场上，这一点让她很反感，她突然间明白了，她之所以不同意他们搬来一起住，就是因为这个原因，她永远站在闫江平的一边，居心叵测地看着她，这个她受不了。

还有，自己的男人，出门走多久，去哪儿，他走的时候，你总该问问吧。见陈若兰不吭声，她婆婆继续诘问。陈若兰虽然有点难受，但她还是耐着性子听她婆婆的质问，她说不是我没问，我问了，他没说。闫江平母亲说你们怎么能处成这样啊，夫妻怎么能这么隔心隔肺的。陈若兰心中的无名火一点点往上蹿，快要烧到她的喉咙了。陈若兰说那先这样，我再去问问，一有消息我就联系你。还不等她婆婆首肯，她就把电话挂了。

她好烦啊。

她漫无目的地往前走，边走边在脑子里梳理闫江平的线索。这段时间她没有发现他有什么不正常。自从孩子去年上了大学，这一年，他们的日子过得很从容，闫江平还说这个阶段是他们人生的黄金阶段，早晨他们不用早早起床为孩子准备早餐，晚上电视想看到多久看到多久，天热的时候，他喜欢在家属院里的小桌旁打牌，有时一吃过晚饭就急巴巴走了。陈若兰收拾完餐具，一个人无聊，就出去看他打牌，有时两人沿着北川河岸散散步，谈论孩子的专业和将来的去向。俩人的交际圈子都很小，所以闫江平走了都十天了，谁也没有因为找不着闫江平把电话打给陈若兰，要不是闫江平的母亲嚷嚷，这周围几乎没有引起波动。

是不是去见网友了？陈若兰边走边思考闫江平的去向，这个问题这两天让她的脑壳发胀发疼，她身边不乏这样的情况，她单位就有一个男同事，聊了一个网友，差不多一年的时间，几乎就是网恋了，约了去女方的城市见面。去的时候也不知他什么心理，带了单位的另一位男同事，另一位男同事把那次约见的细节都讲给了她们。陈若兰记得很清楚，她听之后还把这件事讲给了闫江平，那位男同事和网友约会的细节。闫江平说你的同事又坠入爱河了？陈若兰说什么爱河，我看这种行为就是发情的公猪。闫江平说你那个男同事想来年龄也不小了吧，还没有过了发情期，发情期一过，就完了。陈若兰说你还生育期呢，一路货。闫江平说我看女人还就喜欢发情的男人，发情的男人有魅力。陈若兰说那你发一个我看看，闫江平说我不在发情期。

老去，也就是一眨眼的事。闫江平说。他老爱把这句话挂在嘴边，在他们刚结婚的时候，好日子才刚刚开始，他就总这样说。他好像是一个过来人，好像十年，二十年的时光，在他不经意间就流逝了。陈若兰不明白，人生才刚刚开始，怎么就谈老去呢？闫江平总是说，你不要不以为然，你没学过白驹过隙的成语吗？一眨眼，我们结婚都二十年了，这二十多年，你感觉过漫长吗？陈若兰就不由得回想一番，过去了的时光，确实感觉是一晃而过。

在这种回想中，陈若兰觉得闫江平是不是青春的回光返照呢，他是不是也有了那种即将老去的紧迫感，去了却青春岁月里的心事呢？

接下来的两天，生活开始不平静了，电话隔一会就有。有时是闫江平母亲的，有时是杨主任的，还有刘锁军的，还有韩香的，刘锁军在这期间采取了实质的行动，帮她在公安派出所悄悄地询问，当然是问有没有意外伤亡情况，他说没有消息就是好消息。他说不会有事。被这么多人关注着，陈若兰心里的压力可想而知。韩香暂时也忘记了她的悲伤，她说不管闫江平这十天出去干了什么，你一定要自己对你们的婚姻有信心，最坏的可能是他出去约见了一个情人，但两星期，比起一生来，根本算不了什么，他的假期不是快到了吗，也许假期结束的时候，他也就悄没声息回来了，你不要太多地指责他，他如果不愿意告诉你，你不要打破砂锅问到底，给他留点空间。

陈若兰听着好友的话，眼泪就来了，她说我听你的，只要他好好地回来，我肯定不为难他。可是如果他诚心不回来呢？陈若兰在电视上也看得多了，花花世界，什么事也有，新闻上屡见报道，抛家弃子远走的男人经常能听到，闫江平诚心要做这样的人，那有什么办法呢？

韩香说那样的男人毕竟是少数，我觉得闫江平不是那样的人，他是有工作有家庭的人。他没有理由那样做。

韩香在那两天成了陈若兰的心灵导师，不管她怎么分析，陈若兰都觉得很有道理。但明显的，越接近闫江平的销假期，陈若兰内心的恐惧就像要从心里跳出来一样，她觉得那恐惧几乎在她心里长着爪牙，到处抓挠她的心，家里的电话短时间不响，她就得把电话拨出去，不是韩香，就是刘锁军，她觉得总得有一个人与她聊聊，填补那些空寂的可怕的时间，要不那只长着爪牙的怪兽就要在她的心里乱抓，韩香说要不我过去陪陪你。她说不用，隔了这么远的距离。

大家都算准了，确实是，在闫江平的假期就要结束的前一天，陈若兰接到了一个重要的电话，是闫江平打来的，他说他在王城派出所，遇到点麻烦了，要陈若兰拿钱去找他。

还不等陈若兰仔细问他前因后果，电话就挂了。陈若兰再打过去，接电话的是一个陌生人，什么也不愿跟她说，只说你拿着钱来领人，来了就知道了。

陈若兰心中那只长着爪牙的怪兽终于跳出来了。

她舒了一口气。

她愣怔了一下，也想不出闫江平是遇到了怎样的麻烦，她第一个电话打给了刘锁军，说闫江平有下落了。在王城派出所。刘锁军说有消息就好。陈若兰说你陪我去一趟王城吧，有点什么事你也好帮我应对。刘锁军说好，我陪你去。不一会儿，刘锁军开车就停在了陈若兰家属院的大门旁。

进派出所都因为什么事呢，陈若兰问刘锁军，打架的，斗殴的，嫖娼的，赌博的，偷窃的，抢劫的，陈若兰从自己的见识里罗列了一大堆，除了这些，还有什么呢？刘锁军说也不要太往坏处想。陈若兰心想，这一大堆坏事里哪一样都与闫江平联系不到一起，她宁愿他是打架，但他长了这么大，几乎从来没有与人打过架。她曾经问过他，他说小时候只与一个男生打过一次，那个男生抢了他的弹弓，他在后面和他要，他就是不给，追得急了，他就把他的弹弓扔到了树杈上，那一次他恨死了那小子，逮住他，把他摔倒在地，骑在他身上，用拳头打他，让他还他弹弓。这可能是闫江平记忆中仅有的一次经历，所以记忆很深刻。陈若兰说长大以后呢？闫江平说长大以后也没有打过架，这话陈若兰信。他们俩在婚后倒是有不少争吵，但闫江平不是挑事的人。

不是打架，当然也不会是赌博，更不会是偷盗或者抢劫，但总有一样，沾上他了，又一个悬疑在陈若兰心里像问号一样挂着，哪一样呢？她一个一个排除，一个一个选定，七上八下的，三四个小时过去了，王城到了。

他们在导航仪的提醒下找到了王城派出所，来到接待室，把情况说了一下，被一名民警带到了财务室，交罚金。陈若兰说可以问一下吗？闫江平因为什么原因？民警说我们对发廊进行地毯式清理，在发廊里发现了他。陈若兰想问什么，却不知道该怎么问。她交了3000元罚金，拿着那张收据条，她心里的疑惑这次清晰地浮出了水面，发廊，派出所，罚金，那么闫江平这是嫖娼，因为嫖娼进了派出所。那么他这些日子一直在发廊里吗？那么那个洗头妹他认识吗？说不定是与他一起聊的网友，要不他怎么跑到王城来呢？

陈若兰一直没有说话，刘锁军也没有说话。那只张牙舞爪的怪兽又一次坐进了陈若兰的心里。时间仿佛在陈若兰的大脑里停止了，一切都静止下来。陈若兰不知道接下来还要做什么。她随着刘锁军往前走，那一刻她已经没有了意识，她不以为她是来这儿要找闫江平的，当她随刘锁军走出楼梯口的时候，看到了不知从哪儿冒出来的闫江平，闫江平漠然地看了她一眼，之后又看了刘锁军一眼。静止的世界终于又开始流动了。

闫江平穿着一件灰白的上衣，下身是一条牛仔裤，这衣服不是他离家时穿的衣服，陈若兰记得他离家时穿了那件九牧王的棉布裤子，上身是一件有绿色条纹的T恤，想象中她觉得闫江平应该说点什么，但闫江平什么也没有说。闫江平的目光在她身上游离了一下，又在刘锁军那儿游离了一下，说：你们谁拿着钱，我要用三千。陈若兰说我已经为你交了钱了。闫江平说现在我得给别人交三千。陈若兰马上就发作了，她说你说清楚，给谁交呢？闫江平说你一定想知道，我回去仔细告诉你，但不是现在，不是在这个地方。陈若兰说是不是给发廊的洗头妹交呢？她的声音被那只怪兽控制住了，几乎不是她的了。闫江平说你给不给吧，算我借你的。陈若兰还在犹豫，刘锁军从他的钱包里已经往出拿钱了，递给了闫江平，闫江平拿着钱进去了。

大概有二十分钟的时间，一个穿着有点暴露的女孩从里面出来了，她四处张望了一下，没有发现她要找的人，之后她又折了进去，陈若兰无法断定她是不是那个洗头妹。刘锁军说要不我们去车上等闫江平，陈若兰觉得闫江平本该出来了，但迟迟不见他的人影。后来，陈若兰就随刘锁军坐进了车里。

闫江平出来的时候，相跟着刚才出来的那个女孩，闫江平也是四处望了望，他没有发现陈若兰，之后他站住了。他与那个女孩不知说着什么。陈若兰看出那个女孩手里拿着一张纸，想让闫江平给她留什么，电话，或者地址？闫江平摆了摆手，隔着太远的距离，陈若兰看不出闫江平的表情，之后，那个女孩走了，走出了派出所的大门。

闫江平没有急着走。刘锁军说，你去叫他，我们可以走了。陈若兰说让他缓一缓。她隔着玻璃窗望着闫江平，闫江平则是望着异地派出所高高的楼房。陈若兰觉得闫江平不管是衣着，还是表情，还有说不出的那一股劲，让她觉得很陌生。之后，他缓缓地从台阶下来，走了过来。刘锁军摇下了车玻璃，说我们走吧。

闫江平愣怔了一下，回过神来，他摆了摆手，说，你们走，我现在还回不过神来，我慢慢走。陈若兰说这是什么破地方，回不过神来？你的魂是不是丢了。闫江平没有说话，陈若兰看出他的眼睛里有一种可怕的东西，他不是以前的闫江平，中邪了一般。

闫江平没有上车的意思，陈若兰只能下车了，她说你走了这么久，家里人都担心死了，你还不赶紧回家？闫江平说你们先走吧，我坐火车走，或者坐汽车走。陈若兰说那让刘锁军先走吧，我和你一起坐火车。闫江平说我还是想一个人完成我的这一趟旅程，明天凌晨，我也就到家了。

陈若兰只能随闫江平一个人去，她有点不懂他的心情，她尽量压制着自己的情绪，不要发作，韩香已经给她打过预防针了，不管这十多天里他有过什么经历，做过什么出格的事，这十多天，比一生，并不重要，不能让这十多天影响了他们的一生。

陈若兰眼看着闫江平从她的视线走远了，什么主意也没有。刘锁军说你在这儿等等，我去找他谈谈。不一会儿，刘锁军也无功而返，刘锁军说他的心情很坏，我了解他，心情坏的时候，他总想躲着人，他说他自己打车去火车站，他自己静一静。陈若兰暗自想，他是不是和洗头妹还没有了结，要独自去做一番了结呢？

总之，她觉得闫江平这样躲着他们，是想要一个自己的空间。

她对刘锁军说，我们回去吧。

闫江平回家以后，你得冷静一点，我总觉得事情并不像表面看上去的这样，你不要冲动。刘锁军说。作为男人，我有这种感觉，闫江平如果真的因为洗头妹进了派出所，他脸上绝对不会是这种表情。

陈若兰说什么表情呢？

刘锁军说假如事情像看上去的这样，闫江平可能脸上会有一种躲闪，但我看到他很坦然，很平静，他可能被谁误会了，或者事情不凑巧让他栽了，不是没有这种可能。你不要以为我和他是朋友在为他开脱，我说的是真心话。我了解他，这件事上你对待他的态度要慎重，不要指责他，听听他怎么说，要相信他的话。陈若兰说我知道。

闫江平是第二天中午回家的，门锁响的时候，陈若兰正倚在床上，听挂钟嘀嗒嘀嗒地往前走。在这种嘀嗒声中，闫江平开门回来了，陈若兰听到他进门了，之后仔细听他的声音。闫江平没有再继续，他的声音就止于门闭合。陈若兰仔细又听了一下，好像听到了闫江平的呼吸声，她本来以为他该进来找找她，与她说点什么，但他就停在门上。

挂钟就停在了闫江平进门的那一刻。

陈若兰屏声等待，没有等上闫江平，她只能自己来到客厅。闫江平在沙发上坐着，闫江平眯着眼睛，好像在休息。陈若兰看着他，她希望他睁开眼睛看她一下，但他沉浸在自己的世界里，可恶地回避着。

陈若兰屏着声，回了卧室。

闫江平闭着眼睛，尽量让自己平静下来。

他一点也没有想到，他只是想出去走走，到火车站的时候，无意中就买了去王城的火车票，然后就来到了王城。

之后他就去王城一中找谷穗，好多年都没有联系了，他想这样直接去找，当然这也不排除他的活思想，万一他在中途要改变主意，那就省去了不少麻烦。找去了如果人不在，那么他也就悄没声息地走了，他主要是不确定谷穗是不是欢迎他。

谷穗和他在同一所大学，比他低两届，两人朦朦胧胧相处了一些日子，后来他毕业，他们的关系也就那样不了了之。

他来到王城的街上。这街道大变了模样，不是二十多年前他第一次来的样子了，街道旁高楼林立，他记得二十多年前他第一次来的时候，路两边是五六层的楼房，那时是暑假，他在沿街的影院门口见了谷穗一面，傍晚的时候他赶车，就走了。那时他还没有吐露对谷穗的爱慕之情。

所以好多年之后，他就不由得要回想那场恋爱，那场无疾而终的恋爱，他心里怀着一种美好的惦念，他想看看谷穗，看看她这些年有没有变化。起初他们还偶尔联络一下，各自成家后，都忙于自己的事务，联络就没有了。

他怀着愉快的心情来到王城一中，想看看他的突然造访会是什么样子，但王城一中的门卫说谷穗调走了，都调走五六年了。闫江平问调到什么单位了？门卫说调到爱委会了。

当天他找到爱委会的时候，已经下班了，他从门卫那儿问到了爱委会办公室的一个电话，第二天他就在招待所给谷穗打电话，爱委会的工作人员说去年就病逝了。

他的脑袋那一刻开始就不灵了，那句话像利器一下子把他击倒了。毕业之际席卷在他心里的那场龙卷风就那样漫延开来，他被那场龙卷风席卷着走进了小酒馆，喝了酒，之后被发廊门口招揽生意的洗头妹搀进了发廊，之后他吐得昏天黑地，洗头妹从他口袋里拿钱给他买了衣服，再后来他就进了派出所。洗头妹也进来了。

那场酒五六天之后才醒来，发廊的老板闻声潜逃，无辜的洗头妹和他成了地毯式排查的成果。

洗头妹和男人离婚了，父母在乡下，没有人来赎她。

他坐在沙发上，眯着眼睛，仔细回想了一番，他记忆中发生的事就这么多。

他眯着眼睛，让自己沉浸在过去的那十多天里，主要是他自己依然回不过神来。他听到陈若兰犹豫着步子来到他身边，他没有睁开眼睛，他不知道说什么好，他不愿意把这一切和盘托出，也不愿意给她一个交代。她一定是迫不及待地想听听他的解释，他怎么会在王城的派出所里？

下午的时候，陈若兰接了一个电话，拎着包出去了，闫江平松了一口气。他洗了个澡，以为能换一下心情，以为情绪会好一点。结果他还是有一种说不出的落寞。他从没有想到在他非常迫切地想见谷穗一面的时候，谷穗却已经不在这个世界了，这种震惊让闫江平失魂落魄。命运不能假设，但他不由假设了一番，如果他与谷穗走到了一起，那么谷穗是不是能够逃脱那种厄运呢？

这趟行程，让他太意外了。发廊与派出所，更是意外中的意外，现在他一点也想不起来，他酒醉后，在发廊做了什么，他努力在记忆中寻找，但大脑里一片空白。之后的一切，他都是听那个洗头妹说的。那个发廊早就被派出所盯上了，她刚入行不懂，他，就这样迎头撞上了。

闫江平倚在沙发上，还是极力回想，后来他就回想到陈若兰与刘锁军出现在派出所的那个场景，他脑袋当时确实愚钝了，他知道了他不愿意开口的原因，是因为他被陈若兰的表情刺伤了。

他想起来了，在他拿派出所民警的电话打给陈若兰的时候，他听到陈若兰在电话中焦急的声音，他内心温热了一番，他想我什么事也没做，想听我就慢慢讲给你，他要给她讲讲谷穗的事，讲讲他的初恋，讲讲他在悲伤中酒醉的事，讲讲洗头妹其实也是一个可怜的人，但这一切，在他看到陈若兰的那一瞬间，冰封住了，他看到陈若兰出现在派出所的时候，脸上掩藏的愠怒，甚至还有一丝嘲讽。他突然觉得这是一个傻子才做的事，为什么要把自己的内心掏空呢，所以他就改变了主意。

晚上的时候，陈若兰回来了，问闫江平吃饭了没有。闫江平说吃过了，吃了一碗方便面。陈若兰说我们单位有事加班，我也已经吃过加班饭了。这两天你不在家，你妈很着急，那天我还去你们单位找过杨主任，一会儿，你给他们打个电话，报个平安，闫江平说好。

闫江平去打电话了，在客厅的座机上，陈若兰听他在电话中如何说。闫江平给他妈打电话，说他和几个朋友去了一趟东北，他大学是那儿上的，去看了看几个同学。之后她听闫江平说，没有啊，她和你开玩笑呢，哪有什么小情人。

之后他又给杨主任打电话，说他回来了，出去转了几个地方，现在在家。闫江平说我好好的，报什么案啊，他的话断断续续，说好，一定好好表现。

陈若兰屏声听闫江平打电话，什么内容也没有听到，她以为闫江平打完电话，应该和她谈谈。结果她听见电视打开的声音，闫江平看电视新闻。陈若兰感觉闫江平又成为那只盖得严严实实的暖瓶盖子，不冒一缕儿气。她最讨厌他这个样子。

她给韩香发短信，说闫江平回来了。还说了派出所的事。

韩香说回来就好，别的都不重要。

陈若兰试图与闫江平谈谈，没有谈两句，两人就吵起来了。

闫江平嗓门比陈若兰还高，好像进派出所的是陈若兰不是他。

闫江平的态度让陈若兰与他无法对话。

闫江平说进派出所你还不明白吗？赌博的，嫖娼的，我是去嫖娼了，嫖娼的罚金你不是都给我交了吗？你还不明白我是怎么进派出所的？你这不是明知故问吗？

闫江平回来后没有好好说一句话。

真你妈混蛋。陈若兰恶狠狠骂了一句。这句话让她把闫江平的那只暖瓶盖子又往紧拧了一圈。

你不愿冒一缕气就不要冒吧。

除了不愿面对她，闫江平没有什么不正常。

陈若兰不由得要静静观察他，猜度他，但闫江平的那扇门严严实实，他的作息时间从回来的那一晚就与陈若兰差开了，她睡的时候，他还在电视上或电脑上，有时还没有着家。自然他就自觉去书房里睡了。这期间闫江平去了几次发廊，他是与几个牌友晚饭后去的，那几次，他并没有喝酒，但他恶狠狠地做了其他男人在发廊通常想做的事。

他心中的那道伤并没有好起来，但结疤了，随着时间的推移，不那么痛了。

在时间的流逝中，他有了倾吐的欲望。

那次事之后，他心里空落落的，内心的混乱和虚无让他有些难受，他倾吐的欲望就是那时候强烈起来的，他把谷穗的事讲给了洗头妹。没想到洗头妹听了有些不以为然，说世界上哪有什么爱情啊，都是你们这些人凭空想出来的，这句话，让他思忖了好多天。

他实际上最想讲给的一个人，是陈若兰。但他就是拧着，不给她讲。

半年后，陈若兰说既然这样，我们离婚吧。

他知道这不是陈若兰的本意，陈若兰以离婚要挟他开口，他内心的失意和失落，不想就这样抖落在她面前，他猜想，她听了一定不会为他伤感，是不是还会幸灾乐祸呢？

他不能让她得逞。

他很痛快地答应了陈若兰，他在陈若兰眼睛深处捕捉到了那种意外和失落，他竟然产生了一种莫名的快感。

离婚一年后，他又有了那种倾吐的欲望，他非常想把这件事讲给陈若兰，他约陈若兰出来，没想到陈若兰听后，脸上的确有波澜，但已经有些遥远了。

玄 关

杨凤喜

颁奖词：《玄关》结构精巧，故事性强，思想深刻，通过三位不同父亲为了孩子而采取的各种手段，体现了当下社会对家庭品质的关注，揭示了注重家庭外在而忽略了亲情真诚等内在品格的社会现实问题。玄关是主人公对人性、亲情由麻木到重拾的一种隐喻，具有极强的象征意义。

父亲从乡下来。他在我们家住了九天。冬天，暖气不太好。我们租的房子只有两个卧室。父亲来的前一天，丽莎确定怀孕了。她和我闹别扭。她说我们还不具备生孩子的条件。

父亲很少出门，他总是钻在阴面的卧室里看一本老皇历。他还从乡下带来一本天主教的宣传册，其实他最多认识五十个汉字。丽莎不在家的时候，他会到阳台上抽一支烟。他一边抽烟，一边挥舞着胳膊向窗外驱赶烟雾，那样子是有点滑稽了。我劝他到楼下晒晒太阳，或者到小区门口看看那帮老头子们下棋，他果然去了。他出了楼门后走得很谨慎，像是担心踩坏脚下的落叶。他一只手扶着腰，突然把光头举起来，我缩到了窗帘后边。父亲63岁，看起来已经老得不成样子了。

出事的那天是个礼拜天，我以为父亲又到小区门口看下棋去了。吃午饭的时候丽莎就阴着脸，父亲出门后她抽泣起来。她说我们怎么办？我们的孩子？如果我说生下来也没关系，她肯定会发脾气。我了解她，了解她一系列的理论和对美好生活的向往。她烦躁的时候会追诉我的种种劣迹，包括谈恋爱的时候。她喜欢拿玻璃器皿撒气，也许是因为透明。她在餐桌的一个角上把我的茶杯砸碎了。

下午四点多，我就接到了电话。我和丽莎赶过去，在两公里外的城市快速路上，父亲躺在血泊中，半个身体探到一辆越野车的底下。他的样子看起来像是正在作业的修理工。我没有看到他的脑袋。司机是一个刚毕业的大学生，出事以后吓得逃掉了，报警电话和急救电话都是路人打的。父亲身边掉着一个小本子，上边有我的住址和电话，是我担心他找不到家特意为他准备的。丽莎搂着我的脖子说，亲爱的，你一定要坚强，我们还有好多事情需要处理呢。她拧着眉头，嘴角的肌肉机械地抽搐，努力想哭出来。我果真没有掉眼泪。

父亲被安置到了殡仪馆。接下来的事故处理，一直由肇事者的父亲与我们接洽。那是一个六十来岁的谢顶男人，丽莎托人查了查，他确实是木器厂的下岗职工。肇事的越野车是他儿子和同学借的。谢顶男人耷拉着脑袋，一直用嘶哑局促的声音向我们道歉。丽莎揪着他的衣领说，我们的父亲被你儿子撞死了，肇事逃逸，说声对不起就可以解决问题吗？那是在交警队，谢顶男人被丽莎逼到了死角，丽莎歇斯底里的吼叫声一度让调解工作中断。主持调解的余警官很有经验，他分头做我们的思想工作，一周以后总算达成了赔偿的意向。对方和保险公司的赔偿金加在一起，我们可以得到七十三万。丽莎还嫌少，余警官说，对方把房子都抵押出去了，祸是他儿子闯的，如果他一分钱不赔，就算他儿子判了刑你们又能得到什么呢？丽莎没有再坚持，我在谅解书上签上了自己的名字。

父亲的遗体火化以后，我把他送回了二百里外的老家。临行前整理父亲的遗物，我发现那本天主教的宣传册里夹着一张老家医院的诊断书。看过以后我重新把它夹进去，与其他东西一起装进了那只旅行包。父亲来的时候就扛着这只旅行包，鼓鼓囊囊，现在却装不满。我想起来父亲来的时候还给我们带着一大包花生，那是他亲手种的。我把包着红布的骨灰盒装进去，刚好把旅行包塞满了。已经是腊月二十，寒风凛冽，车窗外灰蒙蒙的，我拎着父亲回家。最近几年，父亲总是在腊月二十二，也就是小年的前一天才会赶过来和我们团聚。他来也就省得我们回去了。但他今年来得早了些，我并没有在意。现在还不到小年，我要把他送回去了。

我在老家总共待了六天。有亲戚朋友帮忙，父亲的后事还算办得顺利。父亲和母亲合葬在一起，我在坟前为他们立了一块碑。母亲已经去世二十多年了，我还记得她的生日，父亲的生日却是在堂叔的帮助下才想起来。我在冰冷的墓碑前磕了三个头，把父亲的生日输进了手机。

回来就要过年了。丽莎温柔而又体贴，她怕我伤心。她安慰我说，人死不能复生，如果父亲活着，他也不希望我们伤心的。腊月二十九，她拉着我到购物中心买了一身西服。她置办了许多年货。今年来不及了，明天过年的时候可以到我家去，她说。或者把我爸妈接过来，那样热闹，她说。她瞅了我一眼，把一条艳红的丝巾递还给售货员。晚上，她让我摸一摸她的肚子。她抓住我的手放上去，我抖了一下。你怕什么？她让我的手掌在小腹上缓缓移动。再过八个月，秋风送爽的时候我们的孩子就要出生了。

正月初七，上班的第一天，午饭后丽莎拉着我去看房子。其实买房子也不急，她说，关键是房价很可能涨起来，专家说肯定会反弹的。她前期已经做了好些准备，我们去了锦绣家园、欧风丽景、德国小镇、鸿运世家。无论看房子还是谈房价，她都很在行。她甚至让伶牙俐齿的售楼小姐张口结舌。她总是征求我的意见。我说，你就全权决定吧。她说，这可是大事情，一家三口的事情，买不好怕你将来埋怨我。我好长时间才反应过来，她肚子里已经有了孩子。现在，我们已经是三口之家。

正月一过，买房子的事尘埃落定。丽莎选中的是福泰花园的现房，两居室，90平方米，主卧和次卧都在阳面。已经相当不错了，丽莎说，唯一不满意的地方是卫生间没有窗子。另外，小区的名字老土。我们走进将要属于自己的房子内，丽莎沿着墙壁仔细地查验。她进了主卧，然后是次卧，然后是卫生间、厨房、阳台。她勾回来两根手指在墙上敲。她戴着平时不用的近视镜，还在小区门口的地摊上买了一把放大镜。嗨，她冲不耐烦的售楼小姐喊，墙角怎么会有一条裂缝，小姐你知道砂浆中水泥和沙子的比例吗？尽管她如此挑剔，房子还是买下来了。

　　交钱的时候，丽莎带着那张银行卡。父亲的赔偿金都在卡里。她计划在银行转账，但跨行需要花一笔手续费。她给售楼部打电话抱怨，为什么不能多开几个账户呢？她决定用现金支付。我站在她身后，望着5号窗口漂亮的女营业员给她取钱。营业员穿着天蓝色的衬衣，打着领结，面无表情，熟练地操作。她把一沓百元大钞拆开，放进验钞机，然后便响起鼓掌般热烈急促的声音。一张张百元大钞验明正身，前赴后继地跑到另一端团聚去了。看好了，营业员说，一万，她从验钞机上取下钱，在柜台上磕了两下，将白纸条飞快地缠绕上去。她不停地重复着同样的动作，百元大钞砌墙一样一层一层长起来，遮蔽了我的视线。

　　我从来没有面对过这么多现金，这么多的百元大钞。丽莎带着一只旅行包，与父亲用的那只一模一样。那还是在三年前，我和丽莎跟团到海南旅游，两只包都是旅行社发的。老公，抱紧它！银行的玻璃自动门打开，丽莎吩咐我，她的声音脉搏一样一跳一跳的，像憋着一股劲。她警惕地观察着周围的状况，两只手握成了拳头。一个戴着墨镜的胖男人迎面走来，她一个箭步挡到了我的前面。这时候，恐怕任何人在她眼里都是抢劫犯吧。

　　来到售楼部，丽莎又开始发脾气。她从我怀里夺过旅行包，像扔炸药包一样砸到了桌面上。咚的一声，旅行包似乎蹦了一下，缓慢地塌陷下去。丽莎双手叉腰，为账号的事吼叫着，然后监督着两个小伙子数钱。一沓一沓的百元大钞又被拆开，放上了验钞机，鼓掌般热烈急促的声音不停地重复着。这一次我离得更近，中间没有隔着玻璃橱窗。我望着验钞机上的百元大钞日子一样拼命奔跑，它们是投奔死亡吗？我的眼前又浮现出父亲葬礼上飘洒着的冥币。那可不光是百元大钞，最大的面额高达10亿。即便如此，父亲的葬礼还是显得简单了些，甚至有点滑稽了。乡下人活着的时候再寒酸，死后也会被人抬着，享受众星捧月的古老仪俗。但父亲不是。父亲客死在异乡，客死在遥远的城市。父亲的身体化成了灰，我捧着他走向墓地，他的灵魂跟随我回来了吗？西北风呼啸着，山坡上的枯草浪花一样翻卷，不清楚是在嘲笑还是在惋惜和感叹。

既然拿到了房门钥匙，接下来便是紧锣密鼓的装修。丽莎说，我们要抓紧，早一天装修好，我们的孩子就可以早一天住上新房。她白天跑家装公司，先后跑了十六家，两只脚都跑肿了。晚上她一边泡脚，一边在电脑上查资料。她不小心把脚盆蹬翻了，屋子里到处都是她的洗脚水。她终于拿出了装修方案，家装公司也敲定了，然后冲我抱怨说，你不能总是这样消沉，我怀着我们的孩子呢，累坏了怎么办？我不吭声，她又说，你是不是因为我没有陪你回老家对我有意见？我真想回去，可一个怀孕的女人是不应该参加葬礼的。我还是不吭声，她叹了一口气。这是父亲去世以后她第一次叹气。我怀着我们的孩子呢，她又说，装修的时候你去当监工！

装修公司提供了一张类似于旅行日程单的东西，看起来倒是一目了然。第一步是墙体的拆改。按照丽莎的设计，卫生间的门要换个方向。原来的门堵起来，另一边需要拆墙。第一天去了两个装修工，他们都是彪形大汉。他们先用电钻在墙上打眼。钻头找准砖缝，在刺耳的声音中不依不饶地掘进。担心损坏工具，他们在墙眼里喷了水，类似于血浆的浓稠液体在电钻的旋转中喷涌出来，血道子在下边的墙面上挂成了血帘。然后他们用锤子敲，不停地敲，一块破损的砖飞到我的脚下。然后他们换了锤子。他们使用的锤子像春晚小品里黄宏使用的锤子那么大。咚的一声，墙在颤，整幢楼，整个世界都在颤。咚的一声，豁口处有砖头和水泥的碎粒掉下来，晃动的墙面上泛起一片白光。咚的一声，我下意识地捂住了肚子。我感觉肚子里的某个部件急速地跌落。然后它又弹起来，然后又沉下去，蹦极一般，牵扯着它的是一根血肉模糊的绳子。拆改完墙，要对水电管道重新布局。换了两个装修工，他们的工具也变成了切割机。他们在墙面上画了线，抱着切割机，锋利的齿轮切开墙面后一直向前旋转。切完一道后又切一道，然后用锤子和錾子把两条线中间的水泥和砖头敲下来。那道斑驳的，还在延伸的伤痕看起来再难缝合。我听到自己呼哧呼哧的喘，肚皮紧绷绷地痒，似要撕裂。我感觉身上的某一根血管被切断了。我蹲下去咳嗽，头顶上弥漫着刺鼻的粉尘，火星子时隐时现。我跑到了屋外，砰的一声，屋门被楼道里强大的气流推搡回去。

晚上施工结束后，丽莎会过来验收一下。她终究还是对我不放心。第六天，她又发脾气了。我肚子里怀着我们的孩子呢，她说。我本来不想生气，她说，可你这监工怎么当的？也不是南水北调工程，电线槽子需要这么宽吗？你再看看给热水器的阀门留的这两个眼，它们一样高吗？你的眼睛怎么长的？谈恋爱的时候你就这样敷衍了事……丽莎喋喋不休，我本来想迁就她，没有能忍住。我说那你来监工呀，你以为我喜欢干这种龌龊事？我几乎是在吼叫，她吃惊地望着我。她说龌龊？你什么意思，你给我说清楚！她的眼眶里转出来泪珠子。你给我说清楚，为了我们的孩子，我已经忍了你很久了！说着她的眼泪就流出来。我站在一堆建筑垃圾旁，听到了她哭的回声。第一次来看房子我就注意到了这种空洞的回声，像是声音的影子。像是另一个看不见的人在墙的另一面应答或者呼唤。

丽莎的眼睛哭肿了。我一直沉默着，后来她反倒安慰我。我知道你心里难受，她说。谁的父亲去世了也会难受，她说，问题是我们要把日子好好过下去，这就是生活。她还在抽泣。她又抓住了我的手，放到她小腹上。你摸一摸，她说，我们的孩子，我们的孩子一直在动，我昨天晚上梦到小家伙叫我妈妈了！她抓着我的手掌在小腹上移动，我努力抽回来。她突然间发出了骇人的尖叫。

医生说，问题不算严重，但丽莎还是需要保胎的。丽莎吓坏了，她说都是让我给气的。她想骂我，又不敢骂，我陪着她住进医院。她主要是打针，输液，卧床静养和观察。稳定几天后医生说我可以推着她到后院里晒晒太阳。春天来了，草地绿了，院子里有迎春花，太阳暖融融的。你这几天表现不错，丽莎说，将来要好好伺候我坐月子。树上的小鸟叽叽喳喳地叫，到处都是晒太阳的病人。如果时间能停下来，我们就这样在阳光下陪伴也是很幸福的，她扭头和我笑，这一刻她确实很妩媚。你喜欢男孩还是女孩？她问我。我说随便吧。条件允许的话我要再生一个，她说。我们在另一辆手推车前停下来，一个老太太推着一个老头，老头摇着手指和丽莎打招呼。他的头发快掉光了，满脸老人斑，有八九十岁了吧。不要紧吧，老头说，老太太探身帮他揩了一下鼻涕。我可没有病，丽莎赶紧解释。是孩子，我们的孩子没事的，她摸着肚子笑了。那你住在妇产科吧，老头也笑。我住在九楼，他朝住院部那边指，丽莎沉下了脸。老太太说，死老头子，这也是显摆的吗？老太太冲丽莎笑，丽莎摸着我的胳膊说，我们回去吧，天太热了。我便把她推回去。妇产科就在一楼，婴儿的哭声此起彼伏，两个挺着大肚子的女人在楼道里散步。真是个神经病，丽莎骂那个老头，没什么问题的话过两天咱们回家吧。我说好，回家。我把她送回房间，上完厕所后去了一趟九楼。九楼是肿瘤科，我是从楼梯走上去的。我在楼梯的转弯处听到有人哭，或者耳朵又出问题了。两个中年男人站在楼梯口抽烟，一看就是乡下人的打扮和做派。他们在商量要不要做手术。我听出来了。但我没有听清楚住院的是他们的父亲还是母亲。我停下来，他们狐疑地望着我。我转身往下跑，零乱的脚步踩着呼哧呼哧的喘息声。丽莎问我，你跑哪儿去了，你怎么出了这么多汗？其实我已经擦过了汗。我冲丽莎笑，她也狐疑地望着我。是不是在产科遇到初恋女友了？她和我开玩笑，我没有回应。生孩子的时候咱们还来这家医院吧，多少算个纪念。她把毛巾递给我，我捂到了脸上。

丽莎出院以后，装修又开始继续。她吸取了经验和教训，只是吩咐我，提醒我，为了我们的孩子她不想再生气。该动木工了，这一次来了四个男人，他们把一台笨重的电锯抬到了新房里，各种板材被锋利的齿轮一一肢解，嘶鸣声振动着锯末和污浊的空气，大小不一的钉子被射枪嘭嘭嘭地射进木板，不清楚他们会不会在规定的时间内干完。我每天到新房两次。我觉得应该负责一些，以免丽莎不高兴。射枪把钉子射歪了，我要求拔出来再来一次。镶到电视墙上的木板出现了一指宽的缝隙，我要求重新对接。一位姓武的师傅说，大哥你也太认真了，其实这些都无关紧要，泥子会把它抹平，油漆工下一步会把一切都打理好。我听从他们的意见，好在丽莎几天都没有过来。晚上收了工，师傅们走后我把锯末扫到墙角，越扫越多，直到看起来像一座坟墓。天色暗下来，我没有开灯，坐在锯末上抽烟，经历了一整天的喧嚣后房间内如此安静。烟雾在暗色里隐隐约约地飘散，我恍惚看到了阳台上的父亲。我躺到锯末上，身体缓缓地沉陷。好些年了，父亲仿佛一直就是个若有若无的存在。除了过年的团聚，我很少和他联系。他总是沉默着，即便回老家去，除了几句客套话，我不知道和他说什么。我更不知道他糊里糊涂地想些什么。父亲虽然把我培养成了文化人，但他没文化。我确信我们父子间没有矛盾，没有隔阂，好像又有着巨大的矛盾和隔阂。我忽略了这种隔阂，好些时候把父亲也忽略了。好些时候我更像是一个没有父亲的人。卫生间响起了滴水声，新房内异常安静。我咳嗽了一声，或许是因为哽咽，然后我听到了另一声空洞的，甚至苍茫的咳嗽声。父亲的肺恐怕早就出问题了，但他还在抽烟。他站在阳台上，一边抽烟一边把烟雾赶到窗外。那样一种状态，他肯定抽不出烟的味道。我坐起来，突然想喊一声爹，这个称谓已经变得陌生了。爹——我努力喊出来，却什么也没有听到。父亲的葬礼上也是这样，我想喊出来，我想哭，但我一滴泪都没有流出来，泪腺仿佛已经枯竭。我掐灭了烟蒂，屋子里黑沉沉的，对面的楼上倒是闪耀着灯火。我还是想喊出来，真想喊出来，那种苍茫空洞的声音也许就是父亲的应答。我听到手机在响，刚才我把它放到电锯上，锋利的齿轮旁跳跃起鬼火一样的幽光。丽莎说，亲爱的，还没有收工吗，我们娘俩等你回来吃饭。

事实上，丽莎还是对我不放心。木工结束以后，她来验收了，这就像忽略了平时的摸底考试而把重点放在一锤定音的大考上。这么说，我这个监工的作用接近于多余。但丽莎学会了不生气。她仔细地审验，一条一条记下来。她有合同，直接和装修公司的老板谈判去了。这个不行，她说。这个也不行，她说。这个更不行，她说，尤其是玄关，太不像话了。她怕我伤自尊，晚上又安慰我。老公，其实你的作用还是很大的，起码没有出现大的纰漏，她说。老公你知道吗，好些装修工心理不平衡，他们买不起房子，偷偷摸摸搞破坏，事后发现就迟了，她说，更像是警示我。然后她就给我讲起了玄关。玄关对于整个装修实在是太重要了，它就像一个人的门脸，有谁能不注重自己的门脸呢？

之前我还不知道玄关，还以为玄关是某一个网络游戏里的专属名词呢。丽莎说，玄关本来指的是佛教的入道之门，不清楚怎么回事，后来人们就把房子一进门那块地方叫作玄关了。它可是开门后的第一道风景，是乐曲的前奏，故事的序幕，总之是一个家庭的品质与品位一下子就传达出去了。她讲得很严重，好像我们的房子里装满了故事。因为装修工的"粗制滥造"，她把玄关的设计方案临时进行了调整。她要求把卫生间那面墙的墙根削进去三厘米。别看是三厘米，她说，摆上鞋柜后效果绝对不一样。她要求吊顶体现一种江南水乡的灵秀与通透，以便与玻璃屏风形成呼应。她要求换两个装修工返工，但不同意加钱。回家的路上她和我说，老公你放心，看起来我和他们吵得很凶，但我不生气，为了我们的孩子我坚决不生气。她挽着我向前走，肚子还没有显出来，准妈妈的姿态却已经拿捏出来了。老公，你还是要盯紧点，她说，为了我们的孩子。

但我不想盯紧点。我不想去监工，不想面对那些锋利的工具和粗暴的操作。丽莎在睡梦中发出了笑声，她八成又梦到了我们的孩子，而我梦到的是自己的父亲。父亲在烟雾中影影绰绰向我走来，他在哭，或者在笑。他的光头上顶着一片枯黄的落叶。他站在门外左顾右盼，化成一缕青烟。第二天早晨丽莎醒来后我和她商量，既然法院今天对肇事者进行审判，我还是过去一趟吧。丽莎说，民事赔偿已经了结了，不是说好不去了吗？我不吭声，她又说，我是怕你伤心，怕你见了肇事者情绪激动。我不吭声，她又说，过去谴责一下那个无良的大学生也好，顺便连他父亲也谴责一下。

我来到法院门口后并没有进去。马路对面有一条巷子，巷口修理自行车的老头摆着棋摊，聚拢了不少人气。后来我也走过去看，一群撅着屁股的老头遮挡着视线。下棋的一个老头和一个旁观的老头争吵起来，我想起来小时候父亲曾给我讲过观棋不语的道理。父亲唯一的爱好就是下棋，也只有下棋的时候才会多几句嘴。他的道理是，作为旁观者是没有资格指手画脚，说三道四的。我回忆起父亲说话时候的神态，那时候他还年轻。他几乎在眨眼间老下来，话越来越少了。这么多年了，我很少和他坐下来说说话，那分明是一件尴尬的事情。这么多年了，我好像很少和谁推心置腹，好像是生活中的一个旁观者。吵闹声很快平息下来，然后是漫长的静寂，我仿佛听到了时间流淌的声音。我往马路对面看，法院猩红的大门上爬满了蜘蛛一样的圆钉，如一堆锋利的眼睛注视着我。其实我真想到庭审现场去看看那个肇事者。如果他速度稍稍慢一些，父亲决不会倒在他的车轮下。就算父亲查出来不治之症又怎么样，他同样是肇事者，同样是杀人犯，没有哪条法律规定他可以因此减轻罪责。我好像冲动了，就像丽莎说的那样，谴责一下那个无良大学生和他的父亲有什么不好呢？我往马路对面走，车流如梭，没有哪一辆肯在斑马线前放缓速度，除非我冲上去。我听到了刺耳的刹车声，面前泛起一片血光。

中午回家后丽莎说，老公，打电话你怎么不接，我一直在操心你。我不吭声，她又说，事情总算有个了结了。她准备了几道菜，我没有食欲。她又搂着我，后来还是忍不住说起了玄关。她和我商量，想把将来的玻璃屏风改成实木镂空的。主要是为了孩子，她说，万一地震呢，我是担心玻璃会碎。我表示同意，她笑了。老公，上午装修公司没有把人派过去，经理说下午一准有人去，吃了饭你过去看看吧。

我便去了。我一路走过去，漫天的柳絮在面前缠绕。我没有想到打开房门后会看到肇事者的父亲，那个谢顶的六十来岁的男人。他蹲着，穿着笨重的蓝色工装，正在用錾子和锤子对付着墙面。丽莎要求将这面墙的下边削进去三厘米。他抬头冲我笑，一缕花白的长头发从后脑勺耷拉到耳边，然后他的神情凝固了。是你？他说。他面对着墙缓缓地站起来，身体向前倾，一只手扶着腰。我确认他的身份后有那种如梦似幻的感觉。上午他肯定到法院了，我没有在法庭上与他会面，却在自己家里与他不期而遇，这也算人生中一种必然的相遇吗？我下意识地往后退，又觉得不应该退，我不知道该说什么。他一只手里还拎着锤子。他把另一只手抬起来，又放下。这块叫玄关的地方如此逼仄，我们之间的距离不会超过一米。对不起，他说，我没有想到，这是你的新房。他弯下腰把锤子谨慎地立在墙角，扭过身又冲我笑。他笑得如此别扭，吃力。对不起，真的是对不起，他说。他的声音还是那样嘶哑，局促，分明在讨好我。他好像瘦了，或者是身上的工装太过于肥大。对不起，真的是对不起，他说，那个小畜生，他借同学家的车是到车站接他的女朋友。他和他的女朋友吹了。他妈现在还病着。对不起，我不是那个意思，我是说没有想到这是你的新房。我和装修公司说一下，我不会要你的工钱，或者我领到工钱后退给你……他垂下头，断断续续地喃喃着，接近于自言自语。他的样子像一个精神病患者。我还是不吭声，他终于蹲下去，又开始对付那面墙。他用锤子敲了两下錾子，又把头抬起来。这时候我看到他塌陷的眼眶里储满了泪。对不起，他又说，那个畜生，他不光毁了别人，他把自己也毁掉了……他呜呜地哭了起来，嘶哑破败的哭声在房子里盘旋。于是房子也哭起来，尽管我知道那是墙壁的回音。我站在这个叫作玄关的地方，一动不动地望着他，这个痛哭流涕的父亲。我真想劝劝他，但还是不知道说什么好。有一瞬间，我产生了上前拥抱他的冲动。他又开始用锤子和錾子敲打墙面，一边哭一边敲打。现在，他也许是在为他的孩子哭。现在，我的孩子正在他妈妈肚子里茁壮成长，他是个男孩吗？等他长大后他肯定会问到他的爷爷。某一天酒后失言，我也许会告诉他，这栋房子是他爷爷留下的，这栋房子就是我的父亲。

雪　猫

黄静泉

颁奖词：小说通过人、猫、鼠三个形象，形成了有趣的互喻和巧妙的意味，以猫为题，借猫事说人事，互相影射，彼此映照。在纷繁的故事中，通体洁白的雪猫给人留下的印象最为深刻。雪猫之于粮库，可以震撼苟且的鼠辈，平息恼人的鼠患；雪猫之于彩画，既是慰藉，更是一份信念；雪猫是洁净、公正与真理的象征。

一

彩画是行政处的库管员，她进库里去给人们打油，刚把头探到油缸的缸沿上就哇一声惊叫，扬起两手向后倒去，跟在后面的两个男人被尖叫声吓了一大跳，一边扶住彩画一边惊恐地问：咋啦咋啦，出啥事儿啦！

彩画两眼噙着泪花，显出很委屈的样子说："油缸里……油缸里……"彩画已经说不完整话了。

两个男人说，油缸里咋啦，油缸里咋啦？

两个男人疑神疑鬼地把头探到油缸的缸沿上，头发唰一下就立起来了。油缸里漂着三只一尺长的大老鼠，灰色的毛披散开，白白的肚皮鼓胀朝天，就像浮在水面上的鲤鱼肚子。

· 91 ·

这只油缸很大，缸沿和人的胸脯一样高。有时候，彩画给人们往出打油，被缸沿摩擦住乳房，就在心里偷着笑。

彩画从来不敢一个人进库房，其他两个女库工也不敢独自进库房，有事儿的时候，都叫个伴儿，就是害怕库里那些横冲直撞的大老鼠。那些老鼠有多大？就像一只只大猫，让人看见很惊恐。老鼠肆无忌惮地咬烂大米袋子和白面袋子，地上到处都是米和面，就像一片一片白雪。人有时就走在那些米面上，心里很不舒服。米面上散落着中间粗两头尖的老鼠粪，那些老鼠粪就像一颗一颗红枣核子。

彩画仿佛受了极大的委屈，眼泪花花地呆站着，紧紧地抿着嘴唇。过了一会儿，回头就走，走出很生气的样子。她怒冲冲地走进吴处长办公室，就再也憋不住心里的委屈了，泪水就哗哗地流淌出来。

吴处长惊讶地问："彩画，你咋了，你哭啥？"

"吴处长，我真是让它们气死了，真是气死我了！"

吴处长说："是谁气死你了，为啥气你？"

彩画说就是那些老鼠，就是那些该死的老鼠，处长去看看，要是气不死你才怪呢。彩画一边愤怒地说着话，一边抹去眼泪，硬把吴处长拽到油缸跟前，很生气地嚷道："您看看您看看，大老鼠死了一油缸，这可咋办呀，这可咋办呀？"

吴处长也觉得那情景是又恶心又瘆人，看来看去呢，觉得心里也是很不舒服。库管员们经常反映老鼠问题，可这问题总是不能解决。吴处长认为老鼠又不像人，你不能把它们召集到一起开大会骂它们一顿，让它们引起注意，或者给它们记个什么处分，反正你拿它们没有一点办法。再说了，库房里又不允许使用老鼠药，你说你让我吴处长怎么办？吴处长看着油缸里漂浮的死老鼠，恨不能让老鼠活过来，然后再狠狠地打死它们。吴处长嘟囔着说："这王八蛋这王八蛋，坏了好几吨油坏了好几吨油。真是可惜死了真是可惜死了！"

"吴处长，您说咋办呀，您说咋办呀？"彩画搓着手，跺着脚，显出很焦急的样子。

吴处长说："我也是真不知道该咋办呢。"吴处长想了想说，要不买只猫来试试？你到猫狗市场去买只猫吧，花多少钱，回来我给你报销。

彩画想了想，就去了猫狗市场。卖猫的人给彩画介绍了好多猫，说这种猫是波斯猫，那种猫是中国猫，还有袖珍猫，这种袖珍猫最好玩，永远长不大，可以放在袖筒里养着玩。彩画说现在中国真是千奇百怪啥都有，还有袖珍猫，恐怕袖珍猫是给古人养的吧，古人穿着大袖子衣裳才适合袖子里装猫，现在人的衣袖都是紧袖，哪能装进猫去？卖猫的人就赔着笑脸说，也就是个叫法，其实也不能养在袖子里。彩画说那就是骗人呢吧。卖猫的人说绝对不骗人，这猫绝对长不大，最大也不如一只大老鼠大。彩画说要是不如老鼠大呢，还不得叫老鼠把猫给吃了？彩画抬起两只手比画了一下笼子里的小猫，又比画了一下库房里的大老鼠，摇摇头，认为这么小的猫让库房里的老鼠一顿能吃两只，等于给老鼠买回肉了，不能买。卖猫的人没看出彩画比画的意思，急忙解释说："大姐你放心，这猫长几辈子也长不了那么大，要是能长那么大，到时候你抱着猫来，我把耳朵割下来喂你的猫。"

这话说得多有水平，好像彩画已经买走猫了。好像是，你不买也不行了。

彩画笑着说："我不要它吃你的耳朵，我要它吃老鼠。"

卖猫的人说，也许长大了才能吃老鼠，现在还小还不能吃老鼠。彩画听出意思了，原来这猫是能长大的，心想这又是一个骗人的人。彩画说我不买你的袖珍猫，我要买过去那种逮老鼠的猫。卖猫人赶紧弯腰揭开一块苦布，笼子里就露出两只大黄猫。

"这是袖珍猫的妈妈和爸爸吧。"彩画说。

"你别管它是妈还是爸，这猫保证逮老鼠，不信你拿只老鼠试试？"

这卖猫人多会说话，多会招徕生意，你说买猫的人哪能一下子就拿出一只老鼠来？你以为男人背转身尿尿哪，说掏出来就掏出来了，这话说的，好像你不买他的猫就一定是你的不对了。彩画认为这是一个不诚实的人，就是买猫也不买他的，让他的大小猫烂在笼子里。

　　猫狗市场设在马路边上，那些狗充满着恶意，让人感到害怕。过去这里是一片菜地，种着大片大片的茴子白，蝴蝶在茴子白上飞来飞去，飞累了就落在茴子白上，落在茴子白上的蝴蝶颤动着花花点点的翅膀，让人觉得十分的好看。这地方原来还种蔬菜，比方芹菜、菠菜、西红柿、豆角什么的。可不知从什么时候起，这片菜地居然变成猫狗市场了。

　　彩画小心翼翼地游走在猫狗市场里，躲着那些不怀好意的狗。彩画终于看见一只雪白的猫，那只猫卧在一只圆圆的柳条篮子里，篮子旁边坐着一个灰头土脸的老太太，好像老太太需要把猫卖了，然后去饱饱的吃顿饭。彩画问老太太这只猫卖多少钱？老太太说要诚心买呢，就给六十块钱吧。老太太还说，这只猫本来是不舍得卖的，可孙子上学凑不够学费钱，才狠狠心把猫提来了，没卖过猫也不知道该卖多少钱，老太太说这猫养了七八年了，就像家里的一口人，真是舍不得卖呢。彩画说她已经转悠好长时间了，也知道了一点行市，就给您九十块钱吧。老太太坐在地上，仰起脸看彩画，好像有点不相信的样子。

　　"九十，不，一百。"彩画说。彩画觉得自己的眼睛有些湿润。彩画想到了自己的孩子和所有的孩子。现在孩子们上学真是太不容易了，每天拼命学习，即使大学毕业了也未必能找到工作。自己的孩子马上就要初中毕业了，若是考不住当地的一所重点高中，就得给学校明码标价的四万块钱择校费，除此之外还得给中间人好处费，她从心里对今天这个社会很不满意。老太太要六十块钱卖猫，她却要出一百块钱买猫，就是要发泄一点心里的不满。

　　那只猫，瞪圆两只眼睛，眼睛被阳光一照，唰一下泛出湖蓝色，十分尖锐也十分好看。雪白，没有一根杂毛，简直是雪，好像要融化的样子。

老太太抚摸着猫说："你遇到好人家了，这下我也放心了。"

彩画给了老太太钱，抱着猫要走，老太太突然拽住彩画的胳膊，好像害羞的孩子低着头说："你对它好点，它可懂事儿呢。"

彩画看见老太太流出眼泪来就不敢再看了。就这泪，就让彩画喜欢上这只猫了，就跟这只猫有了亲人跟亲人一样的亲近感。彩画抱着猫赶紧走，害怕老太太后悔了，又说不卖了。走了很远的时候，彩画才回过头看了一眼，她看见猫狗市场上尘埃荡荡，非常混乱，这让她知道，她永远也看不见那片花黄菜绿的蔬菜地了，她内心里泛起一种伤感来。

彩画抱着猫回到行政处大门口的时候，正好碰着了副处长越强坚，彩画不太喜欢这个人，所以总是敬而远之。越强坚问彩画抱只猫干什么，彩画就说了吴处长让她买猫的意思。

越强坚说："是吗，是吴处长的意思吗？是吴处长的意思那可就太好了。"越强坚抱过猫就往吴处长办公室走，好像这只猫不是彩画买来的倒是他买来的，他表现出的样子完全是立了战功的样子。他抱着猫，站在吴处长面前说："吴处长您能想出这办法真是为单位操心操到家了，不把单位当成家的人根本想不到这么细。"

吴处长说你把猫让彩画抱到库里去吧，它要是逮老鼠呢，就是只好猫，要是不逮老鼠呢，就是中国男足。吴处长看着猫，说这猫真白，白得晃眼，就像雪。

"就是白就是白，我当时一眼就看对了，以后就叫它雪猫吧。"彩画说。

"雪猫冰猫都行，看好了，别花钱买的东西再让它跑了。猫这玩意儿记路呢，俗话说，猫记千里，狗记八百，猫这玩意儿，绝呢。"吴处长还说，狗日的老鼠怎么那么多，怎么越来越多了。

"就叫雪猫。"彩画边走边想，还真是不能让它跑了。

彩画抱着猫，胆子就大了，也没叫同事，就自己进了库房，把猫款款地放到床上，然后就坐在床边抚摸那只猫，那只猫就喵喵地发出声来，声音很温和。彩画对猫说，从今往后这就是你的床，愿睡愿卧随你的便儿，只要你好好逮老鼠就行。

"不知你过去叫啥，以后就叫雪猫，记住了吗？叫雪猫。"彩画很认真很友好地对雪猫说话。

"跟谁说话呢，你在跟谁说话呢？"冯艳花听说买回了猫，也专门来看猫了。

"雪猫，我是在跟雪猫说话呢。"彩画说这只猫长得真惹人心爱，她说她给猫起了名字叫雪猫，也不知好不好。冯艳花看着雪白的猫说，好好好，名字和猫，真般配。

雪猫很安静地卧在床上，好像已经在这儿卧了好多年了。

彩画说你看它多老实，就像一直是咱们的猫，它跟咱们真是有缘分呢。

冯艳花纤细的手指在猫身上慢慢慢慢移动，听了彩画的话就笑了，说，男人老实了好，猫老实了可不好，猫老实了怎么抓老鼠？两个女人就会意地笑开了。其实女人在一起的时候，总喜欢说一些煽情的荤话来解心痒。

彩画今天心情特别好，回到家就开始炒菜。她要炒一盘肉丝湘芹，卖菜的人说这是湖南出的芹菜，所以叫湘芹。再配点山药丝，爆锅时还放了一点红红的辣椒丝。细细的湘芹，细细的山药丝，细细的肉丝和红辣椒丝，这盘菜就红白绿都有了，看上去就好吃。然后又开始炖鱼，她炖鱼很简洁，把油烧热了，把切碎的葱姜蒜和红辣椒放进锅里炝锅，然后再倒一股子山西老陈醋，那种混合香味马上就四处飞扬起来，紧接着是添水，放鱼，但不倒酱油，这样做鱼，鱼汤鲜亮，没有倒酱油那么浓稠。这样做鱼，速度快，也就是几分钟的时间。今天做鱼是有目的的，儿子就要中考了，吃鱼补脑子，鱼肚子里的东西明天带到库房去喂猫。

儿子和丈夫回到家都喊香，都说今天这菜怎么这么香。

吃饭的时候，彩画笑眯眯地对丈夫说："这么好的菜，你也不喝两口？"

丈夫呆住了，过了一会儿才反应过来说："你今天是咋啦，平常骂着不让喝，今天咋主动让喝了？"

"高兴呗。"彩画很神秘地微笑着。

"看样子，你是真高兴了哈。"丈夫拿来酒瓶子和酒杯，很诡秘地说："嗯，有想法，是主动有想法了。"

"屁的想法，我今天买了只猫，雪白的猫。"

"雪白的猫，在哪儿？"丈夫往四处看看，没看到猫。竖起耳朵听听，没听到。

"是给库房买的，不是给家里买的。"

儿子急忙插话说："一定好看好玩儿吧。"

"你别管，赶快吃饭，吃了饭去学习。"

儿子一听学习就生气了，端起饭碗到自己屋里去了。

彩画说，你看这孩子，菜也不吃就走了，现在的孩子，咋都是脾气那么大呢？

丈夫不想坏了妻子的高兴心情，就无话找话地说，我以为你是买回猫看我那玩意儿的，原来是给库房买只猫，还值得那么高兴啊。

彩画说你就知道那玩意儿，你以为你那玩意儿多吃香啊，也就是我……

"可不就是你，要是让别人吃香了还不得让你一刀切下去炒菜吃？"

彩画笑了，心里还真就有了一点想法，就觉得那想法正在身体里蠢蠢欲动。他们现在很少做那事了，不是不想做，是做不成。孩子上初三，是关键年，孩子每天早晨五点起床，晚上十二点以前没睡过觉，有时候纤细的手指捏着笔就睡着了。等孩子睡着以后，丈夫早就睡着了，哪还想着做那事儿？再说了，看见孩子那么辛苦，当大人的再做那么快乐的事情，真是有点对不起孩子，真是有点太奢侈了。

今夜要是做那样的事儿，还真得感谢那只猫。

二

早晨，阳光灿烂，万里无云，真是一个爽朗的好天气。彩画哼着歌。那歌子是好多年前的歌子：找呀找呀找朋友，找到一个好朋友，敬个礼呀握握手呀，你是我的好朋友。再见……

丈夫说，我发现了一个秘密，只要夜里的事情做好了，第二天早晨总能听到你哼歌的声音。彩画心想，还真是的哎。自己就不由得笑了，就觉得有点羞臊。彩画提着塑料袋去上班，塑料袋里有鱼肚子什么的。彩画进了库房，冯艳花和小娟也紧跟着进来了，冯艳花给雪猫带来了一块酱牛肉。小娟羞答答地站在一边不敢说话，觉得没想到给雪猫带点好吃的真是理亏。女人们把猫食放在碗里，食碗放在床上。猫是干净动物，过去人们都把猫养在炕上。三个女人研究了一会儿猫，说是这猫没有一点要跑的意思，看来是不跑的。说着话，三个女人又一人拿起一把笤帚开始扫地。这地已经多日不扫了，因为老鼠害得厉害，上午扫了下午脏，今天扫了明天脏，永远扫不干净。有时候领导偶尔来一次，就骂地脏，骂人懒。三个女人挨了骂就互相埋怨，多少有点面和心不和。三个女人都在心里互相嫉恨，都觉得自己扫得多，别人扫得少，甚至因为扫地多少的事情，一两天憋住气不和对方说一句话。

冯艳花说："有了猫，老鼠就不敢来祸害了，就能保持干净了。"

"活儿干了不白干，才让人干得舒心。"彩画一边扫地一边嘟囔着，你看扫出去多少粮食，这么多年糟蹋了多少粮食，真是可惜死了。

"咋不是呢，每回扫起粮食，我都不好意思出去倒，倒粮食让我羞得慌。"

"这回有了猫，我看老鼠就不敢出来祸害了。"

三个女人扫完库房的地，又开始捡拾库房外面花坛里的烂纸片子和烂塑料袋子。

　　今年天旱，花草一直不好好长，虽然库房里有水管子，但没有人有一点浇花的意思。花坛里种的德国景天和八宝景天是分行种的，到了开花的时候，花是一行粉红一行金黄，煞是好看，那是去年的情景。花坛边缘种着一圈鸡冠花，鸡冠花开是开了，可花冠很小，黑乎乎的，就像鸡斗架时把鸡冠给鸽小了，还有黑色血痂。

　　小娟因为没有给猫带食，有点赎罪感，抢着干活儿，又拉出水管浇了花坛，花草很快就膨胀了，鸡冠花的花冠也开始鲜红起来。

　　三个女人争抢着干活儿，显出争先恐后的样子，好像一下子都变了，变得很团结。来了一只猫，仿佛人世也变好了。

　　冯艳花突然一惊一乍地嚷道："坏了坏了，光顾干活了，没关库房门，别让猫跑了。"

　　三个女人都往库房跑，都跑出很急的样子。

　　猫没在床上，猫去了哪儿？

　　三个女人着急地喊：雪猫……雪猫……雪猫……

　　雪猫站在粮食垛的最高处，两只眼睛闪射出幽蓝幽蓝的光，那目光炯炯有神，像一只随时准备出击的雄鹰蹲伏在山顶上。

　　雪猫在粮食垛上。

　　雪猫突然拱起腰，像一张弓，惹得人有一种想使劲的感觉。那张弓，突然弹开了，唰的一下弹开了，唰的一下不见了，随即就听到一声尖叫：喳！然后就是连续不断的喳喳……喳喳……喳喳……

　　彩画跑到库房外面，像突然发作了精神病，大声地喊：雪猫逮住老鼠啦……雪猫逮住老鼠啦……

　　人们从不同的地方听到了彩画的喊叫声，从不同的地方往库房来。人们并不一定对猫逮老鼠有多么惊奇，主要是听到彩画的尖叫声感到惊奇，所以就都往库房这边来了。

雪猫在众人面前也真是会显摆，它逮住老鼠先不吃，先玩儿。它让老鼠扑棱两下，跑两下，然后哼着鼻音，猛一下咬住老鼠，老鼠便发出尖尖的喳喳声。雪猫再放开老鼠，老鼠再扑棱再跑，雪猫就再咬住老鼠，老鼠就再喳喳。喳喳……喳喳……喳喳……

人们越看越紧张，越看越心跳，看得人咬紧了牙齿，恨不得替猫咬住那只大老鼠。这让人多担心，你说这让人多担心，好容易逮住一只老鼠，不赶快咬死，却让它跑来跑去，一不留神再让老鼠跑了。人们咬着牙齿，攥紧拳头，连裤裆里的东西都在用劲儿了。

雪猫不管人的感觉，还在漫不经心地玩老鼠。简直是玩出了一种人玩人世的情趣，玩得人们紧张，玩得人们心跳……

三

越强坚领着董事长弟弟来到库房，见人们围着看猫玩老鼠，就气呼呼地说，上班时间你们这是干啥哪？各回各的工作岗位上去，真是太不像话了，都走都走！

董事长弟弟是做粮油生意的商人，和越强坚是好朋友，行政处里的粮油基本上都是董事长弟弟送来的。董事长弟弟听越强坚说库里有一缸油掉进了老鼠，说油里掉进老鼠可不是开玩笑的事情，人吃了会得鼠疫，鼠疫是甲类传染病，传播出去谁都负不起责任。董事长弟弟想把油拉走，也就是履行个手续，所以先过来看看。彩画说去问问吴处长，吴处长说该怎么办就怎么办吧。

吴处长说，好几吨油呢，得浪费多少钱？他送进来要的是油钱，拉出去却给的是泔水钱，都成他的利了。吴处长很愤怒。怎么叫泔水钱呢？养猪的人把饭店里的泔水花点钱包下来，然后把泔水拉回去喂猪。吴处长对彩画说："你给我弄点油，我拿回家吃吃，要是没问题就还留着食堂用，还给人们分。"

董事长弟弟跟吴处长说，你给写个报损单，就说油里掉进了老鼠，害怕鼠疫，我去找我哥批一下，就把事儿办了。吴处长心想你拉走油，过几天还不得原封原样地拉回来？给食堂用的油给职工分的油还不照样是这缸油？要是别人说这事儿，吴处长非踢他一脚，可董事长的弟弟他不能踢，踢了弟弟就等于踢了董事长，回头董事长还不得把他踢出行政处去？吴处长压了压火气，冷嘲热讽地说，也就是掉进几只老鼠嗨，没啥了不起的，云南人还专门吃老鼠呢，也没见得鼠疫的。吴处长把董事长弟弟和越强坚不软不硬地打发走了。

越强坚生气地说，我这当副职的也就是个聋子耳朵——配伴儿。他说他尿也不顶，说话根本不顶用，我要是当了正处长，这库房就是你的，你想拉走什么就拉走什么，保险不打愣怔。董事长弟弟说，等哪天我请我哥吃饭，你见机行事，不愁你当不了正处长。

"彩画给吴处长打走一桶油，到时候这话得你说你哥才信，说他贪污公家的油。"越强坚很阴险地说。

董事长弟弟嘿嘿笑了，说是贪污点油算啥，这年头儿当官的贪污点油算清官，算党的好干部呢。

越强坚说：错，话要看怎么说，你可以说他姓吴的连一点油都看在眼里都要贪污，别的还用说吗？

董事长弟弟愣住了，瞪着奇异的眼睛看越强坚，然后发出阴险的笑声。

有一天，董事长弟弟和越强坚一边和董事长吃饭一边说吴处长在背后骂董事长比老鼠还老鼠，让自己的弟弟往下属单位推销粮油。董事长生气地说，我早就说过不让你往行政处推销粮油，可就是不听，这下惹出闲话了吧？

越强坚说这闲话要看怎么分析，他吴处长进来的麻油是十二块钱一斤，董事长弟弟送来的麻油是八块钱一斤，每斤差着四块钱呢，一万斤油就让公家吃亏四万块钱，十万斤油就是四十万，这么多年来，光这一项他吴处长吃了多少回扣，能算清楚吗？

董事长想，这叫贼喊捉贼，吴处长是想把他弟弟的油逼走，然后进高价油吃回扣，除此之外，还要说他董事长的坏话，看来吴处长真不是自己的人，不能再重用了。其实，吴处长进的油是真正的胡麻油，而他弟弟送来的油是菜籽草籽油，闹不好还有地沟油，两种油的价钱当然不同，只是现在的高官们根本不用关心自己的生计问题，根本不用关心柴米油盐酱醋茶这七件事，他们只关心官场升降，所有的精力全用到了官场上，根本不懂油的事情。

弟弟对哥哥说，吴处长黑得厉害呢，我那天去库房，他让管库的给他提走一桶油。

董事长说不能吧，一个处长居然要盯住一桶油，私心没那么大吧？

"我亲眼看见的，还会假吗？"弟弟说。

董事长说："这话就说到我这儿就不许再说了，多丢人呀，一个处长连一桶油都要贪污，真是贪污得太细了，太坏了！"董事长又问越强坚，小越，你认为你们吴处长怎么样？

越强坚说，吴处长认真，心细。

"我问你他坏不坏？"

"应该说，还算个好人吧。"

"好。"董事长说我看小越你就是好人，做副职不说正职的坏话，挺好。

越强坚觉得时机到了，就把事先准备好的皮包送给了董事长，里面装了二十万元人民币。现在的官场非常简洁，非常省事，送够了钱就顶事。说别的，都是废话。

有一天，开完干部会，董事长问吴处长，你是不是从库房拿走一桶油？吴处长说是，是怕有鼠疫，是吃着试试，有鼠疫我先得，不让别人得。

董事长说：好好好好好好。

吴处长一头雾水，不知道怎么理解领导说的"好好好"。

四

库房里再也见不到老鼠了，人们都表扬雪猫，都给雪猫拿好吃的。除了三个库管员之外，处里的人出去下饭店，也从饭桌上给雪猫捎点鱼虾，捎回点猪鸭鸡肉什么的，大家都很爱那只猫，它把人心都凝聚在一起了。

彩画对儿子和丈夫经常说起雪猫，说雪猫真了不起，逮住老鼠先不吃，先玩儿，玩儿得人真是心跳。

儿子说，我想去看雪猫。

彩画说，等考完了试，考好了，妈让你每天跟雪猫玩儿。彩画给了儿子十块钱，说是今天过六一儿童节，想买啥买啥。儿子说中学生是不过六一儿童节的，儿子笑话母亲没文化。儿子说：没文化真可怕。

母亲说，所以才让你学文化，所以你得好好学文化。

现在人，多数是希望孩子能把大人一生中的欠缺补回来，圆了自己的梦，好像不是为了让孩子学知识，所以孩子们都说累，真是很累。

彩画儿子拿着十块钱，在自由市场里转来转去，买了一支巧克力雪糕，还想买泡泡糖但没舍得买，剩下的钱就买了油炸小鱼和几只活着的基围虾。卖虾的人说，你拿这么点钱买几个虾怎么吃，够谁吃？去去去，回家跟你妈多要点钱再来买。彩画儿子说，我是给雪猫买的。

"雪猫？"

"对，雪猫，雪白的猫。"

五

雪猫卧在床上，看见冯艳花和越强坚来到床边，还看见越强坚突然抱住了冯艳花。雪猫感到害羞，就闭上了眼睛。

越强坚一直对冯艳花有想法，试过几次都不成功。冯艳花是舞蹈演员出身，但没发展成专业演员，也没有学上什么技术，人过三十，就不能在文工团混下去了，就找了点清闲工作，当了库管员。在文工团里，男女人的事情不算事情，只要互相愿意就行，他们还常常美其名曰地说：硬让内行闹断腰，不让外行猫一猫（方言，看一看的意思）。过去，冯艳花认为越强坚是副处长，没有实权，沾不上什么光，都以缓和的方式回绝了。现在吴处长调到档案处去当处长了，越强坚顺理成章地当了正处长，跟正处长混一下两下还算心理平衡。冯艳花是个很实际的女人，得不到真正好处，谁也打不动她的心。越处长许诺要让她当工会主席，说她会唱会跳，当工会主席正合适。现在的工会，不能为职工当家做主了，说起来也就是个唱唱跳跳的部门，所以行政处的工会主席让冯艳花当，也说得过去。冯艳花认为工会主席要比库管员光彩多了，副处级，一年挣十多万年薪，多好。

越强坚抱住冯艳花，冯艳花半推半就，嘴里轻轻地、一遍一遍地叫：越强坚……越强坚……越强坚……

越强坚突然对自己的名字有了灵感，怎么活了他妈的四十五六了，才听出了父母给自己起的名字是：越强奸。

他在心里说，哪个王八蛋说过那么好的一句话：爱情出智慧。

越强坚激动起来，嬉皮笑脸、怪声怪气地说，我要强奸你，我要强奸你，就把半推半就的女人推倒在床，要实干一下。突然，喳的一声尖叫。那一声尖叫十分惨烈，像什么？像刚会爬行的小孩从床上爬到了地上，摔出一声惨烈的尖叫：喳！雪猫被女人砸在身上，又痛又惊，惊叫着跑上了粮食垛，用一对幽蓝幽蓝的眼睛注视着下边的一对男女人。女人惊吓过倒无所谓，躺下来还行，可男人就不行了，由于惊吓，那家伙说什么也不行了。越强坚在心里说，要命的家伙呀，我给你说点好的行不行，你给我活动活动行不行？可那玩意儿就是不听好话，就是不行，就是没有一点活动的迹象。

越强坚恨死了那只猫。

越强坚现在面对全部要给他的冯艳花倒愧疚了，这种愧疚以至于变成了男人的羞愧，这让他羞愧难当，完全伤害了一个男人的自尊心。他回到办公室，给司机打电话，让司机把库房里的那只猫立刻送走，送得越远越好。越强坚还特意嘱咐司机，用面袋子把猫装走，猫记路呢，别再让它跑回来。

司机心想，库里有只猫逮老鼠不是挺好嘛，咋突然要扔了？是不是因为这只猫是前任处长的人？但司机没敢这么问，现在的人都已经学会了做人的诀窍，那就是，当你的上级让你做什么的时候，你绝不能问为什么，问了就离倒霉不远了。

司机进了库房，看见冯艳花好像在发呆，但不知为什么发呆，司机也没问，就只是说："你把猫抱住，别让它跑了，越处长说有人要那只猫。"司机不说扔，说是有人要，这话说得多有水平，好像这世界被谁设计的那么好，做所有的坏事都会做到天衣无缝，合情合理。

司机提起一袋白面，用刀子把一边划烂了，然后把一袋子白面像抖垃圾一样抖在地上，地上突然白了一大片，像一片雪。

六

冯艳花调走了，库管员就只剩下彩画和小娟了，过去三个人都打不跑老鼠，现在两个人就更缺乏战斗力了。老鼠简直是疯了，气焰十分嚣张。

彩画说：老鼠回来了，老鼠又回来了。

小娟说：老鼠回来了，老鼠又回来了。

她们内心恐惧，不敢大声说话，好像是耳语，好像是害怕老鼠听到。

彩画回到家，气急败坏地说：我真想退休，一天班也不想上了。

儿子说，妈要是退休了，就把雪猫抱回家来吧。

彩画不敢看儿子的眼睛，不敢告诉儿子雪猫已经被人扔了。

库房里到处都是散乱的米和面，彩画和小娟又像过去一样，不愿意进库房了。

有一天，董事长弟弟拿着提货单来找彩画，他大概还没有忘记上次来拉油时听彩画要去请示吴处长的事情，于是就对彩画说："我要拉走那些被老鼠糟蹋的米和面，你是不是要去请示请示吴处长？"

"不用了，那老头子已经归档了。"彩画看见人们从库房里往出搬抬烂面袋子和烂米袋子，就对董事长弟弟说，你们这些人真傻，放着一库房好米好面不搬，干吗要搬那些烂货，烂货搬回去还得重新拼袋子，多费事儿啊，搬好的搬好的，反正有报损单，留下好的也是便宜了老鼠，便宜了老鼠还不如便宜了人呢。彩画把"人"说得很重。

彩画说："来来来，搬好的搬好的。"

这一天，真把彩画累坏了，回到家就躺在了炕上。丈夫和儿子回到家，都觉得今天没饭吃很别扭，就问彩画，彩画说搬了一天面，搬累了，实在是太累了。

丈夫说有装卸工，用你搬，你傻啊，你想当雷锋啊？

"雷锋？雷锋活到今天恐怕也不是雷锋了。"彩画说出这话来，居然眼泪唰唰流淌，止都止不住，把丈夫和儿子都吓坏了。她对儿子哭嚷道："你给妈好好学习，远远地考个大学，永远不回这个王八蛋地方！"

儿子考住了重点高中，彩画很高兴，在饭店里摆了一桌饭菜，儿子还请了几个要好的同学。每上一道肉菜或者是海鲜，儿子就往塑料袋里夹一两筷子，彩画问儿子这是干什么，儿子说，我不告诉你，等吃完饭再告诉你。同学们问，孩子也不说真情，只是笑，孩子们觉得很神秘。

吃完饭，孩子们要去游乐场，彩画儿子对同学们大声宣布了一个秘密，他说他给雪猫留出来许多好吃的，拜托妈妈给雪猫带去，他说那是一只雪白的猫。

彩画眼里突然沁出泪来，她颤抖着手接过塑料袋，结结巴巴地说：妈妈……替……替雪猫谢谢你……雪猫谢谢你……

孩子们很高兴，蹦蹦跳跳地跑出饭店。

彩画憋不住了，呜一下哭出声来。

丈夫吓了一大跳，猛然站起，就像被弹簧弹起来似的。丈夫着急地问：咋啦咋啦，你咋啦？

彩画说不出话来，呜呜地哭着。

丈夫吓得瞪大眼睛看彩画。

彩画强迫自己平静了一下，话不成声地说，我们越处长派他的司机把雪猫给弄走了，我估计肯定是给扔了。

丈夫说，你们领导咋能做这种事情，这让大人怎么向孩子交代？

彩画说，我就是这么想的，你说等孩子放了假，要跟我去看雪猫，我怎么向孩子交代，你说你让我咋向孩子交代？你说我能把单位里发生的事情全都告诉孩子吗？要是告诉了，孩子会咋看大人，会咋看人生？彩画还说，不行，不能说，我得去找雪猫，只要雪猫不死，我就一定要找到它。她提着塑料袋里的食物，急匆匆地走向猫狗市场，可是，她怎么也找不到那个卖猫的白发老太太了。看来，那个白发老人确实不是猫狗贩子，确实是因为孙子交不起学费钱，才被迫出来卖猫的。

丈夫说，你别着急，你好好想想，是不是就在这儿买的？

彩画说，没错，就是这儿，当时老太太就坐在这棵柳树下，也不叫卖，就那么痴呆呆地守着猫，就那么痴呆呆地坐着，看上去是挺难过的样子。彩画把塑料袋递给丈夫，哭丧着脸说，你把这些东西拿回家放到冰箱里，我再到处找找，找不着雪猫，我也不回去了，否则，我真是没法向孩子交代啊。

丈夫说，别别别，找不着咱们慢慢找，我也帮你找，你可千万别不回家啊？

彩画说，真的，我真是这么想的。

2013-2015年度赵树理文学奖获奖作品

诗 歌 奖

掌心里的河（节选）

郝密雅

颁奖词：郝密雅的诗歌，看似单纯，却存在着厚实的内核；带着询问，甚至于怀疑；又是执着的，坚忍不懈的，体现了诗人富有强大的内心世界。《掌心里的河》正是这样独特而持久的生命体验，充分显现了超越现实的诗歌空间；同时，还有一种"若有若无"的神秘力量，吸引读者在诗中体验人生的真谛。

掌心里的河

在白昼的尽头
将杯中的水倒空
描画一条河流
将寂寞带走
这条河是否存在？
是否如此重要？

黑色的键盘
是我的坚守

坐到天黑
冰冷的浪头打在脸上
温暖的漩涡
带着我回到了从前

无偿的爱的意识
在血液里流动
我到底知道了
文字的来由
有多少事物
凭借你的手
传递
神秘风雨
穿越河面，沁入心扉

顺着这条河
可以看见黎明
看见一树繁花
盛开在黑夜的边缘
照亮我飞沙走石的思绪
掌心里的河
是流向心里的河

舞蹈的卡莱恩

风从她的身体穿过，在水一方
蒲公英的花瓣被风吹得空洞

风穿过夜晚，没有睡眠
最初的琴弦被风吹得空洞

旋转的夜，以她的身影为中心
追随着琴声，疯狂地舞蹈

没有谁看见她
战栗着，伸开双臂
拥抱灵魂或者被灵魂拥抱

没有谁能够阻止她
在爱情里的遭际

我听见词与词碰撞的声音

我听见词与词碰撞的声音
再挨近一些，让铁挨近铁

词挨近词，冰雪挨近冰雪
撞击出音符的火星
挨近一个词，如同打开一扇窗

挨近的词与词，挨近的力量
挨近的你与我，由远到近
追寻徘徊，发出最新的重奏

最新的重奏，来自心跳
和耳边的风声
寂静在奔跑，风筝在飘

我看见挨近的冰雪
在春天的河流里
沉浮，撞击，奔流向前
我看见挨近的铁与铁
躲进彼此的心

铺　垫

如果，一旦，找到了铺垫
铺垫这样一种美
为此激动一小会儿

说，铺垫，需要多一些
比叶子多，比配布多
比现实多，你需要更多的底色
铺满视野，成为空想的奢华

幻　象

她的身影从你的世界移开
与爱情的镜面构成直角
行走在另一侧，如海水
漫过一切，不碰撞出
任何声响，梦中的玫瑰
拥有此时的时光，被风错认

启示与感悟，同时来到
何谓虚幻？轻轻打碎它
打碎一个蛋，打碎一颗心
让它属于你，不，不会

情为何物？为金玉？
为流萤？为败絮？
她不再诉说意愿

轻盈地穿越，如一缕光
穿越来时的亭台、楼阁与水榭

你好，沙子！

飘落的沙子，我暗中想念你
低头回眸的傍晚，你在低处
闪烁点点星光。捧一把沙子
洒在胸口上焐着，滚落着
枝头新意，豆蔻年华

每一粒沙子，都是凝固之火
岁月洗过，蒸不熟，煮不烂
为此而飘落，飘落的沙子
我暗中想念你，可捧可打
可砌墙可铺路
可与雪山一起崩塌
可与我在此一起埋没

你好，沙子！每一粒
沙子，都是好沙子。每一粒
沙子，都是未来之谜

雪　人

坐在路口
像一只迷途的羔羊

只要记住
关紧火的闸门
其他的，忘就忘了

太阳是火热的
岁月也是，还有你
注视她的目光
她感到这一刻正在溶化

尽管她的脸
堆满笑容

紫露秋黄（节选）

裴彩芳

颁奖词：裴彩芳的诗集《紫露秋黄》，有一种普遍的宁静状态与个体生命情感的水乳交融，将叙事、抒情、表意、哲思熔于一炉，充满至善与真爱的光彩。通过自身生命历程的追思，达到某种精神上的疗伤及救赎。整体深沉幽远，哀而不伤，意蕴丰富。

紫露秋黄

那么，我就把你的泪挂在紫葡萄上
勾出秋黄里的情绪
我不能向人说：失落和沉寂已
笼罩整个季节

雀燕低语着不想告人的秘密
爱情羽毛遮蔽眼睛

抖落消淡的年光
把发黄的契约加上红印章

写出那个鲜艳的名字，和
它的主人、那些衣裳
一座山、一条河、一个城堡
很多流言蜚语、故事
情节中隐隐传来抽泣

而我，独自沉浸雀鸣中的
静

萨　福

那块岩石，仿佛石化后的你
有岁月遗留的斑驳、血迹、泪痕
有你无可奈何的青春和失意
你所说，岩石传递给人类

伫立、凝望、锁住自己
仰卧，闭合双目，被飞跃的水花
来回捶打，似灵魂受洗
你焦渴的躯体在音乐中升华
一张网，套牢了苦日子
一个影子和那个年代擦肩

千年留守的岩石上
一个冒失的女子花瓣一样
纵身化蝶

哈亚姆的"柔巴依"

*

然后，我躺在隔世的尘上
和远古的你对话。心源
你能听见有深深的幽怨来自
墨绿窗外飘荡不落的秋黄

*

无名指上退化的金色
和黎明失眠的轻唱
正巧经过中年某个夜
和写出的那组号码相遇

*

我知道这些文字和你相距
千年之久，而时光流逝的
分分秒秒中，我们的名字
同落在虚无的年岁上

入冬的第一场雪

不知道是洗刷尘埃和污垢
还是试图清扫四季忧愁
整个世界被灰白的雪片围困
晨光浸在阴暗之中
也浸湿了那些多愁的女子
她们是不是如我
伏在窗棂上
怎么也看不见雪白
雪白

没有我的发丝白
也没有父亲临终时的脸色白
还有远逝在母亲牵我行走的雪地
一串人字形的脚印中
雪白的童年

那些挂在雪人脸上的口是心非
玩世不恭已经消失了
我却一如既往地在生了我的地方
买菜、做家务、失眠

如果是这一天

这样一个凌晨
听到急骤的敲门声
你轻唤我的名字
在街灯退白的巷口
你喊醒了沉睡小城

我拼命地跑
在空荡荡的街道
一只流浪狗
一个背着破棉被的老人
他旁若无人地捡垃圾
咀嚼、自言自语
瞥我时淡笑

我追着往事与门前的梧桐说你
它记得你的样子
它记得你青春变粗的嗓音
还有波纹年轮上雕琢的那只鸽
衔着人生
从褐色皱裂的黑土上

盘飞

听我说，听我说

你说：这可能是最后一次到我家
你说：你再也走不到我的家了
窗灯亮时，你伏在窗前的身影，印在我经年的整个夜空

——题记

对面能看到窗外钢制防护网
铁艺镶嵌的蝙蝠图案处
一只鸽子"咕、咕……"

一个身体拙臃的胸线
曲项探出飘窗的鸟瞰
在清寂的夜延伸五公里外的疼痛
和儿时
母亲怀中左膝右背

我想说：你且把窗棂榫眼拧紧
春寒料峭时可否挺直身子
用脚趾踩住刹车再送我一程

我想说：如果你再扛住一年春天

让那只鸽子衔着病难
我们重新回到母亲双背舒展的往年
左山头上紫丁醉
右窗月前霜露寒

你站在子时单薄的衣袂里
接过一盅注满诗语的杯子
吞下星辰的药粒
听我说，听我说……

偶然路过我的身体（节选）

温建生

颁奖词：温建生的诗歌，在继承优秀传统的基础上，较多地借用现代派的手法，用象征、隐喻、通感等来表达诗人对生活的感悟，语言冷峻、深刻、宁静，观察细致，思索智慧，充满了对现实生活的讴歌；同时，善于把握时代的脉搏和变迁，流淌出笔尖的是意象繁复、充满哲思的诗歌语言。

私藏的月光

月光落在额头上很久了
月光一直没有离去
偶然能感觉到它的重量或存在
它已成为我皮肤的组成部分
试着触摸了一下
抬头看见月亮的表层呈现出轻微的凹陷
和指纹大小的一块阴影
总有一些事物伴随月光的照耀
悄然来临

熟悉或不熟悉的。原先呈叶片状

现在天冷了，正以雪花的形式慢慢地聚集

在灵魂瘫痪的年代

浮躁与喧闹指腹为婚

讴歌月光多么不合时宜

它有盐粒的咸，胆汁的苦，冰河的沉静

只能私藏一截佐酒

剩余的制造几页寄放心灵的纸

我与黑夜始终保持五公厘玻璃厚度的距离

除了月光

其余诸物一概不准入内

叛逆的词语

我所熟悉的脸孔

是置放于黑夜之中的一面镜子

只要它醒着

屋内尚有光亮

并不会妨碍它将事物的阴影部分

还原成本来的轮廓

一些词语不是这个样子

易变，常怀叛逆之心

经不起触摸和碰撞

耍小脾气，喜欢极端

有时甚至走向自己的反面

生活中类似的情形

我们早就见怪不怪了

比如友谊，再比如爱情

这些钢铁的词语常常会生锈

弯曲，熔于火中

成为另一件陌生的器物

我认识一个从老家来的铁匠

这样阐述他的经验：

"打造什么东西

关键在于选用什么材质

越好的钢铁越经得住敲击

反复淬火冷却

每一锤都是和它的一次交谈"

对于容易叛逆的词语

仅仅准备锤子和炉火尚且不够

还需要显微镜、手术刀

和一截盲肠一样，可以废弃的时光

自省书

落日无意，这秋天酿下的

最后一点蜜

被西山轻轻含住。此刻，品尝或咽下

全都是错误，在黑夜尚未完全展开之前

没有谁配做我的导师

我早已顺从了时间的安排。夏日里

打马走过草原，现在折身返回出生之地

石头，总是有突兀的石头从天而降

就像我常常在午夜，不停地写下

那些无法深埋的羞愧

从一滴雨水中看到的世界永远是透亮的

更多时候

我习惯借助一片汪洋不停地洗刷自己的内心

我诚实地说出罪孽。罪孽并未走远

而虚空的果实从喉咙直接贯通了身体

又一次抬头仰望秋天的钟摆

万物并不会因我暂时的沉默而屏起呼吸

我一直试图活捉那个潜伏在皮囊之下陌生人

摸他的犄角，录下他的口供

但我确信绝非他的对手

在屯留

如果屯留能够永远宁静下去

我愿意在此度过余生
我将羡慕自己。或屯或留都将是
很好的选择。喝大叶茶，吃小米干饭
在漳泽湖边散步和钓鱼
如果简单的日子从此一字排开
我仍将羡慕自己。仿佛已经看到了
晚景的安闲。我的心落在地上
脸倒影在云中。如果奔跑
暮色中的老爷山就和我一起奔跑
却比不上任何一朵花开的速度
关于流水，曾将它定义成时间的随从
在屯留，更愿意它做我的邻居
日日相见而不厌
安享微澜之上的缓慢叙述
那时，我们早已不再是自己的敌人
端坐于群山的侧影中。内心的火焰也
静如流水，如同岚河边静默的农夫
种荷，养蚕，扶犁，把酒
认屯留为故乡
2010年春天，在多风少雨的晋东南
在羿神射日的神话之乡
与雪野、秋临等人宴后复宴
月亮在一杯未及饮下的酒中现身
如一柄鼓槌，在体内最柔软的部位
不经意地敲了一下

对　应

一盏灯灭了，必然会亮起一颗
星星。在故乡，天与地遥相对应
万物受惠并敬畏于如此简单的因果关系
敬畏故乡就等于敬畏神灵，就是敬畏
故去的亲人和游荡的亡魂
小小的木头牌位。那是不系之舟
是我可以仰视的荣光和罩在头顶的
吉祥之云。无法尽陈祖先的名讳
在错乱的春天能够呈现的事物当中
用粮食、草木、河流、山岳——对应
敬畏故乡就是感念故乡，只是无法抱紧它
只能用内心获取的一小点安宁与它对应
有时我会在突如其来的雨滴中看到
亲人们的面孔，又仿佛是冰凉的手掌
将我被风吹乱的头发捋直

龙泉寺

隐逸是什么？以流水自喻，再不做抽刀状
归去山林，沐风饮露，把一座玲珑小寺
当作自己的身体

就是极目远望，闭目诵经，用绕做一团的
晨钟和暮鼓声，织布衣，编草鞋

黑夜里，燃烧的松明子清澈而谦逊
它小步跳跃
像梅花鹿的蹄痕踏乱了溪水

小寺不能再小了。五峰山用很小的一握
就攥紧了龙泉寺。凛冽的山泉也只够一瓢
伸手就能触摸到庙堂的穹顶

傅山先生蛰居在此，他有一颗挑高万丈的心

暴雨之后

尘埃落定。事物以消散的方式
重新聚集。除了一月一度苦修的月亮
没有什么能称之为圆满

那个望见海的人，心里又装了一座山
那个被暴雨浇透了人
只是在战栗的瞬间获得了短暂的安宁

还是再回味一下这场非理性的暴雨
它突如其来，以冷峻的抽象能力
模糊了远方的万物。近处树木汹涌
夏天的全部味道，刚好糜集于我的舌尖之上

在庞泉沟百草园

当一群散养的奶牛
慢腾腾地转入了幽暗的杉树林
草场陡然矮下去一大截子

像刚刚完成分娩的平实松弛的腹部
这清场之后巨大的虚空
由大片汹涌的菊科野花来填充
它们得以放肆地挺直腰杆
举起金黄色的花盏，互致爱意
雨还在下。野草莓还在缓慢生长
其全部意义在于，即使躲过了
践踏和咀嚼，也会在深秋时节
彻底地腐烂和枯萎
雨滴从草尖上滚落的声音
夹杂着清晨的鸟鸣，山涧的流水
我俯下身子，仰拍了孩子们
草场上最完美轻盈的一跳
我看见年轻的脸孔遥远而清晰
全然没有一丝生活的皱褶

散 文 奖

虫洞（节选）

赵树义

> 颁奖词：《虫洞》采用了多种文体相交的写作方式，具有突出的探索性和先锋姿态。作品将科学观察、哲学思考、艺术表现和文学视角有机结合，用现代物理学解读哲学，用哲学解读生命，用生命解读死亡，张开了迷宫一样的叙事网。大量隐喻、象征和互文的手法，具有种种"不确定性"，为读者预留了巨大的理解空间。

2011·秋：最温暖的叶子最先飘落

还记得一株植物开花之后、结果之前的样子吗？这个过程一直存在，却常常被忽略，我到底该如何命名或描述这短促的瞬间——半生半死？亦生亦死？生死叠加？方生方死？很久以来，我把精力过多地投注到花或果实上去了，对不显眼的中间过程一直习惯性漠视，这到底该是植物的悲哀，还是花或果实的悲哀，抑或我的悲哀？

我耽于感受多于感觉，对冷暖一向迟钝，但石头感觉不到风的触摸，并不代表石头不曾风化。我喜欢看着石头从山坡上滚落，喜欢看着沙子从指缝间漏下，喜欢看着雨水在屋檐下挂起泛白的帘子。石头其实是个有着坚硬思想的家伙，水是它的随笔，泥土是它的眠床，一粒草的种子遗落在两瓣玉米的叶片里，秋风吹过，草籽进入冬天的岩页。时光以这样的方式保存下来，没有一点一滴的忧伤，没有辽阔无涯的忧伤，时间便是没有忧伤的忧伤。我站在秋天的边缘，早已习惯了黯淡，习惯了夹层，习惯了在地底的溶洞里保存被遗忘的图案，这些图案经过漫长的物理过程和化学反应才存活下来——其实，事物从来没有消失过，它们只是从一种形体转化成另一种形体，从一种存在转化成另一种存在。某一天，一只乌鸦或一只啄木鸟独行而来，衔遗忘的事物如一粒草籽，乌鸦或啄木鸟把草籽啄在山的皱纹里，山花迤逦，灿烂便亮出春天的舌苔。我坐在一座瀑布下观察水流经的路线，水柔软的腰身很性感，很缠绵，水确实更像一个温情脉脉的女子。水在山中自由行走，最终不得不选择从高处走向低处，水从最高处、从比天空还高的高处跌落，最终却被挤压在岩石下面，失去形体和曲线。千年的瀑布垂直而下，万年的云雾蒸腾而上，水渗透在山下，漂泊在云上，水和雾和雨和雪和霜一起从比天空还高的高处跌落，汪洋的河流，无涯的时光。阅遍石头和水的前生后世，我渴望亲近所有轻的事物：空气、光线、飞鸟、花朵，还有声音，我渴望植物轻轻插入泥土，插入的过程像极了男人被女人静静吸附。我还渴望在岩层上书写流水的文字，渴望这些文字长成山体，渴望山体上的声音像花朵一样开放，渴望开放的花朵像鸟儿一样飞翔，渴望飞翔的鸟儿像光线一样透明，渴望透明的光线像空气一样流动。我渴望所有的轻，渴望活着像死去一样安静，渴望所有的安静比轻还轻。我想出去走走，不愿老成一座山；我想出去走走，起点从悬崖开始；我想学习水低流的样子，学习花朵凋零的样子，学习小鸟俯冲的样子，学习光线坠落的样子。我想出去走走，想把重灰尘一样抖落，想让重不超过一粒草籽，或者，在轰轰烈烈的滚动里变成一地草籽。久远的声音，滚滚的红尘，生命能够变轻该有多好，生命能够在生死之间自由来往该有多好，架于生死之间的生命虫洞能够蝉翼一般透明该有多好！我曾想做一个巅峰上的守望者，任身体静卧如根；我曾想把嘴唇埋葬，任耳朵飞翔；我曾想淡泊成一线沉默的目光，无论白昼或夜晚，无论肥沃或瘠薄，任我的四季轻如一枚树叶。可世界是喧嚣的，欲望比世界还喧嚣，我看见时光把一个人一次次推上山顶，又一次次把他抛向沟底……西西弗斯！西西弗斯！在你徒劳的斜阳里，生命多像一溜尘烟……

天黑下来了。

在童年，在不通电的乡村，天黑了所有的事物便都暗了。而此刻，城市烟火浩渺，灯光和月光争奇斗艳，我已很难把它们区别开来。即便如此，我还是喜欢黑夜，在黑夜里，我不用开口说话，我把身体埋在水一样的夜色里，把一池夜色分离成三个界面——在冷与热之间，在干与湿之间，在水与空气之间，我喜欢无边无际的窒息。我知道，在城市我根本看不到纯粹的夜色，我纯粹的夜色像一枚草叶，早已遗失在小学课本的第一页，高中课本的最后一页。这枚黑色的草叶像一堵重的墙壁，像一堆轻的棉花，偶尔，这枚草叶会变得很黄很薄，黄而薄的蝉翼蜻蜓一样滑翔在水面上，滑翔在黑与黄、深与浅、重与轻之间，乡村的影子便放大在一盏油灯的后面，恐惧便藏在人的心里边。我像一只若即若离的手，坐在城市的边缘；我像悬浮的尘粒，坐在夜色的边缘；城市的夜色到底是稠的，还是黏的？回家和不回家的人仰望着烟花的天空，我陷落在背阴的阳台上，不用开口说话。我早已忘记白天僵硬的脸孔，不用开口说话。我早已忘记白天忙忙碌碌的蚂蚁，不用开口说话。我独坐在阳台的角落，想起城市的中心正在南移，想起城市正蚂蚁搬家一样，缓慢南移。在城市的南边，我的大学正被一条更宽的道路贯通，1981年秋天，我便是从这个地方开始城市人的旅程的。走进城市的第一天，我站在太原火车站第一眼看到的便是迎泽大街，在五一广场，我挤上举着天线的3路电车一路摇向城市的正南，悬浮着开始一个城市人的生活。整整三十年过去了，迎泽大街依然存在，依然宽阔，可它的位置已经偏北。我毕业后先被派遣到晋阳古城的墓葬群上，后又挤回到城市的心脏上，城市的政治、金融、文化和生活中心仍然排列在迎泽大街两厢，可迎泽大街已经明显偏北，而在多半个世纪之前，这儿还是南城墙外跑马车的地方。一切都在变，即使人的心脏也不可能一直长在中间，迎泽大街和长风大街一北一南构成两条平行的城市肋骨，昨天和今天便挂在这两条肋骨上。想起更遥远的年月，晋阳背靠天龙山、悬瓮山、蒙山和龙山，它们一起构成北方的屏障。晋阳周边的大山远比太行山低，民间传说晋阳的山里隐伏着龙脉，百姓的话皇上有时是信的，而皇家的禁忌是暗疾，并非每个史官都可以言说的。晋阳城被一场水火阴阳成一个符号，为这座城市画符的人姓赵，我不知道北宋皇帝是不是我的祖先，不过，放火放水的事总归有些不光彩。北宋的羞愧埋在南宋的心底，靖康之难难于启齿，皇帝老儿为囚，后宫嫔妃为奴，宗室妇女为娼，这样的报应太过耻辱和惨烈，礼义廉耻一旦被贪婪和仇恨所抛弃，结局便是不堪设想的。赵简子为赵氏奠下千秋基业，却被赵光义烧了个精光。晋阳始于赵家，终于赵家，水火最是无情物，晋阳也算死得其所。晋阳城毁了，新衙署偏设在榆次，晋阳人还得活下去。赵家的太原城建在汾水之东，唐明镇地势更高，离水更远，雨天的时候，我看见道路上的积水便会想起晋阳上空的大火。缩小版的太原城宛如一根瘦骨头，身上钉满钉子，丁字路碎骨一样叮当作响，打通这些死角耗费掉纳税人不少银子。前些年不兴暴力拆迁，打通的进度有些慢，道路显得有些窄，规划的中心还有些偏，如果在城市的南部修一座立交桥，一条道路通向晋阳遗址，一条道路通向榆次衙署，一条道路通向阎锡山都督府，太原看起来还是很巍峨的。长风大街离晋阳古城近了，离龙脉还远；离榆次老城近了，离晋商还远；离化工区近了，离太钢的烟囱不算远。晋阳建城以来一直是座打不垮的城市，攻不破的城市，君降民不降的城市，虽然这段历史早已化为一片废墟，这座北方重镇却一直是打仗的好地方，一直是守城的好地方。我没有赶上战争年代，偶尔在电影中与一场战争相遇，我便想，一座城市没有立交桥该有多好啊，站在楼顶放冷枪，马路上的人便是负隅顽抗的蚂蚁。我也是一只蚂蚁，每天在城市的街道上疲于奔命，城市已经南迁，我还滞留在北边，还在惦记城市掏空的老街，惦记老街上的古槐，惦记老街地下的水是清，是浑，是深，是浅。城市的管道年久失修，早已生锈了，被称为太原的土地过度开发，也有些老了，被称为汾河的水快要枯了，干了，而时光是收藏家，我只能偶尔坐在时光里嗅一嗅晋阳遗迹的味道，我觉得这味道像老酒一样经久弥香，又像老酒一样断肠。

　　毋庸置疑，晋阳是有性格的，回到历史里，我可以把它当作一座南国的城市，城内有水，有树，城外有水，有树，身后还有晋祠园林和一座掩映在山林间的天龙山佛国。晋阳是一座有灵性的城市，是一座艺术的城市，是一座奢华的城市，站在今天眺望晋阳，目光会不自觉地投向更遥远的地方，我会越过故乡想象山那边的世界。北宋的汴梁也是奢华的，北宋的百万人大都市有水，有桥，有营业到三更的酒肆，还有精致的宋瓷和注子、注碗烫出的儒雅时光。晋阳与汴梁一武一文，本是可以做兄弟的，可勇武的晋阳却因骨子里的王者之气被灭了；汴梁本可以放心地把晋阳当兄弟的，可文弱的汴梁担心卧榻之旁有人打呼噜，便把兄弟灭了。一国竟也容不下二城，多么匪夷所思，可没有晋阳的剽悍，何来汴梁的安逸？没有晋阳的阳刚，何来汴梁的阴柔？"白如玉、明如镜、薄如纸、声如磬"的宋瓷挡不住女真人的铁蹄，活字印刷术、火药和指南针也挡不住女真人的刀枪，更何况，汴梁的宫墙外，闲适的大宋子民已把火药做了绚丽的烟花，汴梁的宫墙内，逍遥的宋徽宗正埋头苦练骨骼清奇的瘦金体，白白胖胖的大宋朝一直在《清明上河图》中扶柳而行，它怎能不被狂风吹倒呢？

　　如果天气晴朗，秋天的黄昏便是温暖的；如果阴雨连绵，秋天的黄昏便是凄冷的。在水泥包裹的城市，留在少年记忆中的感觉已不再分明，站在窗前望着秋雨沿着楼檐自由落下，我常常莫名地出神或发呆。或许喜欢孤独的缘故吧，我偏爱秋雨连绵不绝的凄冷，能够一个人聆听着雨声安静地出神或发呆，也是一种享受。年轻时候，把自己浸泡在凄冷里是一种自虐，人到中年，在凄冷中品味雨的氤氲则是一种淡然，一种无欲无求。所谓不惑，便是在磨难中把自己沉静为一座依山的湖，这座山便是自己的信念，这座湖便是自己的情怀，云雨雷电远去，目光坦荡清澈，一个人从容地躺在朝阳深处，不管什么东西落下来，都不会荡起涟漪；即使偶尔涟漪荡漾，也是散淡的、轻柔的、欢喜的，仿佛夕阳暖暖的低回，仿佛宋太原城遗留地下的城西水系。在宋时，太原城虽然寒酸，却是拥有"半城碧水"美誉的，这"半城碧水"始于柳溪，柳溪消亡了，其遗迹便构成了当今的城西水系，柳溪遗迹潜流在城市下面，运命与长眠地下的晋阳城倒有些仿佛。城西水系自北而南，从汾河干渠引水入太钢凉水池，经管道流入黑龙潭、饮马河公园，之后，再次序经过府西街、西海子公园、西羊市街、水西关街、南海子公园，最后汇入迎泽湖。迎泽湖是一座人工湖，若说到今天的源头，应与城西水系有关；若说到历史形成，则与大清的一场大水有关。清光绪十二年（1886）夏末某日，太原上空突然乌云密布，电闪雷鸣，浩浩荡荡的大风从西山上野马般奔袭而来，太原城顿时飞沙走石，暴雨倾盆。这场突如其来的大雨整整下了四个时辰，汾水暴涨，汾河肆虐，洪水冲垮沿岸堤坝，破太原西墙而入，半座太原城顿时变成一片泽国。暴雨停歇，洪水退去，城南的积水却高过城外，迫不得已，人们只得在南城门开墙泄洪，南城外的洼地便聚成一座湖泊，这座湖泊便是迎泽湖的前身。其时，南城门已由迎泽门改为大南门，不料一名成谶，一场"大难"果然不期而至。1954年5月1日，市府动工兴建迎泽公园，这座因水患形成的湖泊便华丽转身为太原最亮丽的风景线。所谓祸福相依，假如柳溪不曾消失，光绪年间的大水或许冲不到城内来；假如迎泽门没有改为"大难门"，便没有今天的迎泽湖；假如没有迎泽湖，便不会酿出一起踩踏事故来。世事无常，史蒂芬·霍金说，即便时间也是有皱纹的，辉煌或撕裂，或许便是潜伏在某个时光出口的暗物质。

这天是中秋节，傍晚时分，我径直穿过迎泽湖，来到迎泽公园西北角的小山上。这座小山依托一道类似城墙拐角的石墙平地而起，站在小山西南山头上的亭子里，便面对了解放南路，站在小山东北山头上的亭子里，便面对了迎泽大街。我想当然地以为，站在小山顶上便可以看到迎泽宾馆，便可以看到迎泽大街，便可以看到迎泽大街和大南门交叉口上熙熙攘攘的车流和人流，这些车流和人流沿着迎泽大街一路向西，涌上中国最宽的过河城市桥梁——迎泽大桥。迎泽是太原的一个标志性符号，被冠名迎泽的地方都与迎泽门有关，此刻我便站在离这些标志物很近的小山上。这座山很小，只有十几米高，山上的树也很小，远没有迎泽公园里的树木古老。可再小的树也是树，也会长得比人还高，我被小树遮挡了视线，迎泽大街两边的景物基本看不到。可看不到并不等于它们不存在，我知道迎泽大街就在脚下，迎泽宾馆就在公园对面，迎泽大桥就在汾河上面。我眺望迎泽公园，满眼都是树冠。我俯视大南门，眼前的树木遮住一切，只有电信大楼的顶部半悬空中，似在提醒我这是个数字时代。这儿是最喧嚣的地方，也是最安静的地方，我到这儿来只是想一个人安静地待一会儿。这座小山差不多是公园最大的山，山的上面长着一些松树，长着一些槐树，长着一些桃树，还有一些不知名的植物，我沿着山势转了一圈，便在一株柽柳身边坐下。我只是有些累，只是想一个人安静地待一会儿，虽然是中秋，我并非来这里赏月的。不过，坐在山顶望天空视线确实很好，中秋的月亮很圆很明亮，晚风吹起，空气中有一股久违的草木味道。小山之北是热闹的，小山之西也是热闹的，小山之南之东则很安静，山顶介于热闹与安静之间，是我喜欢的去处。坐在小山上，我离俗世很近，离桃花源也不远，如果在小山上再多种些桃树的话，我可以把这儿当成微缩版的桃花源。闹是一种白洞，静是一种黑洞，我坐在闹与静之间的小树下，想象水分沿着树根、树干抵达树梢、树叶的情景，想象阳光沿着树叶、树梢抵达树干、树根的情景，突然觉得我倚靠的这棵树便是一条河流。在这一刻，树无法走进我，我无法走进树，树与我很近，树与我都呼吸在闹与静之间的虫洞里。

月亮升起来，风是温暖的。迎泽大街仿佛一把大提琴，人和车安静了许多，舒缓了许多，大提琴上淌落的水声不紧不慢，滞留在晚风里的深秋缓缓的。月亮爬上树梢，树影有些迷离，身边此刻如果有一瓶酒，我愿意醉去。月亮爬上高高的树梢，公园里有很多赏月的人，大街上有很多赏月的人，远处的阳台上有很多赏月的人，明晚的月亮其实最圆。在此之前，我只是想避开人群，趁着月亮还未升在半空，出来走走，趁着月亮还未挂上树梢，坐在小树林里听一阵子风声。每天早晨上班，我都会从这座小山旁经过，小树林里的阳光是疏朗的，脚步是仓皇的，我想停下来歇一会儿，可阳光朗照在头顶上，我的脚步总是匆忙的。在我的生活经验里，时间似乎箭头一样永远指向同一方向，譬如早晨、中午和晚上，我似乎只能随从她的步调，却无法改变她的轨迹。其实，生活在一座熙熙攘攘的城市，在上班的路上我可以选择从西走到东，你可以选择从东走到西，在下班的路上我可以选择从东走到西，你可以选择从西走到东，在途中我与你可以相遇，也可以不相遇。选择是我与你的权利，结果是事件的权利，即使我与你的时间指向一致，空间的指向却有多种可能。譬如此刻，我坐在一棵树下，如果我的位置保持不变，时间便一直在流动；如果时间突然凝固，我这一瞬间既可能面南，也可能面北，既可能面东，也可能面西。周边的事物与我擦肩而过，其实已是一种缘分，这缘分便是我与它们处于同一时空里。可此刻我不想行走，只想安静地坐在一棵树下，我知道中秋的黄昏很美，十五的月色很清纯，可我只想赶在街上还人来人往的时候出来走走，只想赶在月圆之前，坐在小树林里呼吸几口氧气。月亮那么圆，那么远，我只想赶在月光稀薄之前，做一次深呼吸。

坐在一棵树下，我突然意识到自己犯了一个错误。我在迎泽公园走来走去两年了，你跟在我身后也在迎泽公园漫步两年了，从秋到夏，从夏到春，从春到冬，从冬到秋，再从秋到夏、从夏到春、从春到冬，我一直带着你溯着迎泽公园的时光旅行，如果继续这样走下去，我们会不会走回公元前呢？逆着时光旅行是有风险的，我必须立即从从前的时光中返回来，必须从2009年的冬天回到2011年的秋天，再顺着时光箭头，走进2011年的冬天。我这样想着，突然觉得自己十分可笑，我虽然早已习惯自己走神的思维信马由缰，我的肉体此刻不还坐在2011年秋天的一棵树下吗？我有些恍惚，我觉得在我的文字里引领你一起旅行的，其实并非我的肉体，并非我的手或脚，而是我自由自在的精神，是我粒子一样运动的思想。思想是自由的，思想驾驭的文字是自由的，它就像每个人唯一的虫洞，在这个随时可能弯曲的空间里，你可以涨落，可以飞翔，可以跳跃，可以在过去、现在和未来之间自由往来，你跟随我到处旅行，其实只是看着我在我的虫洞里自由行走，你根本没有机会进入我的虫洞，也不可能进入我的虫洞。当然，你看着我旅行的时候，你完全可以把我去过的地方都移到你的虫洞里去，把我写下的文字都移到你的虫洞里去，但我的旅行和旅行产生的文字被移动之后，便可能变成你的旅行和你旅行时的文字，我同样也无法进入你的虫洞。不过，在旅行过程中，我们自始至终都是结伴同行的，就像我和我的影子。

又想起虫洞来。

天体物理学家差不多都是一群怪物，他们先把宇宙想象成某种样子，然后穷其一生来证明自己的假设多么伟大。我佩服这群家伙的想象力和毅力，如果这群家伙都改行去写诗，一定会是诗人们的灾难。天体物理学家先是把隐形的、贪婪的黑洞从隐藏很深很深的地方挖出来，绞尽脑汁证明这个饕餮之徒一直存在着，且正在把邻家的东西全部据为己有。之后，他们又不遗余力地挖出一个"路漫漫其修远兮"的虫洞来，再接再厉挖出一个大公无私的白洞来，"上下求索"的虫洞与只出不进的白洞之怪癖甚至比黑洞还有过之而无不及。这三个神出鬼没的洞仿佛三个幽灵，仿佛冲撞在人体之内的三股游丝，仿佛习武之人不断修炼的元气，你能够感受到它的绵绵不绝，却无法把它从人体里提取出来，氧气一样装在一只瓶子里。如果有人说，喂，伙计，请把你的胳膊伸出来，我要抽一管子元气，你一定会把这个人当成怪物，或者神经病。黑洞、白洞和虫洞与元气其实就是一母同胞的兄弟，如果有人说，喂，伙计，请把你的虫洞锯一截送给我吧，你一定会认为这个人是个怪物或神经病，而我则会告诉他：哦，伙计，你大脑的下水管堵塞了，赶快给物业打个电话，让他们派管工带着扳手、钳子，还有钢锯去你家一趟吧。

臭椿的叶子飘落的时候，刺槐的叶子黄了；刺槐的叶子飘落的时候，银杏的叶子黄了；银杏的叶子飘落的时候，国槐的叶子黄了；国槐的叶子飘落的时候，杨树依然绿着的叶子大片大片坠落，堤岸边的垂柳叶子却一半绿一半黄……在同一座园子里，旱地上的叶子最先飘落；在不同的树种里，最喜欢光的叶子最先飘落；在同一棵树上，最温暖的叶子最先飘落。初秋的色彩曾是斑斓的画笔涂染过的，而一到深秋，万物呈现出的颜色则多是黄色的，我看着黄色的叶子一天一天、一片一片无声无息地飘落，秋天留给我的，便只剩一个背影。古人说内圣外王，我想，一棵木叶落尽的树最懂得这个道理，一棵木质坚硬的树更懂得这个道理。缓慢地生长，结实地生长，坚硬的树木都是这样长大的，我爱她的木纹胜过她的年轮，爱她的年轮胜过她的高大，但我更爱她经历过的风雨。

阳光不知黄叶轻，秋风不知黄叶重，雨水不知黄叶痛，捡拾园子里的每一枚落叶，都可以从干枯的经脉上寻找到一条时间的隧洞。

一生二，二生三，三生万物……我们可以在每个生命链条的连接处探测出残喘的断点，像DNA裂变，像茫茫宇宙的黑洞、白洞与虫洞，挣脱与吸附，延续与折断，高潮与低谷，谁是谁的另一半？谁是谁的前生或后世？谁又是谁的另一种呈现方式？一加三等于两个二，三减一等于一个二，二加二等于两个二，二减二等于零个二，两个字的词汇像两只相互勾引的手，蜿蜒的手纹之上究竟隐藏了多少生命暗语？生命暗语之下究竟潜伏着多少运命旋涡？运命旋涡之中究竟张扬着多少欲望旗帜？爱情不等于性情，性情不等于性交，性交不等于交媾，交媾不等于交手，交手不等于牵手，牵手不等于手足，手足不等于手指，手指不等于手背，手背不等于手心，手心不等于良心，良心不等于人心，人心不等于人性，人性不等于性情，性情不等于性爱，性爱不等于爱情……谁用一把瓦刀砌起一排排千篇一律的房子？谁用一把锄头挖出一座座别无二致的坟墓？谁用一把斧子砍倒一片片连绵不断的森林？三生二，二生一，一生蛋，蛋生繁衍……蛋壳上裂开的一条缝多像一个生命！

这条裂开的缝便是神秘的洞，它神出鬼没，无所不在，它存在于每个时间、每个地点、每种事物和每种事物的正面和反面。

于白昼而言，太阳升起的瞬间是白洞，太阳落下的瞬间是黑洞，明亮的白日是虫洞；于黑夜而言，太阳落下的瞬间是白洞，太阳升起的瞬间是黑洞，漫漫长夜是虫洞。

于艺术而言，灵感产生的瞬间是白洞，作品完成的瞬间是黑洞，创作的过程是虫洞；于城市而言，第一块奠基的石头是白洞，最后的一片废墟是黑洞，不断扩建的过程是虫洞；于车祸而言，撞击的瞬间是白洞，倒地的瞬间是黑洞，撞击之后飞翔的过程是虫洞。

于生命而言，出生的瞬间是白洞，死亡的瞬间是黑洞，活着的过程是虫洞，在活着的过程中，每个生命种类、每个生命个体都会找到属于自己的唯一符号——

于一株植物而言，根是白洞，叶子是黑洞，枝干是虫洞；

于一个动物或一只鸟而言，脚爪是白洞，毛发是黑洞，奔跑或飞翔是虫洞；

于托马斯·品钦而言，熵是白洞，隐身是黑洞，V是贯穿在他文字中的虫洞；

于庄周而言，心斋是白洞，坐忘是黑洞，蝴蝶是穿越现实与梦境的虫洞；

于史蒂芬·霍金而言，硕大的头颅是白洞，萎缩的肉体是黑洞，轮椅是承载伟大与残疾的虫洞；

于我而言，化学之熵是白洞，文学之殇是黑洞，走神是我游弋在熵与殇之间的虫洞；

……

是的，不管物理学家把虫洞描述的多么深不可测，如果我们愿意做一只啄木鸟的话，我们便会发现，虫洞其实便是虫子慢慢咬出的洞，它存在于生与死之间，存在于实与虚之间，存在于昼与夜之间，存在于时间与空间之间，存在于磨难与灾难之间，存在于科学、哲学和艺术的每一个时空中间……一只苹果熟了，便烂了。

我想故乡了。

或许一株草，一朵花，一棵树就是一个村庄吧

那时候，我们回老家就是回到一株草里

回到一朵花里，回到一棵树里

回到四季分明的生或死里

天下农人（节选）

鲁顺民

颁奖词：《天下农人》是一部展现乡村历史、百姓生存状况，充满浓郁泥土气息的散文集，也是一种以文学形式表达乡村民众心灵倾诉的文本。作者以深邃的目光、独到的见解，探寻历史真伪，评判现实问题，让读者既可以享受阅读文学作品的蕴意，也可以真切了解社会生活的种种现实，并从哲学思辨的角度，思考农人与土地的辩证关系。

河流四章

草木黄河

河上的冰融化了，河上的春天也就来到了。春天来了之后，一些草芽贴着地皮发了出来，宽宽窄窄的黄河滩显出不少生机。坡上桃杏开得正是好时候，桃花你就红来杏花你就白，当河滩上的草木茂茂盛盛地泛出生机来的时候，过去的那些船工莫名其妙地感到心焦。

这时候，春汛来了。一年中间，春汛里的河水是一年中水情最稳的时候，是河上行船的黄金时段，船工们亲切地将这时候的黄河水称为"桃花水"。

禹门口上游三十公里处有一个渡口，名叫船窝。船窝是一个历史悠久的煤码头，过去晋南一带的生活生产用煤都依赖这一码头下运。码头和渡口被废弃后，码头的落寞与山巅浓烟滚滚机声隆隆的喧嚣形成一种对比，河的样子倒像是一条被放生了的动物一样，在山川间自由自在地游过来，又游过去，一直游向龙门那一头。

但有人守着渡口，是船窝码头最后一个船工，他叫杜万祥。老杜每到这个时候就坐不住了，有事儿没事一个人在河滩上能转悠半天。人说：万祥，你可闲得很呢。老杜说：闲啥闲？心里慌失焦焦的，急呢。

早晨，河上起雾，老杜迎着阳光向河流出去的南边瞭望着，心里头当然格外怀念过去行船的日子。老杜怀念行船的日子，船却没有走的地方。汽车沿着山腰抠出来的公路钻来钻去，扬起黑色灰色的尘土，河道显得有些落伍，而背后一座大桥沟通了晋陕两省，器宇轩昂，根本用不着渡口船前来摆渡。老杜说，在过去行船的时候，山上和河滩上的草都绿绿的，运了多少年煤，船窝上很少有煤灰扬起来，现在不行了，山被汽车和机器欺负得不成样子了。

怀念过去行船日子的老杜，落寞得就像眼前的渡口，心情如同脚下的黄河滩，任由黄河水淘得一块一块崩塌下去。老杜看看被搞得疲惫不堪的山和白白流淌过去的"桃花水"，蹲下身子在河滩上捡起一根枯树枝，把去年残留下来的枯枝败叶拨拉开去，底下浅绿地落出一些草来。那些草芽被他发掘，仿佛是在人烟辐辏的集市上突然闪现出来一两张熟悉的面孔，让老杜很兴奋。他——数说着它们的名字，淡灰带绿的是蒿苗苗，深绿长米红色花的是糜糜蒿，还有翠绿的臭蒿，根蔓紧抓着地皮蔓生开的叫牛蔓草。说着，他挽起一棵草，在黑黝黝的皮肤上擦抹一下，说这些蒿苗可以祛毒败火，皮肤上起了疥疮，擦一下就好。

被河水滋养着，河滩上还有许多树木，柳树此时吐芽，杨槐也快要扬花，往年桃花汛如期而至，这些树木都是做船的好材料，树一茬一茬地长起来，年年都储备有足够做船的木料，每年都有一只两只数只新船下水。但是，现在的河滩地里，树一律被齐茬锯了，要找一根适合于造船只的木料实在难，它们还不待成材，就被山上的煤矿伐了去当坑口撑木。老杜抚弄着那些木桩，说不清是感慨还是感伤。

河上有一种不成材的灌木，名叫红柳，红色的杆，翠绿的叶，叶子上淡淡地敷一层银灰，红柳长在河畔，像一带雾一样，它们长两三年也长不了酒盅儿粗细。老杜说，不要小看这些红柳，不成材，人们不糟害，长大了却是编织农具的上好材料。老杜这么一说，一下子让人想起在沿黄河集镇上沿街排开的箩筐呀笸箩呀这些东西，这些东西陪伴着黄土高原农业文明至少有四五千年的历史了。老杜说，船家将红柳割下来，实实地辐在船沿，可以大大减少船体靠岸时与岩石的摩擦力。

老杜看着满地的草芽，扶着身边的树木，想念过去漂在河上的那些船。草发了，船呢？老杜不甘心，自己打造了一条船漂在河上，没货可运，他就载着游人在河上耍，没有游人，在船上装上抽沙机往上抽沙，他说，就不信这河养不活个人。

春天来了，草芽发得满河滩都是，草木都是有情的，何况一条河呢？

声色黄河

黄河实在是一条适宜于倾听的河流。

渡口闲下来，岸边系着闲闲的船，艄公坐在船头或者河岸上，面对着河，就那么看。身后是喧闹的集市。人说，你怕人偷了船去？艄公笑笑说，听河呢！

的确，没有人犯什么毛病偷河上的船，偷船等于自寻死路。

艄公能听得见河的声音吗？

当然可以。

黄河不愧是一条大河，河水流动的声音也绝不同于一般的小溪小水，小溪小水哗哗哗哗地流过去，浅着一条青色身子，在石头上划动出哗啦哗啦的声音。黄河绝不是。大部分时候，黄河几乎不动声色，没有什么动静，河水像烫平的布一样蜿蜿蜒蜒游动过去，难以想象，一条那么大的河，流在那么大的山川之间不动声色的情景。当然， 没有声音是不可能的，不然艄公为什么那么上瘾地去"听河"呢？

　　河水流过去的时候，是在喘，是在呼吸，或者，是潜伏着兵阵，在河底下追亡逐北。水互相搓揉着，使人疑心水底下一条水怪陡然搅动，或者，竟是什么能量被霎时崩破，远远地，袅袅地，多年的艄公能够听得出河底下暗伏的阵阵杀机。往往在这时候，行船需要格外小心，稍不留神就会招致灭顶之灾。也往往是这时候，船上的后生屏声静气眼珠不错地盯着老艄公的一举一动，涌动的河水仿佛不是在浮舟渡筏，而是伏在旅人四周的狼群，船儿也不再是漂在水面上，而是在一条游龙的舌尖上舞蹈。人与河在缥缥缈缈中较量，互相提防，充满敌意。

　　艄公将一船人渡过岸，正快意地听着自己的敌人气急败坏地喘息。

　　如果河水响起来，那种响声是真正的响，响得痛快淋漓，浪恶滩险，却没有任何凶险存在，只不过给船夫们提供了一展身手的绝好机会，河在响，船在行，汉子们手扳棹把子吼起来，喊起来，船头迎着浪头直直地切过去，起起伏伏，荡来漂去，直抵彼岸。这时候，河的声音明确地给船指航引路，它告诉船工，这里是卵石鳞鳞的"沙"，那里是如履平地的"河"，拐过弯又是水急浪高的"碛"，陡崖虽险却可"跌岸"，滩"骗"河沿却不可以靠船，船工们将河的这种声音换算成与河声相应的语言，像黑话一样在伙伴们中间传递着行船的号令，进而令行禁止统一了行船的动作与幅度。

　　这一条喧喧嚣嚣的河流，这条北方大河的声音有时候比河本身更具魅力。最奇妙的，这条河或咆哮如雷，或低吟如歌，往往与出产自两岸的民歌旋律相吻合，黄河从河源的青海藏族地区带着雪山的寒意清澈地走来，那里有如蓝天一样明朗的青海花儿、宁夏花儿，出宁夏过内蒙古，蒙古族苍凉悠扬的长调则和着眼前的黄河水漫过广袤的鄂尔多斯台地，黄河折返黄土高原的时候，一头闯进晋陕峡谷的黄河水侧耳听来，右岸有陕北汉子的信天游，左岸则如泣如诉地歌吟一曲《走西口》，河水竟然跟着这些勾魂夺命的旋律绕过几个大圈，河出壶口，跃动千里的黄河仿佛歇足了劲头，咆哮千里电闪雷鸣夺路而去直冲龙门，与吕梁山依依惜别之后，河东大地八百里秦川地面昂扬激越的威风锣鼓和血性的秦腔蒲腔又将黄河水送出三门峡。走遍黄河，简直分不清那河似歌，还是歌似河。

陪着老艄公在河岸上静静地坐下来去听河吧，抽一支小兰花，少顷，再少顷，河果然有声音，是涛声，是水声，是山水的和鸣，或者，发出声音的竟或是大地本身，竟或是听河者的心音。

他们的河流

又一次走到村子里，上了河岸，走在被雪覆盖着的黄河滩上，踩着雪，雪发出声音。再一次找到老船工三老汉。老船工三老汉的脸黑黑的，几十条皱纹爬在脸上，怎么笑得那么好看？老汉腿脚不大利索，是脑血栓的后遗症，他说跟他一起得病的那几个都殁了，他还活着。说着，又那样好看地笑了一下，递过一支烟来。他说，来了家就得抽他的，不然不像话。你的烟再好也是你的，他说。

每一次见到他，就像看见河，看见河边的那些船一样亲切，他的思路就像眼下让雪覆盖着的黄河滩，是一种诱惑，诱惑着你想一脚一脚在上面走个遍。三老汉明显地衰老了，可他的眼珠子好像没有受到岁月太多的磨损，明亮得与他年龄不大相称，透着一种乐观，一种说不清的诡黠和顽皮。他陪人说话得跪着，不然气喘不均。

一场雪刚在窗外停了下来，太阳出来了，隔着玻璃窗，隔着玻璃窗外纵纵横横的树枝，可以看见黄河巨大的身影。

三老汉隔着玻璃窗看着河，还有河上的冰，他问：河上好走吧？我说好走的，人踩得都趟平了。他却说：今年的路没踩好。他说：没踩好是因为河不好。河太不好了。往年冻河的时候冰凌多，卡得很结实，现在，现在不行。

可不是吗，上游修了水电站，水大水小由电站那边控制着，三老汉很不满意。老船工三老汉是这样来表达这种不满的：哼，好像是他家的河似的，这河是他家的？说完，他就无奈地笑起来。

每一次，我们就这样说这条河，我特别在意他对河的表达，那种表达来自他的经验，与我们平常获知黄河的知识迥然相异，那是一种什么样的经验呢？我从来没有能够想清楚，正因为这样，他的经验至少在我这里弥漫着持久的魅力。比方，他把黄河的河道称为"河路"，他将他们过去从事的职业称为"河路汉"，或者"跑河路"，如果哪一段航道不太好，他会说：那地方，没河！河滩地如果让水淹了，他不说水淹了，他说这是"河吃回来了"。

说起来有些奇，记得还是1982年，那一年庄稼长得真好，村子里的人望着满河滩丰收在望的庄稼喜不自禁。有一天，三老汉突然不可理喻地闯到自家田里，一夜之间将那些刚刚完成灌浆的青苗一股脑全部收割拉回了家，他声嘶力竭地劝解村里人赶快把河滩上的庄稼收割掉。大家都以为他疯了，谁都没搭他的茬，只有几个当年跟他跑河路的老伙计将信将疑听从了他的劝告，但庄稼还没收到一半，一场不期而至的大洪水从天而降，将满河滩绿油油的庄稼和全村人丰收的希望不到半天工夫全部席卷而去，河真的"吃回来了"。

三老汉一副恨铁不成钢的样子，他说：你不看河？河水饱成个啥了你们不看？大家才恍然明白。那几天，河水确实"饱"得可怕，主河道那一线河水要比岸边明显高出一截子，大家居然谁都没在意。

他对河的那种感情和理解显然不同于常人，也同样不可理喻。有一次，他突然怒不可遏地将他儿子撵得满河滩跑，手里提着一根湿柳棒，吓得不大点的那个孩子哭得都不成人声了。后来才搞清楚，这是因为看见他儿子冲着黄河撒尿。

黄河对于老船工三老汉来说，永远是一条有生命的河流，那河流有性格，有脾气，有血，有肉，在他眼里，眼前的黄河就是一头被饲养了几千年几万年的兽。或者说，这条河是供养着人走，供养人活，供养人悲悲喜喜的一条母血之河，他对河充满的那种爱意和温情是我所不能理解的，他对河充满着的那种敬意也是我所不能理解的。

告别的时候，他问我来回得走多长时间。我说大概十五分钟就过河那边了。他由衷赞叹一声：好河！

仪式中的河流

河没冻好，河上的白冰下面流着黑水，手艺再好也会有纰漏，河上面到处都是大大小小的"滑溜"——冰面上那些没有被冻好的气眼被称为"滑溜"，白茫茫的冰面上这里那里冒着白气，黄河的这种闪失估计连他自己也没有预想到。河没冻好，赶到河那边的时候，人已经殁了。

村里的一个人去世了，两岸的亲戚朋友陆陆续续赶到的时候，家里的人正在为他赶着办身后的事情。仪式像冬天第一场雪花一样，静静地洒落下来，慢慢地铺排开来，这个平平常常的人走完人生的时候，村子里虽然没有显示出什么不同，但毕竟弥漫着一种肃穆，所有的人都参与到仪式中间来了。

所谓仪式，就是将处理事件的整个过程细碎化，旋律化，各种情绪巧妙地被一些物品替代了。人来了，搭一身孝，磕两个头，焚几张纸，然后，痛哭。哭着哭着就想起那个人的前世今生，但还没有哭到两成，就被拉了起来，木着脸劝说，哭几声也就行了，有你哭的时候——他个死鬼，他管他走了！

忽然想起《金瓶梅》里吴月娘曾经说过类似的话，评家们说此乃传神之笔体现着吴月娘的世故和阴险，其实这笔既不传神，也不能体现什么心性，而是仪式使然。

一个人去世了，这么多人赶过来为他送行，悲伤的事件本身因为众多人的参与，浓重的悲伤一下子就缓和了许多，就像漫流的水被束进河床里一样，突如其来的不幸成了必然的结果，人生在自己最后的仪式过程中被赋予了主题。有人说，仪式，尤其是丧仪，不过是活人的表演，与死者没有任何关系。这话说得有些歹毒，如果是这样，生命难道与死亡没有关系吗？其实，死亡不过是生命的另外一种形式，无疑，个体的生命在这个仪式上以另外一种形式在延续着。

逝去的人是一个普通的船家，大家在仪式的间隙去缅怀他。缅怀的内容并不是泛泛的，叙述者所叙述的其实是一件事，一个情节，一个习惯，甚或是涉及逝者的一段趣闻逸事，这种情景显得有些特别，逝者生前所办的"大事"倒是有意地一再被忽略，比方说盖房起厦，比方说养育儿女，比方说婚丧嫁娶等等，这些是大家都经历过的，事或有成败，功或有大小，在生者看来，这些恰恰是构成一个人人生价值的重要因素，但是大家却有意回避了，叙述和怀想在细碎的情节中变得更加日常起来，有趣起来，倒好像那个刚刚去世的人就端着酒杯坐在一旁，像往常一样笑眯眯地参与大家的谈话。

仪式是一个程序，这个进程是早被设计好了的，因此极其平常的东西都会变得格外郑重，比方说某一种祭品的规格和样式，比方说墓穴的深浅和走向等等，但是仪式也因此而富有极大的张力和弹性。这样，这个悲伤的仪式竟然变成了一场极好的游戏场所。

陕北沿河的村落曾经有一种风俗，前来参加祭奠的女婿在祭奠的时候得格外小心，稍不留神就会被村里的大姑娘小媳妇当成要笑的对象，他身上的孝服会被三下五除二地剥掉，鞋子会被扔进村边的深沟里，脸上会被抹上一些意想不到的油脂，有时候甚至会被一群男女压倒，身上留下许多青青紫紫的痕迹。村上的人说，这样的仪式没有笑声是不吉利的，对死去的人不好，对活着的人也不大好。村上的人还说，如果不这样，这场事就没办好，过后让人没什么想头。

其实，不独是丧仪这样令人沉重的仪式，就是像祭拜河神山神这样的大场面，也少不得谐谑的人们前来插科打诨。河上有许多规矩，这些规矩有明的，有暗的，明的那些规矩被列为仪式，暗的那些都演为忌讳。这些从生活里提炼出来的仪式和忌讳既是生存的必然，同时也是对付生活的一种手段，直抵生活旋律的内核。

阳光下的蜀葵（节选）

蒋　殊

颁奖词：《阳光下的蜀葵》里的每一篇文章，都是作者从身边的人物中获取第一手资料凝结而成的，处处散发着传统文化的芳香和对现实生活的思考，既是个人史的叙述，又是对国家与民族进程的反思，由近及远，以小见大，充满温情与大爱。

阳光下的蜀葵

多年以后，我才知道这种花的名字叫蜀葵。

那一天，只一朵，绚烂地开在一个朋友的微博里。引起我注意的还有她在旁边特意标注的四个字：蜀葵，蜀葵。我不知道朋友为什么要重复强调这个名字，但我也是从那一刻起才知道这种花的名字竟然叫蜀葵。

这种花，是我家乡的花，是我小院的花，是我童年的花。然而，我忘记它太久了。若不是这条微博，我或许再不会想起这种花，永远不会知道它的名字叫蜀葵。

或许从我有记忆开始，蜀葵花就烂漫地开满我的院落。我没有理会过它什么时候花开，什么时候花谢，只记得整个夏日直到进入秋它都存在。在我家乡那片土壤上，蜀葵似乎很容易生长，从来不需打理，永远无人理会，它却总是一年更比一年茂盛地漫满小院，甚至延伸至小院上下的田野边。要说我的小院让蜀葵花包围，一点不为过。

繁密地生长在我家小院周围的这些花，为什么叫蜀葵？查，蜀葵是多年生草本，茎直立而高，叶为心脏形，花有紫、粉、红、白等色，花期为每年的6月至8月，喜阳光充足，耐半阴，忌涝，种子扁圆为肾脏形，原产地为中国四川。

也因此，它叫蜀葵。那么它是怎样跋山涉水来到我的家乡，又是怎样适应了家乡这片与四川截然不同的土地？是我的先人，远赴四川把花籽儿带了回来？还是我的哪一位长辈，在已经从川地取回籽儿生长为花的别的村庄别的院落随意抓了一把花籽儿回来？总之从那一天起，蜀葵就成了我家乡的花，成了我家小院的花。我的记忆是，蜀葵自然生自然长，蜀葵花自然开自然谢，无人过问，无人关注。家乡的人不叫它蜀葵，按照音译下来，似乎是"崛起花"，这与百度里搜到的蜀葵的别名一丈红、熟季花、戎葵、吴葵、卫足葵、胡葵、斗篷花、秫秸花、大麦熟、咣咣花、端午锦、波波头、步步高都靠不上边，那么是家乡人自己命的名吗？是取它从华北这片乡村的土地上毅然崛起之意吗？

确实，这决意在我家乡扎了根的蜀葵，高的超过一人，低的也像五六岁孩童。然而不管高矮，每一根都顺茎直直地骄傲地伸向天空。蜀葵花的每一个部位从来不会弯曲、低头，从来不管太阳身处何方，总是直射苍穹。

崛起，多么形象的名字。

它的花开，也毫不吝啬，一根茎干上，密密麻麻挤满十几朵，每一朵花瓣都层层叠叠多达五六层，有的舒展自然向外张开，有的像鸡冠样浓密地卷曲。蜀葵花的颜色也有多种，红的似血，粉的像霞，白的如雪。想想，那样一个黄土地上的小山村，那样一个布满原始窑洞的院落，有一群蜀葵花多姿多彩地摇曳在每一个夏日的轻风里，是多么富有诗意又是多么美妙的一幅乡村田园图啊。

可是当初，我院子里的所有人，从来都不觉得它美。

或许是大人们从不赞扬，我也就只是把它们看成院边随意生长着的一丛杂草。多年以后想起，才知道美这种概念也是需要相互灌输的。如果当初有一个人，或者我的奶奶，或者我的母亲，或者我的邻人，指着这种花儿说：瞧，它多美！我或许一定会觉得它美妙无比。然而当初，院子里连好好去看它一眼的人都没有。

只有一次，一位外村的亲戚来看望婶婶，一进院便大叫：真好看呀，这些花！

婶婶不屑：可能长呢，你看哪儿都是！

或许，这便是蜀葵不受关注不被重视的理由？

七八岁的时候，院子里突然多出一株花，母亲说它的名字叫月季。对于这一株月季，母亲呵护得好精心，按时浇水，按时施肥。每天早晨开门后的第一件事，便是查看它是不是鲜活如昨。最多的时候，月季上开了五朵粉色花，母亲更是严格要求并严厉禁止我们动它们，包括我那些淘气的表弟堂妹。这样一来，我们这些孩子对这株月季更多了几分敬畏。月季，当时听来，是多么动听的一个名字。记得，我远方一个表舅家的院落里，就长着不少月季。月季，也是那一年第一次从他家院子里听到这个名字。当时，他的两个女儿每人从上面摘下一朵递到我手上，令我边欢喜边心疼。这么漂亮的花，怎么就轻易摘了下来？而表舅，竟不劝阻，更不训斥，并且还鼓励我：你自己也去摘一朵吧。母亲听到后立刻阻止了我。其实即便母亲不阻止，我也不舍得把手伸向月季，让那么美丽的花朵硬生生断送了生命。

也因此当我家院子里终于有了一株月季时，谁都会百般呵护。那一株月季花在我家院子里的地位，也就越来越高贵。上面盛开的月季花，在全院所有眼光的注视和呵护下也便不自觉高傲无比。外面有人来了，母亲也必然要带她们观赏这株月季，包括婶婶们也是，有事无事就过来认真瞅瞅或正绽放或已经凋零的月季。

那几年的夏天，那株月季成了院子里唯一令人赏心悦目的花卉。然而如果哪一次母亲忘了浇水，月季便蔫蔫地收了它的美丽，向所有人示威。

而那些漫在小院周边的蜀葵花，却无论旱涝，依然保持它的生机。突然想到，家里人不觉得蜀葵珍贵，是不是因为养护它不需要成本，或者根本就不需养护？

花与人一样，都如此。

不欣赏蜀葵，却不能遗忘蜀葵。蜀葵花瓣，被我们这些孩子一瓣瓣揪下来，再从比较厚的根部耐心揭开指甲长的口子，扒成两片互相嬉闹着贴在脸上和额头。常常是，满脸贴满蜀葵花瓣的孩子们欢叫着撒满院落。院子里，也扔满一瓣一瓣的花瓣。大人们出来看到了，更加腻：难看死了！

蜀葵花还有一样让孩子们痴迷拿来玩耍的，是它没成熟的籽儿。我们早早把它剥开，取出里面像车轮一样白白的花籽儿，男孩子们在两个中间穿一根木棍或铁丝，做成"汽车"。女孩子们用木签穿成"糖葫芦"状，沿村叫卖打闹。

蜀葵花是摘不完的。我们频繁地摘，残害；它们执着地生长，盛开。

童年的夏天，我的眼里从未缺少过花，但大多是蜀葵花。

百度里说，蜀葵的花语是温和。我信。它温和地开，温和地谢，温和地忍受我们对它的蹂躏。只是至今才知道，蜀葵花曾经带给我们那么多快乐。蜀葵花，与我们今天娇贵地养在家里的各类花卉一样，也是花。

那么是不是只有等到不见蜀葵花，才会重新想念它？

不见蜀葵花，是我们搬离老家那个小院之后。

次年夏天，眼里突然没了蜀葵花，按理说视觉上也是一个大的落空，而且我的新院子里并无什么花，然而也竟一点没觉得失去什么。那个夏天，我们开始适应新环境，齐刷刷忘记了贴满我们脸庞的蜀葵花，直到它若干年后遥远地出现在一个朋友的微博里。

微博里那一株蜀葵，强烈地触动了我的内心，让我凶猛地开始怀念蜀葵，开始回老家寻找蜀葵花。曾经长满蜀葵花的小院，房屋坍塌得一败涂地，杂草丛生得无所顾忌。在这个七零八落的院子里，我寻到躲藏在角落里的那棵唯一的小苹果树，寻到婶婶家那棵大桃子树，寻到奶奶从不让我们动一下的那棵梨树，甚至寻到叔叔从别处刨回来艰难地扭扭歪歪生长的那株桑树。然而我寻遍院子里每一个角落，寻遍院子周边的所有沟沟坎坎，却寻不到一株蜀葵。

这艳阳高照的夏日，曾经开满小院的蜀葵哪里去了？

我真的很无力了。我知道这无力里带着伤悲。我百思不得其解，那些极易生极易长的蜀葵花，怎么能够没了一丝踪影？

我不死心，回头问一直在本村居住的堂妹。她愕然地看着我：那谁知道？寻它们干吗？

我知道，她离那个小院太近。她依旧与曾经的我一样，眼里根本没有蜀葵，甚至早已经忘记了蜀葵。一路走来，我拍胡麻，拍放牛郎，拍破败的院落，已经让她觉出我的怪异。如今，我又那么执着地追问蜀葵，更让她觉得不可思议。

堂妹，怎么会连一株蜀葵也寻不到？

我执着得想哭。她只好不作声，默默陪着我。

于是我退到奶奶家那片总是长满黄花菜的地里坐了整整半个下午，还是等不到蜀葵花出现。

我无比失落，为了寻不到的蜀葵花，更为了对一些事物曾经的不珍惜。

堂妹怯怯地安慰我：姐，我院子里好多月季，你带几株回去吧？

又是月季。城市的公园里，满池满池开也开不败的月季，比母亲那一株漂亮无数倍的月季，堂妹你见过吗？

我只想看到蜀葵。

我也知道，家乡再不可能有蜀葵。

从来没有一种花让我如此怀念。我无数次想，却怎么也想不通为什么会再也寻不到蜀葵。蜀葵是一种花，它曾经茂盛生长的那片土地还在。可是，为什么再也不见蜀葵？

突然间，我被一个解释吓了一跳，那就是蜀葵当年生长在我家小院，初衷便是为取悦人的。而今人去院空，蜀葵，也就再没了生长的兴趣和力量。

离开人的蜀葵，竟然会不再生长。这个道理，令我感动万分感慨万千又极度难以接受。竟然，是我们的离开掐灭了蜀葵的繁殖？

那么灿烂地一年年开满院的蜀葵花，竟然因我们的离去而终结了绚丽的生命？

我不敢也不想相信，可事实就活生生放在那里。

谁都不可能再回到那个小院。因此，也就再不可能在我的小院看到蜀葵。阳光下一丛一丛的那些蜀葵，永远从这片土地上消失了。

那车轮一般的花籽儿，是沉睡了，还是随着曾经的那些男孩子们疯狂开到了远方？

我只承诺，若是将来有幸得一座小院，我养的第一种花，必定是蜀葵。而且我发誓，即便它依然发展到自然生自然长，我也必定会用对待花的态度，对待蜀葵。

父亲坐在阳光里

从来没有那么害怕过面对父亲。因为，父亲在家里一直是一座山。可是如今，我是那么害怕看到他。

你看，父亲又坐在午后的阳光里，不言不语。我不过去，就那么远远地，观望父亲。父亲的脖子缩在衣领里，左手握着右手，低着头，不言不语。

那天，母亲对坐在沙发上缩着脖子看电视的父亲说：越来越驼背了，就不能把头仰起来，把背伸直？父亲往后靠靠，脖子依旧伸在前面，只是笑。母亲有些怒：起来照照镜子去，瞧瞧你成什么样子了？

是的，我不再敢翻看从前的照片。从前的照片里，父亲是那么英俊，硬朗，风度翩翩；我也不敢打开从前的画面。从前的画面里，父亲做事雷厉风行，果断威严。

时光啊，你不觉得剥夺的太多了吗？你看，你把我父亲身上的美都掳去了。你不仅拿走了他的青春，又带走他的强健。现在，他的身上只剩下苍老和疾病。不用说母亲不能接受父亲现在的样子，就连我们，也总是一遍又一遍回想从前。

从前，真的回不去了。黯然神伤之际，从前又总会一遍又一遍闯进我的脑际，不管我想不想回忆。

小时候的父亲，总是站在山那边，在一年一度的秋收时节与我隔河相望。或许是提前半个多月，父亲就会寄信来，告诉我们归家的日子。现在想想，那些个秋天，等父亲来信或许是我一年中最快乐的一件事。平时，父亲也常常来信，父亲的字极漂亮，在那个枯燥的岁月里，读父亲的信也是一种享受和娱乐。可秋天的这封信，里面却写着父亲归家的日期。七八十年代甚至九十年代，在省城工作的父亲于我们而言倍感遥远。现在看来，短短不到二百公里路程，那时候却是要坐着唯一的一班长途车摇摇晃晃走七八个小时。而且，父亲从住地到长途汽车站，需要倒乘至少两趟公交车，花费近两个小时；从长途车下来，再一路步行到家，也得近一个小时。那时候，父亲回一趟家，必须搭上整整一天时间。

然而，我们是多么盼望父亲回家。这个日子，一定被我死死记在心里。那一天，往往是星期天，这也是父亲刻意选的，为了自己能多休息一天，也为了我能去下车的站点接他。或许前一个晚上，我便开始各种幻想。当然，作为一个孩子，最大的幻想还是父亲每次回来带的那个浅绿色帆布大包。那里面，总是装着各种久违了的美味和几件新衣。次日一吃过午饭，我便更加坐不住了。尽管母亲一遍遍告诉我还早，我却总是控制不住自己。任谁来找，也不去玩，还骄傲地告诉伙伴们：我的爸爸要回来了。

我的爸爸要回来，对熟悉我的伙伴们来说，也是一件不小的事。因为或许次日，我除了吃着他们吃不到甚至见都没见过的小食品外，还会穿起一件时髦的新衣。反正小时候，我的东西总是最好的。清楚地记得，直到上初中，那个极大的绘着古典人物图的淡米色塑料文具盒几年中一直引得同学侧目。

这些，都要归功于我的父亲。

接父亲这天，于我而言总是格外漫长。然而我也有许多事情需要做，比如一定要洗个头发，换一身干净衣服，再剪剪我的指甲。父亲是一个极度爱干净的人，我不愿意一见面之后父亲就对我的卫生状况开始数落。这一切，磨磨蹭蹭，一上午时间也足够。中午饭后，我便盯着墙上的时钟坐卧不宁。等不到母亲的命令，便跑了。

从我家到父亲下车的地方，算不上有多远。然而不是坡就是岭，中间还隔着一条河。两条腿这样走过去，也得费好长时间。因为时间充足，我在路上不紧不慢。然而还是早早爬上那个山头，高高地坐在顶上。不知道为什么，每一次我总是愿意远远地坐在这里，等父亲下车。或许，是这里地势高的缘故，我看着山下的河，看着河对岸的马路，以及马路边那个站点。每一辆路过的长途汽车，都能引起我足够的兴趣。有时车停，有时呼啸而过。若是车停了，再看下来的人。大多数时候，我一眼就可以看出是不是父亲。

父亲的特征，实在是太明显了。他几乎长年穿着一件洗得发白的工装。配上他清清瘦瘦的身材，极其朴素，极其干净，又极其精神。父亲与爷爷一样，头发早早就开始花白。因此，我站在对面的山头，总是一眼就可认出父亲。

父亲也一样，下得车来，把浅绿色帆布包放在路边，便开始朝这边的山头张望。父女俩的眼神，总能在同一时间交汇。我们的手几乎在同一刻举起。与此同时，我便撒开双腿飞跑着下山，飞奔着过桥，飞到父亲身边。由于大部分时间与父亲是一年见一次面，因此一到父亲身边，我便立即按下那颗扑扑跳动的心，腼腆地站在那里。而含蓄的父亲，也总是开心一笑，摸摸我的头，提起手里的包拉着我回家。

说是接父亲，其实我还是帮不了父亲什么忙。东西多时，父亲就地找一根木棍挑着；少时，就双手提着。而我，只是陪在父亲身边。往往是过了桥，便消除了与父亲积攒了一年的距离。妈的事，弟弟的事，我的事，甚至奶奶姑姑的事，在那些崎岖的小道上一一抢先道与父亲。

未进家门，父亲对离开一年的家，便已知悉八九分。

从小，父亲对我的管教就极其严厉，有时甚至很过分。他总是会看到别人家孩子的长处，又总是会看到我的短处。比如，总说我的字不好；比如，总嫌我的成绩不够优秀；比如，坚决不肯让我接过与他同室的同事递给我的一个面包；又比如，一嗓子把我从邻居叔叔推着的平车上吼下来。父亲极度追求完美，极度要面子。

盛饭时，如果不小心把一些稀饭或一根面条掉在灶台上，总得挨父亲一顿训。也因此，盼望父亲回家，又惧怕父亲回家。

小时候，父亲的形象如此高大。一本一本书里，惊奇地听着父亲用城里话一句一句念出来。尤其是到了省城，父亲用一辆自行车载着我，看各种电影，进各种商场，逛各个公园。大街小巷，我惊奇父亲为什么不会迷路？

7岁那年，有邻居到省城，母亲便托他把我捎给父亲。这是我第一次离开母亲，一个人来到父亲身边。自然，父亲对我的到来充满惊喜与欢喜，宝贝似的抱着我在他住的单身楼道里走了一圈又一圈。那些天里，我与父亲形影不离。父亲知道我与他不像与母亲那般亲近，便变着花样哄我开心，不给我时间想母亲。父亲上班，我跟着他安静地坐在角落里吃东西，看小人书；下了班，跟着父亲去菜市场买菜。每次买菜，父亲总是让我在大门外看着自行车，他自己进去。有一次，我觉得他进去的时间很久了，还是不出来，便想着是不是找不到我了？还是不要我了？想着想着，便趴在自行车座位上伤心地哭起来。我的哭招来一群好心人，当然最终也招出父亲。他急得把手里的菜丢在地上，用尽各种办法安慰我。及至我安定下来，父亲才一边收菜一边笑我傻。他端着我的脸问：哪有爸爸不要自己孩子的？

最终，我吃着冰棍哼着歌跟父亲回家。此后再买菜，父亲却再也不留我独自在大门口。

那段时间，父亲极其忙碌，却快乐无比。

然而有一天，我坐在父亲屋里的小凳上，看着窗外，还是想起母亲。正在身后给我包饺子的父亲发现后，赶紧举着两只面手跑过来。或许早已猜到我的心思，因此什么也不问，只紧紧把眼泪汪汪的我抱起来，说再住两日便跟邻居叔叔回家找妈妈。

我是家中的老大，又是女儿，父亲却最宠我。以至于我的姑姑因此而常常为弟弟抱不平。其实我知道，父亲宠我，并不是其他原因，而是我一直以来的爱学习。父亲宠孩子的理由只有一个，那就是要"爱学习"；父亲赞美孩子的条件也只有一个，那就是"学习好"。不管我们到了多大年龄，这都是父亲评判我们是不是好孩子的唯一标准。

我，算是一个爱学习的孩子，父亲也是一个喜欢"爱学习"孩子的父亲。可是，还未来得及走进高考考场的我却因了一个特殊的政策，被父亲强硬地从校园拉出来，拉到工厂。当年，还不到50岁的父亲突然宣布要"退休"，而不到20岁的我必须面对社会。

从来没有强制过我的父亲，在简单地与我交代了情况后，就自作主张到学校替我办理了退学手续。突如其来的消息不仅让同学们措手不及，而且让喜爱我的班主任猝不及防。他甚至没有时间把我叫到办公室，只在走廊上匆匆问我："是你愿意的?"

我记得当时回答他的只有眼泪。

这时，父亲已经背着我的铺盖出现了。班主任也不再说什么，轻轻叹口气转身离开。我的同学们，一双双眼睛从窗户、门缝透出来，有的羡慕，有的惋惜。我真的没有时间，更没有勇气走回教室，与他们一一告别。有些男生，我们还未曾说过一句话。

此后，好友不断有信来。而我，也只能通过她们的信件了解我的学校，继续我的学习梦。每当听到有同学考上大学的消息，我便要哭泣几天。那个时候，我一直无法接受父亲的安排，也不同意他关于"考上大学不一定能进好工厂"这样的理念。然而父亲是那样的固执和坚决，连母亲也是支持的。母亲的理由是："你看看考上大学的孩子哪个能进了你爸的工厂?"

如果我当初有一丝自愿，绝对是母亲这个理由说服了我。然而，我心底那一丝大学情结却永远无法浇灭。我的大学梦，也只能用别的办法弥补，自考、函授，艰难而执着地一步步熬过。很快，我的学历一栏终于可以和别人一样写着"大学"两个字，然而父亲从高中校门拉我出来的那个场景，却总是我心底一份挥之不去的隐痛。

父亲不怪我对他的不理解，相反看到我进工厂后依旧像在校一样常常书本不离手，更是取得一份又一份他之前想都没想过的文凭，越发喜欢他的大女儿，人前人后夸来夸去。

而我对父亲的依赖，却戛然结束在参加工作之后；彻底不再惧怕父亲，是成了家；而开始在父亲面前指手画脚，是当了母亲之后。

是我变了吗？细想想，其实是父亲慢慢老了。随着儿女的长大，父亲的思维慢慢滞后，父亲的想法开始落后，父亲的训斥也越来越无力直到完全收了口。

父亲一颗骄傲的心，终于在成长的孩子面前败下阵来。

遇到事，父亲开始征询我的意见；我说的话，父亲总会全盘接收。

最终，父亲将身上二十多年的城市味道洗得干干净净，沉下心来走向田间地头。此后的每一年，变成父亲来车站接我。母亲说，父亲就像儿时的我一样，总是早早便来到站台，抽着烟，向着车来的方向，焦急地等我。

小时候空着手跟父亲回家，是因为我小，提不动重物。现在，依旧是空着手跟父亲回家。父亲总是边抢下我手上所有的东西边说：你哪有力气！

父亲有力气，也是我的欣慰。于是此后的许多年，我一直看着父亲使用他的力气。父亲种蔬菜，父亲挑水，父亲扛着谷子去碾房变成小米。就是来到城里，父亲也是绝对的劳力，无论是买一袋苹果，还是一袋大米，我总会先在窗外敲着玻璃喊：爸，快出来！

可是，可是有一天，父亲突然没力气了。没了青春的父亲，怎么可能连力气都失去？

突然间，我好怕。父亲，真的老了，而且病了。

从未尝过输液滋味的父亲第一次躺在病床上，再也无力反抗医生的任何一个动作。这个曾经鄙视各种弱小讨厌进医院的男人，终于变成一个无比弱小的人。孩子们面前，父亲十分羞涩，无奈地接受着各种摆弄。

父亲，我们终于可以好好服侍你了。可是，我们并不开心。我宁愿，父亲依然像一棵强壮的大树，巍峨地站在我们面前，抢下我手里的哪怕是一箱牛奶，提着，大踏步向前走。

或许，我已经习惯了跟在父亲后头，看父亲雄壮有力的脚步。

由于脑梗，父亲的右臂右手不听使唤了，说话也不清晰了。每次见父亲，他总是呆呆地坐在沙发上，或者阳光里，左手握着右手，不言不语。看着父亲有些肿胀的右手，我总是忍不住生气，大声埋怨父亲为什么不好好锻炼？为什么右手总是动也不动？

　　而父亲，总是像孩子一样憨憨地笑。有时，连笑也控制不住。而我，便会用力帮父亲按摩，父亲却不住口叫喊疼，挣扎着阻止着我。

　　无奈，我只能软下来，向父亲说道理，哄父亲听话，好好锻炼。甚至，像哄孩子一样，许诺他好了之后一起去买他爱吃的食物。

　　每次，坐在父亲面前这样絮絮叨叨一阵后，便有一种想哭的冲动。眼前这个孩子一样的老人，还是我伟岸的父亲吗？还是那个说一不二的坚强汉子吗？我的面前，分明坐着一个孩子，一个还未长大的孩子。我必须用十二分的耐心，去给他讲一些连小孩子都很容易明白的道理。

　　而他，分明就是一个不听话的孩子。

　　医院那张病床上，父亲躺了将近一个月，我们也陪伴了他将近三十天。

　　病初愈那天，我拿出包里的本子和笔，让父亲用左手写几个字。我本来是想看看父亲的左手有没有受到影响，却决然想不到，他连想都不想，就写下七个令我吃惊的字："我们在一起，多好。"

　　这是一句话，甚至是有些文绉绉的一句话，根本不是父亲的风格。父亲写完，若无其事放下笔，也不看我，就像只是随便写了一个"大"或"小"那么简单。

　　我不敢有惊奇的表现，也不敢问父亲写这句话的含义，也装得若无其事。脑子里却一遍遍猜想，父亲这句话，到底表达的是什么心思？

　　近一个月来，家人与他朝夕相处，尽心服侍着父亲的饮食起居。这句话，是父亲对这半个月来虽然生着病，却觉得其乐融融的家庭生活有着不一般的美好感受？还是经过一场大病之后对生活的重新感悟？

　　我猜不出来，只能把这七个字认真合在本子里，给母亲看，给孩子看，给所有的家人看。

坐在阳光里的父亲终于看到我，努力起身。我赶忙跑过去。父亲用含糊不清的话问我："上班忙不忙?""路上好不好走?"又急着敲窗户，告诉母亲我来了。

　　我挽起父亲的手，拉他在院子里散步。我边走边告诉父亲，上班有些忙，却很充实。我还告诉父亲，单位很好，越来越好，都是父亲当初的功劳。

　　听到这话，父亲突然哭了。就那样站在阳光里，像个孩子一样，不管不顾。

长篇报告文学奖

滇缅之列

黄　风　籍满田

　　颁奖词：《滇缅之列》是再现边防缉毒武警生活与工作的力作。作品倚重现场调查，运用平实隽永的文学语言，从容报告一幕幕边防战士日常生活与训练中的鲜活场景，形象生动地展示了边防士兵与忠诚警犬不负使命，保卫国家的崇高情怀，启迪人们一定要以忘我的精神，对待自己的人生与工作。

引　子

　　江桥警犬复训基地被誉为"瑞丽边境第一哨"，像一枚"列"深嵌在滇缅边陲，守卫着家国安康。

　　毒品问题已成全球性灾难，中国深受其害。

　　在江桥警犬基地，每一条可爱的警犬，每一位朴实的战士，都有着刻骨铭心的故事。一日毒害不能禁绝，一日他（它）们的故事就在继续……

第一章

　　此行要去江桥警犬基地，途经滇缅公路。

滇缅路最著名的别称是史迪威公路。在两年多的建设中，有三万多人付出生命。一堆荒冢草淹没，高山峡谷葬英魂。

如今的滇缅路经受着毒害的考验。

出租司机是位四川妹。说男人嫖赌抽，害人害己，特别是抽：血股淋裆，家破人亡。她说的抽，就是吸毒。

自20世纪80年代以来，仅云南就有三百多名干警在缉毒中殉职、伤残。望着滇缅路，我想它所以能从昨天走来，实在离不开那些前仆后继者的支撑与捍卫。

第二章

所谓江桥，畹瑞大桥，横跨于瑞丽江上。

眼前的基地，是一处依山而建的院子，北面一栋小二楼，西面与南面两排平房。在这样的处境下，几十名官兵与几十条警犬，坚守了一茬又一茬。

基地教导员谭家泉是彝族人。大学毕业时，他投笔从戎，被分配到边防派出所，干了十个月，又拾起笔杆子，写了十年材料。

2011年，谭家泉来到江桥，跟警犬、毒品毒贩打起了交道。基地是320国道上的第一卡，肩负着警犬复训与缉毒双重使命。他简直是个大管家，小至劈柴种菜喂鸡喂猪，大至带领战士堵卡执行任务，好多事务都离不开他。

说起爱人来，谭家泉一往情深。当年，他买了部两千元的诺基亚520作为定情物。一到晚上闲下，他和爱人就都在枕边守着手机。他俩商量好了，现在她带孩子，将来转业了他带。

第三章

老班长肖思源像是一介书生，一副文弱样子。

2006年，肖思源来到江桥警犬基地。半年后他被分到条件不错的单位，可因为思念彬彬，他又主动回到了江桥。彬彬个性凶猛，护主心理强，肖思源与它情投意合，从此再丢不下彬彬了。

彬彬患了皮肤病，加之年迈体弱，病得相当厉害，做完手术又要输液。肖思源因执勤不得不离开，彬彬就咬断牵引带，硬是靠两条前腿支撑着，爬到执勤点上去找他，被送回卫生室后又爬了过来。肖思源请假陪了彬彬一夜，它顽强地活了下来。

彬彬去世那天夜里，肖思源正上大夜班，交接班时得知彬彬死了，他撒腿就往站部跑，可彬彬已经埋了。令他无法原谅自己的是，彬彬死在他宿舍门口，无疑是想见他最后一面。

罗菲是肖思源带的第二条警犬，他因罗菲结下一段情缘。他带罗菲参加技术比武，一位女警喜欢上了罗菲，一闲下就来看它。集训结束时，两个人已难分难舍。没有罗菲就没他们的一段爱情，后来罗菲走了，成了他们彼此永恒的怀念。

第四章

老班长罗赟是贵州毕节人，19岁就参军了。

罗赟带的第一条犬叫黑虎，它威猛如虎，被称为"大将军"。它曾追出近五百米后一跃而起，将毒贩连人带摩托车扑倒。回想当初情形，罗赟说太棒了！

第二条犬叫富猛。罗赟费尽心思，把它训练得胆大了，可工作能力不尽如人意，只能用作他用。

直到带上秀灵，罗赟的心情才逐渐安稳。一靠耐心，二靠爱心，三靠狠心，秀灵与罗赟亲近起来。秀灵最大的超常之处是识毒能力强，多次缉毒立功。最出色的一次是从挖空的鞋底和床头的夹板里发现了海洛因。罗赟买来牛骨头炖了汤，拌上饲料奖赏爱犬。

如今，秀灵已11岁多，要退役了。罗赟也要荣退，他要留在瑞丽。当兵12年，他的根已经扎在瑞丽，爱人一家都在瑞丽。

第五章

高德才是界头人。他说最忘不了的是江桥，最大的收获也在江桥。

高德才带的第一条警犬叫神龙，老兵刀客似的盯着他，一再叮嘱他要带好，像待女朋友一样。后来他找下女朋友，才真正明白了老兵的话，就是照顾神龙要悉心，不仅仅是它想吃什么就买什么。两年多后，神龙走到了生命尽头。神龙是为见他一面，才硬撑到天明死的，见到他以后很快就气息奄奄。

神龙走后，高德才又带上了尔丁。尔丁3岁大，最突出的是基础科目好，是一条很有培养前途的搜毒犬。说起它的优秀来，高德才嘴裂得像西瓜。

高德才的女朋友在腾冲机场搞地勤，是去年探家时认识的，像尔丁一样好得很。

第六章

基地主任李庆开从小在怒江边长大，大学上到一半便入伍了。他说他不后悔，人各有志，我尊重了我自己。

后来到德宏木康边检站，与缉毒打交道，两次立功，也有两次"功败垂成"，让他扼腕叹息。一次，与他一起检查的老兵一时大意把可疑车辆放过去了，两人差点羞死。另一次，他扣下货车，被交接的下一班查获毒品，没能立功。

在木康，李庆开缉毒差点儿把眼睛弄瞎。他后来考入昆明边防指挥学校，毕业后分配到了江桥，几年间走了很多单位。在弄岛期间，他结婚成家了，爱人也是当兵的。两人一个做了"哈楚巴"，一个做了"刷楚米"，生了个宝贝儿子。

2008 年，李庆开调回江桥，2011 年升为主任，与大管家谭家泉搭档，配合得相当默契。

第七章

谭家泉带着大家到寨里走了走。先去贺弄村送柴油帮村里抗旱。几个月不下雨，稻田插秧推迟了一个多月，只好抽水解决，即调取江水灌溉稻田。

之后去了勐嘎村村民依所家。谭家泉想走访近来的情况，顺便让我了解一下。依所的儿子岩亮当民兵时，曾成功抓获过一名毒贩，搜出八百多克海洛因。他的母亲说，儿子能抓住坏人是好事情，只是有一点点担心。

谭家泉又带我到与缅甸一江之隔的芒令村。缅甸的鸦片种植一日不能根除，中国的禁毒压力就一日巨大，谭家泉他们就不会有一日的轻松。大烟也罢，海洛因也罢，村党支部副书记孔蚌劳说，都是缅甸那边产的，毒贩走私过来卖给当地人抽。也许只有上帝知道，隔岸的罂粟林何时休！

第八章

中国 1729 年就曾禁止鸦片，但终至法成手纸，于晚清花侵膏肓。两次鸦片战争，让国人至今屈愤。

今天采访的是阚衍漳。

阚衍漳入伍后，到哈尔滨警犬基地培训，抽中了尔丝，只两三天就相处得亲如兄弟。回想当初的情形，他喜不自禁：那家伙太讨人爱了，脑子也特好使，科目学得快学得好。

培训结束后，他带尔丝回到昆明。尔丝不到一年便开始建功，查获了700多克海洛因。把战友们眼羡坏了，也把他高兴坏了。

他四年只回过一次家，是回去打发爷爷的。他自幼跟爷爷长大，给我讲述时，脸上布满幸福。爷爷去世前爱给他写信，他保存了许多，其中一封一直装在身上，是爷爷81岁时写的，充满一个老军人老干部的口吻和一位耄耋之翁对孙子的疼爱。

第九章

李行是西安人，今年虚岁十九，上到高二便拧了一股劲要当兵。他说考大学、当兵都是人生的一大愿望，无论哪种，只要实现了就是幸福。

吃过年夜饭，新兵蛋子才发现，过节还想家啊。轮到他给家里打电话，一拨通就哭了。

李行集训后被分到江桥警犬基地，是跟着老班长阚衍漳来的，他带的警犬叫哈密。哈密顽头顽脑的着实可爱，像个袖珍小情人。

李行和战友们一天就查获过将近4公斤的冰毒。那天查获两起毒品，一起在基地执勤点上，另一起在黑山门岔路口。

他对那次堵卡看得很重，作为一名仅两年期限的义务兵，如果到时转不成士官就要退伍了。如果毫无功劳可彰，用西安话说，那就太马卡了。

第十章

基地的执勤点设在老桥桥头的南面。无论刮风下雨，都坚守在那里的荷枪实弹的身影，其中便有庞昕夷。

庞昕夷来自重庆，是独生女。为了锻炼自己，大学上了半个学期就报名参军了。走时她没有哭，还给母亲留了一张纸条加以劝慰。

集训结束后，庞昕夷被分到江桥。女兵不让驯犬，她们的主要工作是查毒，追查网上逃犯。报到第一天，一条警犬给了她个下马威，吓得她大叫"狗咬人了"。后来，她知道为啥要叫"犬"而不能叫"狗"了，而且打心底认可了。

她很羡慕那些训导员，觉得他们非常荣幸。不过战友的荣幸也是她的荣幸，一样值得她骄傲。

再有半年她就退伍了，在这里，她收获了战友情，警犬情。

她很想家，外婆和妈妈都来看过她一次，母亲的三天陪伴，让她倍感幸福和满足。

第十一章

周逊来自楚雄州南华县。他弟兄两个，弟弟两次参加国际维和，他非常骄傲。

家里生计艰难，周逊初中毕业后帮父亲打拼日子，18岁参了军。2005年，周逊被调到警犬基地来堵卡。有一次一下查获了20多公斤海洛因，让他大开眼界。

后来周逊做了基地的厨爷，每天为兄弟们围着灶台转。每顿饭尽量花样翻新，一日三餐尽心尽力。难得闲暇的时候，就到江边钓鱼。除了做饭，他还喂鸡喂猪。

2007年腊月的一天，周逊干啥都魂不守舍，非常想回家。他请假回去，路上得知老爸殁了。他坐在车门口的脚踏处，枯守了一夜。冒雪赶回家中，父亲已经入殓，他想哭又忍着不敢哭。次日出殡，陪父亲的最后一程，他想了许许多多。

讲完的时候，周逊像卸下一个包袱。他说，人活一辈子就像是炒菜。眼下这当兵的菜，还有不当兵以后的菜，我得炒好了，色香味俱佳。

第十二章

豆庆是湖北襄樊人，为了"做好汉"，便投笔从戎了。

2001年7月，豆庆调到了江桥警犬基地。他带的第一条犬叫伦伦，当年就连续破获三起毒品案件。

第二条犬叫罗立，天性淘气爱玩，但是工作起来特别认真。来江桥的第三年一举查获6000多克海洛因，成为该年度云南破获大毒品案的第一条警犬，被授予"三级功勋犬"。罗立累计查获毒品20多公斤，三次荣立三等功。现在已经退役，豆庆带我去看时，仍表现得凶猛好斗，看不出什么老来。

豆庆再有半年就要退役了，准备留在瑞丽。媳妇是瑞丽人，只等着豆庆退伍了安心组建小家庭。

第十三章

尹加燕家境贫寒。大学毕业后，他放弃了分配的工作去当兵。一颗篮球如影随形，尹加燕很快就打出了名声。选拔组建赴海地的维和警察防暴队时，他沾了篮球的光，被特招为一名维和官兵。

飞往海地后做的第一件事，就是填遗嘱表。太残酷了，尹加燕说，好像把命当给了当铺。2008年4月，莱卡爆发大规模骚乱，中国防暴队受命支援，不辱使命。海地八个月维和，防暴队圆满完成了联海团下达的各项勤务，全队荣获联合国和平奖章。

时隔不到一年，尹加燕再赴海地。他们正在联海团办公大楼外面荷枪实弹地警戒的那个下午，地震发生了。十层大楼一下子变成了废墟，搭上了维和人员的八条性命。

两次赴海地维和，让尹加燕感到光荣，但那光荣是有伤疤的。

2001年，尹加燕调到了江桥。在海地是维和，来江桥是缉毒。总之海地让我难忘，咱们祝愿它吧，他说。

第十四章

罗祥彬生得敦敦实实，言语举止不紧不慢，沉稳得像黑铁矿石。

他带的第一条犬叫哈妮，第二条是辉杰。辉杰最初并不出色，可它愈战愈神勇，成为令毒贩闻风丧胆的犬王。

辉杰破获的毒品案件太多，有一件令罗祥彬终生难忘。一次搜查中，辉杰搜出毒品，嘴上却沾染海洛因中了毒。在去医院的路上已明显不行了，罗祥彬就一直给它做人工呼吸。到了医院洗胃不成，打过三针又被绑住输液输氧。在罗祥彬和战友们的鼓励和守候下，辉杰于次日脱离危险。

病愈后的辉杰，一出勤就查获了毒品。它生前破获毒案六十七起，荣立二等功一次，三等功四次，被授予"一等功勋犬"。

2012年，罗祥彬在赶回基地的路上，得知辉杰去世了。车上不能抽烟，他只能两眼发直地待着，将泪一口一口往肚里咽。有好长一段时间，他失魂落魄，常自言自语念叨辉杰。

第十五章

蓝武带的第一条犬叫甜甜。它平时黏人，可执行任务时威风凛凛，只要一声令下，就会勇猛出击，可圈可点之处不少。至于怎么个出色，蓝武支吾了半天说，就那么出色，出色得想抱住它亲两口。

2008年，蓝武到哈尔滨警犬基地培训，带回了警犬江浩。江浩性情比甜甜安静，但是精神倍儿棒，最大的特点是嗅觉灵敏，已给他立过三次三等功了。

现在蓝武是江桥唯一带两条警犬的训导员。江浩跟蓝武和甜甜跟蓝武一样亲密。

第十六章

姚元军的家庭很不幸，他中专上了两年便去当兵，一是为圆梦，二是想尽快改变生活。可生活才开始改变，他却走了。

2011年8月21日，姚元军与战友们执勤到凌晨1点40分时，拦下了一辆摩托车，搜出毒品，毒贩撒腿就跑。姚元军紧追不舍，与毒贩拼开死活，一起坠入瑞丽江中。江水湍急，跳下去的战友没能救他上来。搜救进行到第八天，他的遗体才被发现。被带出水面的姚元军，样子很安详，战友们立刻给他盖上鲜艳的国旗。他走了，从灵台到江桥，到瑞丽江，再到殡仪馆，为他18岁的人生画上了句号。

2012年9月3日，三千多人齐聚瑞丽江边广场，为姚元军做最后的送别。大伯姚继康忍不住老泪纵横，身心俱焚的姐姐哭得几度昏厥。姚元军的骨灰被安放在了德宏州烈士陵园，他的遗像回到了英魂牵绕的家乡。

后　记

　　百年前的万国禁烟会议上，通过了世界第一个国际禁毒公约《海牙禁止鸦片公约》。时至今日，反毒禁毒依旧步履维艰。

　　中国给予毒品不遗余力的打击，公安边防军人守卫着毒品觊觎的国门，江桥警犬复训基地只是千万里疆界上的一钉。我们的敬意，包含在文字中，献给现在及过去和他们一样为国戍边的军人及警犬。

（姜卓　缩写）

烽烟平型关

糜果才

颁奖词：著名的平型关战役在第二次世界大战史上发生过重大影响。《烽烟平型关》以这次战役为背景，全景式再现了国共两党团结合作，中华将士喋血牺牲，直到夺取胜利的悲壮史实。作品资料运用真实，敢于纠正偏见，人物刻画丰满，文本功力厚重，具有弘扬民族精神的全新意义。

1937 年初夏，晋东北内长城的上空，突然出现了一种奇异天象。原先硕大的金灿灿的太阳变得暗淡无比，三个诡异的巨大彩色圆环相扣着围绕在太阳周边。平型关内一种战争的恐怖笼罩在人们的心头。

这年 7 月 7 日深夜，北平卢沟桥上空一声沉闷的枪声，划破了寂静的夜空。这是日寇发动全面侵华战争打响的第一枪。中国军队英勇反击，全面抗战自此拉开了帷幕。与此同时，中国共产党、国民党共同发起号召，坚决抵抗日本之侵略。

日寇相继占领了北平、天津以后，为了灭亡中国，紧接着沿津浦、平汉、平绥三线扩大侵略。对日寇的三路进犯，蒋介石都做了相应的战斗部署。在平绥路方面，蒋介石调兵遣将，精心组织了南口战役。第 13 军军长汤恩伯为前敌总指挥，指挥部设在怀来城内。

汤恩伯命王仲廉的第89师担任防守南口的先头部队。9日，南口正面的战斗打响，日军首先以猛烈的炮火轰击龙虎台，10日对南口发起总攻，战况惨烈，阵地几度易手；而后凭借重炮、空袭及中国内奸的配合，于8月26日攻破南口，中国守军腹背受敌，被迫全线撤退。日军虽获得胜利，但在我军顽强抗争之下，仍付出伤亡2600余人的惨重代价。

在日本帝国主义向中国伸出侵略魔爪之际，中国政治气候风云变幻，国共两党正波诡云谲地发生着一场戏剧性的变化。"九一八事变"后，面对日本侵略军和共产党这两个大敌，蒋介石认为攘外必先安内，于是对日本帝国主义的武装侵略坚持不抵抗政策，继续进行反共内战，对中央红军先后发动五次"围剿"，此外又不断制造军阀混战。直至1936年，在日军疯狂侵略中国的危急时刻，蒋介石依然坚持内战。于是在1936年12月，张学良、杨虎城发动"西安事变"软禁蒋介石，逼迫其放弃"剿共"，一心抗日。而镇守山西的阎锡山与中共、国民党、日本帝国三方周旋，只为维护自己在山西的统治实权。

1937年的秋天，中央政治局扩大会议在洛川召开。此时，林彪的战略意见和毛泽东产生分歧。利用会议间隙，毛泽东多次做林彪的思想工作。毛泽东认为，在敌强我弱的情况下，决不能与敌人拼消耗，不能采取突出运动战和阵地战的僵化战略，而要以少胜多，以弱胜强，必须采取"敌进我退，敌驻我扰，敌疲我打，敌退我追"的游击战争战略方针。因为前者只能是以卵击石，自取其亡，而后者则通过发动群众，建立根据地，进行持久战，才能最终取得胜利。

洛川会议结束后，毛泽东发布了红军改编命令，红军正式改名为国民革命军第八路军。周恩来也与阎锡山关于八路军东进山西的挺进路线、活动地区、作战原则、指挥关系等一系列问题进行谈判。周恩来提出八路军今后将根据自己的兵力及战术特长，开赴冀察晋绥四省交界的地区，以山地战、游击战侧击西进和南下日军，配合友军正面作战。阎锡山听后满口答应。

日本的侵华图谋由来已久。自"日俄战争"以来，板垣征四郎就一直是日本军国主义的践行者，是武装侵华的领头羊、急先锋。在日本军界，因板垣征四郎对中国的政治、经济、军事、地理以及风俗人情了如指掌而被称为"中国通"。他对长春、哈尔滨、海拉尔、洮南、山海关、锦州等地地形和中国军队的军情进行了刺探，并以此为基础暗中制定了侵略中国东北的作战计划。炮制"满洲国"是他采取"以华治华"策略的第一着棋。第二着棋是像"满洲国"一样再炮制一个"华北国"，使其将东北、华北悉数握在掌中。他主动向寺内寿一主动进谏，提议东条英机率领的察哈尔兵团取天镇、阳高，经大同、怀仁，直捣雁门关，而他则率领半个师团取蔚县，经广灵、灵丘，夺取平型关。1937年8月27日，东条英机接到寺内寿一向他下达的"进军山西"的命令，等待板垣征四郎率领的半个师团在张家口会师后，率领他的察哈尔兵团即向山西的东北部扑来。

地处晋东北的天镇，是山西的重要门户，如果天镇一失，则山西门户大开，日军南下经过雁门关、忻口，即可直接杀向太原。眼看战火烧到了家门口，第二战区司令长官阎锡山，急令第61军军长李服膺火速集结部队，布防御敌。天镇的防御工事修筑潦草，根本不能派上用场，而盘山则是天镇的天然屏障，于是守军就构成了以盘山阵地为主阵地的、由四个团的兵力组成的第一道防线，以及以天镇、阳高为纵深防线的"T"字形防线。

东条英机想拿下盘山阵地，但用的却是"欲擒故纵"之计，他先将主攻方向放在李家山、罗家山阵地，目的在于一面麻痹盘山守军，一面牵制第101师兵力，待正式攻击盘山时，使其无力增援。盘山守军果然中计，随即日军便对盘山全面展开攻击，守军拼死坚守，拒敌西进。但阎锡山与日军祈求妥协之心还未死，派密使为自己与日军周旋，希望日军绕开山西侵扰他省。连日来日军用密集炮火猛击盘山阵地制高点，李服膺接到了傅作义传达的阎锡山"相机撤退"的电令，随即下令守军全线撤退。

天镇、阳高失守，大同马上成了一座危城。日军开始惨无人道地屠城，城内无数百姓惨死在鬼子的尖刀利枪之下，鲜血染红了1937年整个秋天。整个雁北陷于敌手，全国舆论大哗。在全国人民一片愤怒的谴责声中，阎锡山开始为自己找"替罪羊"。他以"擅自撤防败逃"的罪名扣押了李服膺，伺机将其暗杀。

在日本关东军察哈尔兵团向平绥线西进侵占天镇、阳高的同时，板垣征四郎率领他的半个师团掉头南下，杀奔阳原、蔚县，他要通过蔚县至代县的蔚代公路与东条英机采取分进合击的办法轻取山西。在火烧岭、松树山高峰相继失守后，守军部队向平型关转移。板垣征四郎的第5师团第21旅团由张家口斜刺里侵占阳原、蔚县，并在广灵县西北、东部紧追高桂滋部的第84师、第21师和孙楚部的第73师、独立第3旅，经灵丘入平型关抄雁门关后路然后夹击太原的图谋，使阎锡山的"大同会战"计划立时化作气泡，瞬间破灭。雁门关下，太和岭口阎锡山的行营顿时紧张起来。阎锡山决定吸取十年前晋奉战争的经验，再在平型关摆一个"口袋阵"。但第6集团军副总司令孙楚对他的这个"口袋阵"却另有看法。第6集团军总司令杨爱源听了孙楚的分析，觉得见解合理，于是急忙向阎锡山报告。负责守备雁门关的第19军军长王靖国为了保存自己的实力，出于一己私利，紧紧抓住杨爱源报告的机会，极力在旁怂恿阎锡山再派重兵加强雁门关的防御即可，不必工于排兵布阵。经这几人一阵撺掇，阎锡山取消了精心策划的"口袋阵"部署。

八路军第115师第343旅和师独立团在平型关西侧15公里的大营镇集结完毕。在营盘窑洞里，林彪见到了孙楚。二人共同商讨了双方配合作战的问题。

根据作战计划，第343旅和师独立团只在大营停留一夜，之后便由陈光率领向平型关外开进，9月19日抵达上寨地区休整待命。20日，林彪向聂荣臻发出"速向灵丘上寨地区集合待命"的电报后来到平型关下的平型关城。林彪站在北城墙上极目北望，暗暗赞叹古人真是了得，在此设关守御，构思绝妙！这时，一幅歼灭日军的蓝图初稿，在他的心里也渐渐绘成了。徐海东带着第344旅从原平出发，聂荣臻带着师直属机关随后跟进。

自八路军第115师东渡黄河、向晋东北挺进之后，这支部队的行踪和前程，令远在延安窑洞里的毛泽东一直牵挂在心、不能释怀。毛泽东主要担心林彪，尽管林彪善用兵，会打仗，但是个人主义严重，并且一直主张集中兵力打运动战，但此时最好的战略就是打一场真正独立自主的山地游击战。想到这里，毛泽东给前线的彭德怀发了一份电文，让其一定要挟制住林彪的错误行为。电报发出不久，国民党发布了《中国共产党中央为宣布两党合作成立的宣言》，蒋介石就此发表谈话，承认中国共产党的合法地位，预示着国共两党开始了第二次合作。就在阎锡山进行平型布阵的时候，蒋介石命黄绍竑以"督察专员"的身份到阎锡山身边作为"眼线"监督其行为。

平型关上空黑云笼罩，暗无天日，地上的空气就像凝固了一样，沉闷得使人喘不过气来。9月20日，日军侵占了平型关外的灵丘，鬼子们烧杀抢掠，无恶不作，灵丘俨然一座屠场。哪里有日本人的铁蹄，哪里的老百姓就遭殃。虽然战火还没有烧进平型关内，但已人心惶惶，到处是逃难的混乱景象。

平型关战役即将展开。向平型关进攻的是日军长官三浦敏事率领的步炮四个大队。午夜时分，日军计划通过夜袭夺取平型关，开始向守军阵地进攻。官兵们居高临下，给予敌人迎头痛击。激战终日，日军遗尸累累，守军伤亡也很大，但阵地仍屹立不动。日军不甘心，再次利用其步、炮协同之优势，以大炮由左至右，由右至左，反复排炮轰击；又由近及远，由远及近，进行纵深轰击；飞机亦来轰炸助战，步兵持续不断地攻击，战斗打得非常激烈。天明后，部队发现自己的左翼团城口南卧羊台的友军阵地失守，有一小股日军约20人已突进阵地壕沟内，威胁到左侧背部。3营营长秦驷立即命令9连连长张保旺率部从左翼侧击敌人。9连官兵下山后，利用地形隐蔽冲进壕沟，先扔手榴弹攻击，然后冲上去拼刺刀肉搏，不到半小时工夫就将这一小股敌人全部消灭。

向团城口进攻的敌人，是粟饭原秀率领的日军。晚11时，日军开始向团城口一线发动全面进攻，先是以机枪向守军阵地扫射，然后步兵猛扑上来。待敌人靠近时，守军一齐开火，迎头痛击，将日军打了下去。23日晨，日军组织飞机、大炮、坦克向团城口的卧羊台阵地猛烈轰击，接着步兵就向前沿阵地扑来，敌我相距只有400米左右，短兵相接，形势岌岌可危，官兵也伤亡甚众。日军攻势愈加猛烈，接近前沿阵地。

大雨如注，日军乘雨又向团城口阵地猛烈攻击。敌我双方在泥水中展开肉搏，卧羊台阵地一度被敌突破。25日凌晨，日军又步、炮协同，向团城口至老毛圪堆、西跑池集中猛攻。阵地上的官兵焦头烂额、缺臂断腿者比比皆是，身体健全者已为数不多。至此，第84师守军弹尽援绝，伤亡惨重，不支而退。日军很快占领了团城口至老毛圪堆、西跑池一线阵地。至此，平型关被撕开了一条两公里长的缺口。

八路军第115师潜入平型关外的太白山中后，一直在休整待命、寻找战机。9月23日凌晨，师长林彪接到八路军总部来电："敌于昨夜奇袭我平型关阵地，现在激战中。115师即向平型关、灵丘间出动，机动侧击向平型关进攻之敌，但须控制一部于灵丘以南，保障自己之左侧。"聂荣臻提议在乔沟设伏，罗荣桓、陈光、徐海东等人都认为战点绝佳、战机难得，并纷纷表态要打好这一仗。林彪对战斗也进行了具体部署。战士们的参战情绪十分高涨，人人摩拳擦掌，个个同仇敌忾，大家纷纷立下钢铁般的誓言：坚决服从命令，完成自己的战斗任务，继续发扬"猛打、猛冲、猛追，重伤不哭，轻伤不下火线"的优良战斗精神。

第6集团军指挥部决定用八个团分三路正面出击，要求八路军第115师配合行动，夹击进攻平型关之日军。9月24日深夜12时，第115师第343旅、第344旅准时冒雨出发。经过四个多小时的艰难行军，林彪率领的第115师第685团、第686团、第687团赶到了目的地。埋伏在乔沟最西端的是杨得志团长率领的第685团。埋伏于乔沟南侧山地上的是李天佑团长率领的第686团。埋伏在乔沟东侧山地上的是张绍东团长率领的第687团。急急驰赴敌后打援的是杨成武团长率领的师独立团。师指挥所设在乔沟东南边的一个小山头上，一向细心过人的林彪，将作战地图摊在腿上，一再复核，生怕在兵力部署上出现一丁点疏忽和纰漏；聂荣臻蹲在山头的右侧，举着望远镜，仔细地察看每个阵地；作战科长王秉璋正在打电话与各旅、团指挥所联系；其他人员则各司其职，紧张而有序地进行着战前的准备工作。

万事俱备，严阵以待，一个震惊历史的时刻就要到来了！1937年9月25日，历史注定这一天要成为一个令中国人民扬眉吐气的载入史册的不平凡的日子。

当日军从乔沟东北方向缓缓进入第685团的伏击圈内时，林彪果断命令发射信号弹。处在原定"掐头"位置的第685团，现在的任务是"全吃"。看到信号弹，第685团乘机发起冲击。日军拼命往山上爬，想占领制高点。杨得志立即派通讯员向各营传达命令："附近的制高点，一个也不准鬼子占领！"全团经过五个多小时的激烈战斗，辛庄、关沟一带公路上的日军除极少数逃脱外，其余全部被割消灭，完成了"全吃"任务。

处在原定"斩腰"位置的第686团的指战员们沉着镇定。他们现在的任务是既要"斩腰"，也要"掐头"。等敌人全进了伏击圈后，两侧的山冈顿时怒吼起来，机枪、步枪、手榴弹、迫击炮一齐发射，将拥塞在公路上的敌人打得人仰马翻。当团长李天佑发现几个鬼子正在往制高点老爷庙梁上爬时，立即下令让3营猛冲，一定拿下老爷庙。战士们乘着弥漫的硝烟与敌人展开了白刃格斗。12连右翼的9连仅剩下十几个战士，仍在坚持战斗，左翼的11连3排全部牺牲。老爷庙被敌人抢占。李天佑马上命令侧翼2营加紧攻击，吸引敌人火力，支援3营冲锋。经过一阵激烈拼杀，老爷庙终于被3营抢到了手中。日军指挥官挥刀喊叫，指挥着鬼子争夺老爷庙制高点。

在狭窄的山沟里，敌人的大炮、骑兵全都不能发挥作用，穿着皮鞋的步兵像蝗虫一样乱七八糟地往上爬。战士们沉着以待，瞄好敌人，等他们爬得上气不接下气到了近距离时才一齐开枪。打到下午1点，第687团、第685团的助攻部队从东西两面攻上来了。敌人的后尾大乱，坚守在老爷庙阵地上的战士们乘机向下反攻。垂死挣扎的日军哪能挡得住三面夹击，很快就被干净彻底地歼灭在山沟里。

处在"断尾"位置的第687团早就心急手痒。当日军大队人马、车辆进入乔沟内，徐海东、张绍东随即命令部队向日军的尾巴发起猛烈攻击。敌人挤在狭窄的沟里，人多活动不开，重火力又无法施展，走投无路，便拼死想占领乔沟两侧的山头。敌人冲上来一次，就被战士们打下去一次，三番五次，终未得逞，只得暂且在两旁凹处躲起来。敌人在沟底就像控干了水的鱼儿，乱蹦乱跳。战士们居高临下，先是一阵猛烈的扫射，接着又甩出一束束手榴弹。枪声和爆炸声响成一片，硝烟和尘土滚成一团。敌人被打得死的死，伤的伤，公路上的鬼子也很快被3营各连分割包围成几段。日军的后卫小队被消灭后，3营的战士们接着又向大车队压缩。战士们怒不可遏，冲上来一阵扫射，将残敌全歼。第687团顺利完成了"断尾"和阻援任务。

担任"打援"任务的师独立团与敌人斗智斗勇。日军第5师团奉命参加保定会战的第9旅团派出增援平型关的一支部队已赶到了驿马岭。团长杨成武接到师部电报：敌3000来人遭我伏击，战斗进展顺利。你部须坚决阻击敌援，直至师主力战斗胜利。平型关的炮声和歼敌消息，振奋了战士们的精神，大家跃跃欲上，震慑了敌人的胆魄，日军火力顿时减弱了。下午4时，师部又发来电报：平型关方面现歼灭日军板垣师团第21旅团1000多人。你们独立团已胜利完成阻援任务。杨成武得讯欣喜万分，知道总攻的时候来到了。他立刻派出团预备队五个连和1营的一个连，插到隘口的东面，从敌人的后路打上去。同时，正面也发起冲击，四面山头齐吹冲锋号，战士们呐喊着扑向敌人的阵地。一时间，敌人乱了阵脚，慌作一团，向涞源城夺路而逃。战士们一路追击，一直追杀到涞源城下，敌人又从涞源城东撤，部队遂即解放了涞源县城。驿马岭阻击战既是一场胜仗，也是一场恶仗。1连和3连减员过半，有的班、排全部阵亡。他们虽然牺牲了，但仍死不瞑目，眼里仍然放射着愤怒的目光。

果然不出林彪所料，下午3时，日军由蔚县移驻在灵丘城内担任预备队的第42联队第2大队派出第5中队向乔沟增援。日军以坦克开路，在小寨村西北隘口与第687团2营7连交火。等待在这里的战士们沉着应战，打退了敌人的多次进攻。与此同时，等待在东河南村西侧的1营也从侧后猛击敌人。在2营、1营的前后夹攻下，日军损失惨重，不敢继续进攻，黄昏前退回灵丘城内。

八路军第115师在平型关首战大捷，"皇军不可战胜"的神话彻底破灭！这是八路军，也是中国军队在抗日战争中打的第一个大胜仗，祝贺的电报、信函，像雪片似的飞向第115师师部、五台八路军总部、中共中央所在地延安。社会上曾经甚嚣尘上的"恐日病""亡国论"一时收敛。延安沸腾了！太原沸腾了！全国各大城市的工人、学生、市民手持彩旗，走上街头，燃放鞭炮，集会游行，热烈庆祝八路军的平型关大捷。

平型关大捷战果辉煌，但给自己造成的损失也是巨大的，为了避免过早过快过多地损失革命力量，毛泽东一直在利用各种机会向全党的领导同志灌输他的"游击战争"的主张和思想。平型关一战，不仅使林彪的思想认识有了根本转变，而且全党的高级干部已经完全彻底地统一到毛泽东提出的"独立自主的游击战和运动战"的战略思想上了。

相比于林彪率领的第115师，阎锡山在领导晋绥军抗日这方面做得糟糕透顶，所犯错误简直不可饶恕！天镇阳高失守、大同陷落姑且不说，但就平型关战役而论，阎锡山之咎多矣！本来一个很好的"口袋阵"计划，完全可以将板垣征四郎的第5师团放进繁峙谷地聚而歼之，但阎锡山却被孙楚的错误判断、如簧巧舌所动，朝令夕改，做出了拒敌于平型关外的错误判断，此其一咎。拟定与八路军林彪师夹击日军于平型关外的计划之后，郭宗汾军见危不救，致使高桂滋军不支而退，结果林彪师单方面在平型关外取得大捷，不但未能全歼敌人，反而被日军突入团城口、陉洼梁内，将郭宗汾军分割包围，此其二咎。平型关至雁门关之间的茹越口，地理位置非常重要，阎锡山本来应借鉴1927年晋军和奉军在这里作战的经验，在茹越口、铁脊岭、五斗山，纵深以梯次设重兵防守，但他却疏忽大意，只在茹越口布置了一个旅，而茹越口后面的铁脊岭、五斗山纵深防线却未设一兵一卒，空虚无阻，导致敌人攻破茹越口后长驱直入，繁峙县城陷落，此其三咎。茹越口突破，繁峙县城失陷，本来危局尚可扭转，如果指挥正在繁峙县城至沙河之间向东行进的董其武、孙兰峰两旅掉头返回，夹攻侵入繁峙县城之敌，完全可以将这股敌人歼灭或逐出茹越口外，但阎锡山畏敌如虎、惊慌失措，以为自己已陷入敌人包围之中，急忙下达全线撤军命令。事实上，当董其武、孙兰峰两旅在沙河以西和峨口地区掩护撤军时，同繁峙县城之敌整整对峙了一昼夜，待撤退部队全部进入五台山，敌人一直没有追逼，敌我对峙中，也未发生火力交战，足以证明侵入茹越口、占据繁峙县城的敌人数量有限，兵力并不强大；平型关、团城口撤军，敌人也未敢组织部队急起直追，只是派飞机在上空侦察、轰炸、袭扰，说明敌人经过多日激战已疲惫不堪；雁门关、代县撤军更是安然无虑，后面没有发现丝毫敌情，阎锡山却错误下达全线撤退命令，此其四咎。

整个平型关战役，中国军队共投入10个军、11万多兵力，苦战十余天，不但未能阻住日军进入关内，反而伤亡兵力4万多人，创抗战以来之奇辱，国人能不激愤？

全国要求严办阎锡山的呼声就像钱塘江潮，一浪高过一浪。阎锡山为了逃避舆论谴责，又把已当过"替罪羊"的李服膺二次扣押，将战败和撤退的责任全推到他一人头上，强行处死了李服膺以给民众交代。李服膺死后，第61军的高级将领们深知阎锡山生性诡诈，唯恐遭到暗算，相继脱离晋绥军。

朱德、彭德怀、任弼时等领导经过认真研究，以八路军总部的名义向各师首长发出训令，要求各部队立即分散兵力，广泛发动和组织群众，以支队性质开展山地游击战斗。9月26日以后，八路军派出四个支队越过内长城向北挺进，直捣日军空虚的后方。各支队的主要任务是袭扰敌人的后方，截击敌人的运输联络部队，破坏敌人的交通线路，发动和组织群众开展山地游击战争。短短几天时间，各支队出动后就均有斩获。八路军奋起直追，将失地一块块地从日军手里夺了回来。毛泽东将此次战斗称为"二次收复平型关"。

晋察冀军区成立后，各分区部队和游击队四处出动，袭击敌人，断敌交通，收复失地，搅得敌人日夜不得安宁。各工作团就像一颗颗火种，深入农村，发动群众，成立农救会、青救会、妇救会等抗日群众组织，在敌后广大城乡点燃了抗日烽火。

聂荣臻灵活运用毛泽东提出的"坚持独立自主的游击战和运动战"的战略思想，在晋察冀这块土地上取得了伟大胜利，日本侵略军不断遭到打击和歼灭，抗日队伍不断发展和壮大。至此，由共产党领导的八路军在平型关点燃的抗日烽火，已在晋察冀这块土地上遍地燃起，而且愈燃愈烈。

（孙蓓佳　缩写）

文魂·赵树理在沁水

田澍中

> 颁奖词：作品以人民作家赵树理与自己的老家沁水县千丝万缕的关系为素材，重点挖掘赵树理在20世纪50年代挂职故乡，直面生活的历史史料。作者以晚辈同乡的身份，长期埋头厚土，采掘鲜活故事，以丰富真实的细节，探索人民作家至善忧患的精神世界，思想深刻，文笔老成，具有强烈的现实主义。

1906年9月24日，赵树理出生在山西省沁水县尉迟村赵家西院的西屋。他的出生颇具奇异色彩：顺利生过三胎的母亲王金莲这次却遭遇难产，痴迷于测字算命的父亲赵和清一月前就准确算出了产期，并认为它是吉日吉时。天象地理都预示着这个新生儿与传说中的文曲星下凡有着某种联系。这个取名"得意"的婴儿以其男孩儿的身份、9斤3两的重量、大个大手大脚的相貌，让整个家庭沉浸在兴奋之中。

赵树理的爷爷赵忠方是其启蒙老师，不仅教孙儿熟读唐诗，还把自尉迟恭寄居此地流传下来的编簸箕的手艺也一并教给了小得意。赵忠方深谙理论与实践之道，所以在教育孙儿的过程中，既注重文化知识的传授，也不忘让其掌握一门求生技能。他还给小得意起了学名，叫树礼，字齐民，名字中包含了对孙儿知书达礼与平安健康的期望。赵忠方的人生哲学混合着尉迟村重经济、轻文教的传统村风，对小得意的人生产生了很大的影响。

得意10岁的时候，失去了挚爱的爷爷奶奶，告别了家庭式的启蒙教育，走进了村子里唯一的私塾，成了"赵树礼"。

父亲为了小得意的学费及其爷爷奶奶的丧葬费用，借了六太爷贾星东等人的高利贷，从此赵家家道衰落。10岁的赵树礼也许意识不到这些，但当他以新生的身份进入私塾时，深刻感受到了这些陌生同学的欺侮和塾师赵遇奇的近乎残忍的严苛。赵树礼幼小的心灵产生了强烈的对立情绪，父亲的百般阻挠也没有影响他退学的决心。从此，赵树礼成了赵和清的小尾巴，两人不是在田间地头一同劳作，就是在戏台子下一起看戏。这个小农民虽然远离了私塾，却依然热爱读书，他经常出没于东院的赵接成赵二哥家，半瘫的赵接成不仅有很多书，还擅于讲故事，他成了12岁的赵树礼的好朋友。

赵树礼13岁时的夏天，一场山洪冲垮了尉迟村的大片土地，包括赵家赖以维持生计的七亩田，响彻天际的绝望哭喊震撼了赵树礼幼小的心灵，他第一次强烈感受到土地对人的意义。年少的他凭借书里看来的知识，用"山洪借土"的妙计恢复了田地，引得村人纷纷效仿。

小农民赵树礼还对戏曲颇有兴趣，他从村民那里学会了吹拉弹唱，渐渐地成了村里八音会的全把式。

然而赵家依旧是贫困的。近年家中又添三个妹妹，加上遭了嘉峰村金旺兴旺的勒索、阳城县栗家的讹诈，走投无路的赵和清为还债差点卖掉了小女儿。后来全家人东拼西凑躲过了债务危机，并送14岁的赵树礼进入离家二十里的楷山小学读书。在这里，赵树礼学习勤奋，成绩优异，还交到了一生的挚友：王广铎和窦积善。

1923年腊月二十六，17岁的赵树礼和比他大六个月的阳城县牛家岭村的马素英结了婚。婚后赵树礼还是要继续完成高小的学业。此时的他迷上了"圣贤之道"，他决心要做圣贤一样的人。

毕业后的赵树礼被聘为野鹿村小学教师。村长都巍山为了迎接赵树礼的到来，组织起村里的乐队，设家宴招待，令赵树礼很是感激。赵树礼的授课方式有趣而富有吸引力，赢得了村民的好评。他甚至还当上了野鹿村那刚成立不久的八音会的老师，把自己在尉迟八音会锻炼出来的本领发挥得淋漓尽致。

当地农村的规矩是老师不做饭，由学生家长轮流送饭。在野鹿村待了一段时间之后，赵树礼发现自己吃得比富人家都要好，问及缘由，才知道这里的村民尊师重教，为留住他就算是借也要送上最好的饭食。他感激涕零，决心以后跟学生吃一锅饭，不再另开小灶。

一天，赵树礼代表野鹿去端氏镇买唢呐，回村路上，遭遇了一群饿狼的围堵，幸亏村民及时相救，才躲过了一劫。这使得他更加热爱野鹿，并决心要为当地老百姓做些有益之事。他在调查发现村里有许多失学儿童之后，便一边让村民明白知识和文化的力量，一边承诺免除学费，虽然还是有许多把儿童当半劳力的家长不肯让孩子上学，但赵树礼尽了自己最大的努力。

板掌村的社首贾东虎给孙子做满月，想请野鹿八音会助兴，赵树礼认为这是野鹿八音会首次出村演出，关乎声誉。却不料都巍山借此次演出公报私仇，安排乐队演奏出错要给贾东虎难堪，赵树礼在演奏时尽力掩盖总算没出了大乱子。赵树礼与都巍山也因此事翻了脸，都巍山与他敬佩的赵老师生分了。不久，有野鹿人向贾东虎透露了他俩人翻脸的详细过程，贾东虎对赵树礼赞不绝口，放出话来，他要赵树礼明年到板掌教书。

赵树礼在野鹿村除了上课和指导八音会，还要帮村人调解矛盾，看病推拿，替村人测字算卦，十分忙碌，很快就到了年底，谁承想，都巍山让会计支付赵树礼一年的工资，并告知他，他被解聘了。

在野鹿的这一年，是他踏入社会后，最惬意、最快乐、最能发挥自己才智的一年，他最大的收获是懂得了农民是世上最可爱的人，是最值得敬畏的群体，人类的高贵品格几乎全部集中的农民身上。他们大智若愚，忍辱负重，顺天应时，淳朴真诚，和他们在一起，他感到既有父爱母爱，也有兄弟朋友之爱。晨光熹微中，赵树礼挑着简单的行李走出大庙。脚下的路，路边的农家小院，村边的山丘小溪，是多么熟悉而又亲切啊！他一步三回头，泪眼蒙眬，渐行渐远……

1924年正月，赵树礼接到被调往板掌村教书的通知。前往板掌村需经过野鹿，赵树礼没想到，野鹿村村民早已在村口等着与他告别了。而被他误以为是解聘自己"罪魁祸首"的都巍山也在人群中。赵树礼得知原来是贾东虎借区长之势，把自己挖到了板掌村。

赵树礼初来板掌村，想就失学儿童复学和成立八音会的事情跟贾东虎商量，谁料贾东虎只顾贾家的权威和面子，油盐不进，赵树礼只好按部就班地开展学校和八音会的工作，忙得团团转。

农历三月十五的交口庙会上，赵树礼对一贯寻衅滋事的三年级学生贾国亮动了手，其父贾沁虎（贾东虎之弟）提枪来学校威胁赵树礼。贾家在板掌村的势力之大，让村人都为赵树礼捏了一把汗，幸亏有大黑二黑兄弟出手相救。风波过后，乡亲们劝赵树礼行事小心，别再招惹贾家人。

赵树礼有个叫潘红红的学生，其母身兼美貌与放浪，她在赵树礼带着野鹿村八音会来板掌的时候，就爱上了这个年轻男子。轮到赵老师去她家吃饭时，她使尽浑身解数想要勾引他，却被赵树礼拒绝了。赵树礼不是对这个白皙美丽的女人毫无兴趣，只是他的所学所知让其深知是非荣辱。后来，赵树礼以旁敲侧击的形式，巧妙地感化了红红妈，使她意识到为人妻为人母该守的本分。可惜的是，红红妈后来因坚决不从恶霸贾沁虎，被后者开枪打死。村长贾东虎包庇弟弟，以红红爸潘小毛拿不出证据为由，死不认账。潘小毛只好绝望地准备安葬事宜，之后便举家迁走了。经历了这样的悲剧，赵树礼深刻感受到了农村流氓势力的祸害。

又到了年底，赵树礼像去年一样开完联区学校年终总结大会后，去村长贾东虎那里汇报。命运像是跟赵树礼开了个玩笑，他再一次被要求领走工资卷铺盖走人，只不过，这一次他虽难过，但更多的是痛恨和决绝。三年后，赵树礼听闻贾沁虎惨死自家门外，打心里替红红一家感到解恨。

1925年腊月十二，赵树礼已经是长治师范的一名学生了，也有了一个快满周岁的儿子，名叫太湖。赵树礼在长治师范结识了阳城人王春，也在他的影响下成了一名共产党员。

假期回家时，赵树礼带回了许多书，都是五四新文化运动影响下的文学作品，然而在与父亲、二哥等人的交流中，他发现他挚爱的父老兄弟竟然对这些受人尊崇的大师级人物不以为然，相比鲁迅、郭沫若，他们更愿意接受那些传统读物。

1928年初春，为了躲避阎锡山对共产党员的抓捕行动，赵树礼与王春逃出了长治师范。他们扮成游方郎中的模样赚点盘缠。药丸用光了，两人又决定卖唱，唱当地人喜欢的上党梆子。在王春亲戚家落脚一晚之后，两人分别，赵树礼踏上了回家之路。回到家的赵树礼想到友人还在亲戚家躲藏，十分不安，又准备了些药丸，去寻找王春了。和老友重逢后的赵树礼，重又开始了卖艺挣钱的生活，他隔三岔五回来给王春送一次钱。期间，他遭遇过抢劫，也染上过疟疾，痊愈后，他一边治疗当地的疟疾病人，一边把治疗方法编成歌谣散布在那一带。等他带着赚来的钱回去找王春的时候，发现王春已经抛下他回过学校了，同时还带回了他的行李和他被学校开除的消息。这位被赵树礼一度崇拜的友人，伤透了赵树礼的心。

回到家后的赵树礼被父亲责骂一通，乡亲也不理解他。父亲得到了县城招教师的消息，希望赵树礼去报考，同学霍启高也来劝他一同前往，但都被他以时局不稳为理由拒绝，赵和清一下子气出了病，赵树礼只好答应和霍启高一同去县城。结果赵树礼考了第一，霍启高第二。赵树礼被分派到了城关第一小学，然而，开学刚一个月，赵树礼的妻子马素英就被"干血痨"夺去了生命。就在他安顿完妻子后事返回学校的那一晚，几个警员在国民党沁水县党委书记畅培元的带领下，抓捕了赵树礼，这一天是1929年4月26日。

赵和清为了救出儿子，四处借钱，赵家债台高筑。过了一个多月，赵树礼和霍启高重获自由，但霍启高不幸在回乡途中患病死去。之后的赵树礼过了一年半打工糊口的生活，并将自己名字中的"礼"改为"理"，意为追求真理之意。

赵树理第二个妻子的名字是他给起的，叫关连中，"连"取自"黄连"，因其命苦，"中"是为了随顺其兄，也就是赵树理榼山的同学关建中。结婚那天，赵树理碰到了榼山的同学王广铎和老师李育灵。也因为这次相逢，赵树理有缘进入了由王广铎担任校长的第四高级小学任教。在和前清屡试不第的老秀才一同任教的过程中，赵树理认识到中国贫穷落后的根源是教育不振。赵树理非常享受在洞庵的教学生活，但他同时感到前途渺茫，作为国民党区分部书记的王广铎和自己虽然情同手足，但毕竟有着不同的政治信仰。不久，赵树理离开了洞庵，北上来到太谷县北洸的县立第五高级小学教书。

1945年夏秋之交的一天，赵树理回到了他阔别八年的故乡尉迟。此时，其女小芬（大名广建）已经9岁，而他的父亲赵和清已在前年惨死于日本人刀下，已经出版了《小二黑结婚》《李有才板话》等作品的大作家赵树理，再也没有机会让父亲为他骄傲了。晚间，赵树理和赵升高师徒几人在吕家大院表演鼓书，赵树理说的，都是这些年自己编的鼓词，贴合现实，贴合农村，乡亲们听得津津有味。第二天一早，儿时的玩伴、现今的区长潘永福来看望赵树理，赵树理要求潘永福带他去见原志清书记，目的却是为了求他免了太湖夏河村长的职务，因为赵树理认为太湖年轻，不足以胜任。此次出访，赵树理还去了野鹿和板掌。时隔多年，他再次见到了知己都巍山，得知了贾家仍是沁水第一恶霸的事实。他还见到了大黑二黑，再次听闻了贾家的恶行。赵树理回家后把所见所闻所思所想统统写进了给原志清和潘永福的信里，并托付他们转交县领导。没过多久，一批罪大恶极的地主被斗倒了。后来，赵树理利用这次回乡收集到的素材，写成了长篇小说《李家庄的变迁》。

1951年，第一次全国互助合作会议召开，在这次大会上，赵树理就发表了农民更愿意单干而不是合作化的观点，得到了毛泽东的重视。赵树理又从来京的乡人和回乡度暑假归来的女儿广建那里，得知了高级社生产的问题。1956年8月22日深夜，赵树理给长治地委的主要领导写信反映了农村的这些问题，他发出的"另类"声音振聋发聩。赵树理站在农民一边，代表农民的利益，他并不"愚忠"于"政治"，1956年后半年，他时常陷于一个党员作家应该为老百姓服务还是为政治服务的矛盾当中。他深知自己是"政治"的受益者，但他心中还有更神圣不可侵犯的，那就是生活在社会最底层的中国农民。

年初，处处掀起的"大跃进"的高潮，让赵树理决心再次回到晋东南看看，好亲自参与到其中，于是他来到了阳城县挂职。他开始时为农村频频放出的大小"卫星"而激动不已，然而越来越多的夸张描述，让他心里充满了疑问，他决定立刻下乡，亲眼看看。这一去，他发现，大炼钢铁的热潮，影响了秋收，影响了学生上课，影响了农村正常的运作，他深刻意识到，这不是在放卫星，是放"起火"。后来他明白了，阳城县领导期望用他的笔来歌颂虚假的成就，而非揭露真相。他开始思考，自己的家乡尉迟村不知是否也罩着这样一层"皇帝的新衣"，没有人敢去揭穿。回到家的他发现，尉迟和别的地方没什么两样，他连夜行动，带领村民加班秋收，终于把地里的庄稼收干净了，若不是这次行动，三年自然灾害对当地的打击将不可想象。

1959年2月，是赵树理的黑色二月，他对"大跃进"和人民公社的看法，与阳城县委相左，但他毫不犹豫地坚持自己的立场，也就是农民的立场。赵树理后来因为一封信摧毁了阳城县领导们筹备多日的现场会，而惹恼了这一群只顾政绩的人，他们将一封题为《揭露右倾分子赵树理在阳城县反"大跃进"的罪行》的信，寄给了地委第一书记赵军、省委第一书记陶鲁笳、中国作家协会党组书记邵荃麟、中共中央毛主席。这封信成了作协批判赵树理的直接证据。

结束了阳城县两个多月的生活，赵树理感到十分疲惫，他回到尉迟家中，一边帮助书记赵国祥制定详细的增产计划，一边陪伴自己的亲人。在以后的日子里，他主要调查研究"人民公社"，他把自己的思考付诸笔端，形成了投给《红旗》杂志的文章《公社应该如何领导农业生产之我见》和两封寄给陈伯达的书信。这些书信文章，后来都被转交到了作协党组，供大家内部批判使用。

1958年8月，被作协批判了半年之久的赵树理决定再次返回家乡。这一时期，他的笔下多是一些实干家的身影，他希望这些人可以成为时代的旗帜与榜样，而不是那些只图虚名的领导干部。《实干家潘永福》《前岭人——中共沁水县委副书记何洪义同志家史》等就是这一时期的作品。

"文化大革命"初期的1966年末，赵树理被迫写了题为《回忆历史，认识自己》的检查，他认为自己无论是思想还是创作，始终自成体系。我们今天回望时发现，他的体系时而和主流重叠，时而和主流背离，但他始终有自己的方向与底线：他的工作与创作都坚持实事求是，他在感情上与农民血肉相连，他一直致力于通俗文艺的普及工作……他的作品和人品都足以让其跻身优秀作家的行列。

1970年9月23日，赵树理含冤逝世。他长眠于自己的家乡尉迟，以另一种方式永久地守护着这片土地，再也不必奔波。

（温晓慧 缩写）

2013-2015年度赵树理文学奖获奖作品

中短篇报告文学奖

树世界（节选）

指 尖

> 颁奖词：该作是一篇打破传统叙事模式，另辟现实阐释蹊径的作品。全文以百年古树为切入点，以故事化、情景化、悬念化的叙述，映射山庙、乡村乃至人性等与古树息息相关的事物间的戏剧性和新奇性，准确而真实地还原了现场本真。作品叙述客观，鲜活温润，内在的柔韧和语言的灵性，拓展了文本的纪实效果和想象空间，也拉近了历史与现实的关系。

——先有树？还是先有村？

2002年深秋，小独头村。村口，一位青衫黑裤，须髯皆白的年逾古稀者，以一种试图穿透我的语气，这样凌厉地质问我，仿佛我可能是被赋予某种使命的揭穿者，精心窝藏着一个确凿的答案，却秘而不宣。

村庄呈长条状，透过树木、树叶、低低的砖墙，这些零星的遮蔽物，能看到从村口到村尾摆列着的几十个院落的屋脊、院墙。树枝上，到处挂满黄澄澄的玉米穗，而每家院门口的菊都还金黄、红紫、粉白地开着。整个村庄惬意舒展地靠在被秋风染色的山体上，红、黄、绿、褐……丰饶繁盛的余味拥挤在空气中，而我，面对一位老者的质问，悲喜难辨。

从那个秋天的那刻起，我不得不用迟疑和无奈的微笑，来应付对面频繁更换的提问者的质疑。他们像坚强不屈的联盟者，用同样一个问题，将我死死地钉在了时间的审判台上。我跟他们，像一座山和一捧土，一株古木和一粒种子。无力和孤独跟美誉一样，都让人懊恼羞愧。直到有一天，我整理照片，在一株古柏粗硬干涸的纹路中，发现星星点点嫩黄的草籽和树叶，黑色的蚂蚁尸体，白色的小石头，它们以最真实的姿态，呈现在我眼前的时候，我才知道，一株古木的表面，竟然吸附着这么多事物。那么除去这些人类肉眼能分辨和看清的，还有多少事物曾经和正在经过它们呢？显然我们能看到和不能看到的事物，正是古木千百年来存在着的证据。如此，那些提问者们或许并不需要一个真正的答案，他们只是将解决时间谜团的希望托付予我。就像我要养大一个孩子，担负一个家庭这么简单，在他们眼里，我不是一个单独的人，而是一个群体，不只要给古木以修枝、施肥、洒药、补洞、立支架、做围栏、竖石碑，也不只要将它们分门别类地拍照、存档，还要通过这一系列工作，将古木和村庄的命运梳理明白，给它们年岁的确定，身份的确定，甚而是存在的确定。

　　如此重托，显然以个体单薄的能力，是极难担当的。仅鉴定树龄一项，就让我为难。我不能运用仪器，残忍地刺穿一株古木的躯体，来获取它的年轮。这样带有破坏性的行为，在政策，在村人，在我，都是不忍。好在表格里有真实树龄、实际树龄、传说树龄这些可迂回的软性词，一些与村庄相关的猜测，多少为古木网开一面。而关于古木的身份，我能给的也只是个笼统的概念，比如，一株柏树，为柏科，还分为三个亚科——侧柏亚科、柏木亚科和圆柏亚科。而侧柏亚科又有侧柏属、崖柏属、罗汉柏属和翠柏属；柏木亚科有柏木属、扁柏属和福建柏属；圆柏亚科有圆柏属和刺柏属。全世界柏科约22属，近150种，我国产8属，约30种。在他们的概念里，天地之初就有了山河了，那么有山就有树了，有山就有村了，树和村，都是山河大地一样的年岁。更多时候，村里人和他们的祖辈，用口口相传的方式定义了一株古木的经历和名字，他们叫万年柏、石柏、神柏或者某村柏种种，即便你再修正，他们都不认承。这些古木，是柏，但又不是，它是村庄里的神，村庄的施福者，同时也是村庄的惩罚者。一株古木接受的供奉和祈拜并不比一尊佛少。村人们敬它，怕它，而有时也会在心里悄悄地骂它、伤害它。他们像对待村庄一样，对古木的情谊是复杂的、交错迂回的、既爱又恨的。

通常一株古木承受着几代、几十、甚至几百代人的敬意和膜拜，即便一株枯死的古木，村人都不会轻易砍伐，而是听之任之，自生自灭。传说中，村庄有多久，它的年岁就有多长。所以它曾经挽救过的性命跟它舍弃过的性命一样多。在它不断地使人挣脱病痛的同时，它也无情地拒绝过哀求。在水神山，一株细瘦的枣树，成为柴花公主生命终结的索链，通过它，柴花从尘世走进了冥界的大门，结束了绵延不绝、担惊受怕、悲愤无望的尘世之旅。显然一株古木能承当的，并非是非因果，甚至它不分善恶，它只是一个媒介，一个穿越的契机，它迎来送去，而余下的事情，怕只有黄泉里的柴花自己知道了。

通往天圣阁路上的一株满目疮痍的古松，让人忍不住心疼。在它身上，有很深的勒痕，像是拴牛、拴马的印迹，而它的根部，又有被烟火熏烤过的深色，它的整个貌态都是萎靡的，叶子稀疏，发黄，树身因为疤痕的缘故，现出一种扭曲的气象。但它粗壮的树身明白地说出了自己的年龄，树围130厘米，是一百年以上的三级古木了，因为生在村外，而使它无法享受到村庄的庇护，和被村人敬拜的特权，它是被村庄遗忘了的古木。或许它不过在漫长岁月中等待，等待某一个人，某一种机会，某一次偶然，等来发现并使它发光的事物？

大吉的古柏在前几年被龙抓（雷击）了。村里人说，被龙抓的树，都是替代村里某个罪恶多端的人接受天惩的，它身上留下很深的被烧烤过的印子，粗深的、窄细的、蜿蜒的、笔直的，十道，百道，千万道，像谁用笔画下般有序。它死在一声惊天动地的雷声和瓢泼大雨中，它的死，惊醒了村庄里沉睡着的罪孽和良善。

东潘村，一座沿坡而建的村庄，一位老妇细声慢气地说，你问这棵树啊，我大（爹）活着时说，他小时候就一搂粗了，你算算，这树多少年了。

老妇已八十挂五，是过了"七十三、八十四阎王不叫自己去"的人了，他爹如果活着，怕也有150岁了，他爹记得就一搂粗了，那这树大约也有二百年了。

她说不止不止。三百年也够了。族谱里有记载，建村时就有了。再说当年潘仁美他爹在树上拴过马呢。

潘仁美是传统侠义小说中的大奸臣，但历史上并无此人。其原型是宋朝名将潘美，潘美行伍出身，官至宣徽北院使。曾参与陈桥兵变，拥立赵匡胤称帝。宋朝建立后，灭南汉，克贺州，智勇双全，屡立战功，跟说书唱戏的里传说的潘仁美完全是风马牛不相及的，但村人不认这个，只说，害死杨家的人，那还有假！

北宋至今都八百多年了。

她又说，就三百年。

我们笑笑，摇头不似，点头不是。

是株槐，在村口，树围370厘米，树高约莫十六七米，长势良好。腰身里缠了无数块新的旧的红布，拿红绳系着，枝条上长的短的红布条，远观，竟是一株彩树。彩树上面，顶着整座村庄。下面有香案和香炉，还有残留的供奉——是蛋糕，干了，硬了，散了，有几只苍蝇叮着。坐在上面的人俯视着古树，跪在下面的人仰望着古树，烟雾弥漫，也分不清到底是香烛的，还是烟袋的，尘带的还是天赐的。

差不多每个村里都有一株年代长点的古木，在街心，村委会，学校，庙院，或者家院里，传说里的远行人，跋山涉水回到故里，因为一株树而找到了被毁坏的村庄。也有族谱记载，因为一个人的无意之举，使一座村庄拥有了一棵罕见的古木。而我也见过一株古木孤单地守候着一座坍塌的、空荡荡的村庄，它孤傲而清绝，枝繁叶茂，凝重，有深陷尘埃却远离俗事的邈远状，抵触和疏离着人世翻滚的凡俗气，衬得那个快要灭绝的村庄灰暗无光。八百余株古木，分散在五百余个大小不均的村庄之中，它们树种不同，树龄不一，形态各异，地类有别，但它们存在，并将被保护，是村庄的神，亦是大众的神，被参观，景仰，惊叹。

　　我还是会在每座拥有古木的村庄里，与他们一起，纠结于先有村还是先有树这个问题。我无法于问之所问的存在中肯定一个最好的答案，来证明是先有树，还是先有村，也无法从通达古木的天然方式中，清理出最佳、最近的解释，就像鸡生蛋还是蛋生鸡这一哲学命题一样，先有树还是先有村也同样进入时间的黑洞。是村庄见证了古木的枯荣。还是古木见证了村庄的兴衰？它们共同存在，拥有与生生灭灭轮回不绝的生物们一样的命运，生和死，在与离，去与还，聚与散，一切都是定数。谁先谁后，谁多谁少，谁失谁得，都不再重要。这些上千年，甚至传说上万年的古木在越来越旧、越来越破、越来越老的村庄里，苍郁或者凄零地在四季中默默枯荣，有的身体里住满虫蚁和花朵；有的成为某物的栖息地；有的枝条被雷击、被锯掉、被火烧、被风折；有的树身空了，将死未死，苟延残喘。是欢愉太短？痛苦太长？还是仅仅因为年月太久长，耗干了血肉和精神？煎熬，这种常态或许不仅仅是我们人类的，可能也是古木诸物的。而在这样寻访和纠缠的过程中，我渐进入一个迷境——古树、村庄以及它物构成的迷境，像另一个人间，有老小、男女、体积大小、强壮孱弱、贫贱高贵之分。我穿梭其中，旅行远足，偶尔停顿，遇见可遇的，离开要离的，并试图找到一个确凿的出口，进入深处。

静静的沁河

——国民党98军武士敏将军太岳山区殉国纪实

江 雪

颁奖词：该作以大量翔实的史料和鲜为人知的事实，客观、真实、细腻地写出了宁为玉碎、不为瓦全的国民党抗日将领武士敏，在悲壮惨烈的中条山血战后，毅然率部北上，与共产党联手抗日，最后在马头山不幸殉国的英雄往事，具有重要的历史参考价值和较强的可读性。

一 特殊的葬礼

1941年10月1日下午，在上党古城长治城南的一片荒地上，日军列队整齐，为武士敏将军下葬，诵经超度。山西最后一支"正规军"，全军覆没了。

二 国共同悲

武士敏将军殉国，国共两党无不扼腕痛惜。左权、刘伯承、傅作义、蒋介石在内的国共领导屡次发文悼念，并为其举行追悼大会。那一年，武士敏将军49岁。

三　奔走的火焰

武士敏1892年出生于察哈尔（今河北省）怀安县柴沟镇一个小商人家庭，曾于北洋政法专门学校攻读，参加了同盟会。1924年，国民军发动"首都政变"后，武士敏与冯玉祥等人一起参加国民军起义工作。

大革命失败后，他与共产党人留学苏联，开始抵制国民党消灭异己的行径。卢沟桥事变后，武士敏请缨北上，率169师出陕西，渡黄河，开赴山西、河北抗日前线，成为原杨虎城17路军中北上抗日的第一支部队。

1937年11月，太原、安阳相继陷落，武士敏率169师移防子洪口，配合八路军，率部与敌人周旋于太行山、太岳山上。

四　小东岭会议

1938年，朱德、彭德怀总司令在沁县小东岭召开了东路军将领会议，武士敏列席参加。会议期间，他与彭德怀推心交谈，坚定了抗日的决心。

武士敏还曾分批派出部属，到八路军部队里学习战时政治工作、民运工作、敌军工作、游击战术等，特别注意学习八路军政治工作的具体实施办法。169师乃至后来的98军军纪严明，与武士敏对共产党八路军的学习分不开。

五　捷报频传

奔赴抗战一线之后的169师接连打了几次胜仗。1938年，169师采用诱敌深入的战术，与八路军129师配合默契，歼敌数百人并取得了晋东南反击日军"九路围攻"的巨大胜利。成为国共合作、团结抗战的范例。

部队打了胜仗，再加上又说成了一桩媒，169师举行了祝捷大会，并在会后修建了"子洪口抗日战役阵亡烈士公墓"。1939年7月，敌人再次集结，武士敏迎头痛击，打出了"天神山大捷"。1939年年底，武士敏行军途中解救被日军围困的国民党12师，并与当地军民联手，八退日军，斩获颇丰。

六　中条山血战

1941年，日军发动了蓄谋已久的"中原会战"（中条山战役），武士敏98军奉命防守董封。日军在战争中使用大量毒气和装甲车，98军在补给困难的情况下啃野菜，与日军发生数次激战、肉搏，先后毙敌440余人，缴获枪支、防毒用具若干。在整个"中条山会战"当中，武士敏的第98军是唯一进行有效抵抗，并取得战果的部队。在中条山血战突围中，为保国民党嫡系部队安全撤离，"庶出"的98军担任阻击掩护嫡系部队转移的任务。鏖战之后，原2万多官兵的98军仅剩下了不到7000将士。

七　向南？向北？

中条山一战，国民党正规军几乎全部撤出了山西，武士敏却决定率部北上抗日。他与杨虎城、冯钦哉、孙蔚如都主张抗日，因而成了义结金兰的"兄弟"。亲眼看到了"把兄弟"的结局，也目睹了中条山会战中国民党20万军队溃不成军的战局，武士敏心生悲凉。他想起杨虎城主张抗战的嘱托，也想起小东岭会议上，彭德怀的民族大义，毅然决定：抗战，向北！

八　为什么驻扎沁河东峪

武士敏率部奔向山西太岳山区，驻扎在沁水县东部，是由于沁河一带群众抗战基础好，而且，还驻扎着共产党的友军部队。

为了给98军休整补充的机会，共产党部队曾供给其粮食，并派部队四处游击活动牵制敌人。两支部队唇齿相依，互相扶持。老百姓一时誉之为"真正的统一战线，国共合作的模范"。

尽管有友军支持，但98军作为"西北军"的一支，军需用度，远远不如中央军。生活物资匮乏，处境非常艰难。战斗间隙，武士敏一边整训部队，一边补充采买给养、装备。

九　阴谋招降

潜入太岳山区后，日军制定了专对国军98军的诱降和一举歼灭的"和""战"两种策略。

面对招降，武士敏一方面"笑纳"日军的礼物，不做答复，为98军恢复战斗力争取时间；另一方面，积极备战，坚决抗战到底。

招降未果，衔恨至极的日军，在晋城召开会议，决定调集大军清扫太岳山区。

十　沁河作战

1941年9月，为了"击破沁河河畔的共军，威逼98军使其归顺投降"，日军制定了沁河作战计划。窥出日军意图的八路军部队灵活跳出了敌人的包围圈。日军恼羞成怒，对98军举起了屠刀。

十一　是否送过情报

共产党跳出了日寇的包围圈，那么对于日军的排兵布阵，是否通知了98军？对于该问题说法有二：一是八路军曾派人来给武士敏送情报，但突生意外，情报没送到；二是陈赓亲自送信劝武士敏，劝其跳出包围圈，但考虑到国民党部队不擅长游击战，武士敏还是决定正面迎敌。

面对6万多敌人的包围，武士敏想再演一演招降的戏码，却为时已晚。27日，日军的包围圈缩小到以东峪村为中心的16公里的范围。98军的7000多将士要与日寇"拼到底"！

十二　两封遗书

98军陷入危难，武士敏最清楚不过。那一刻，他想到了自己的妻儿，做一封家书与之告别。想到连日来日军阴谋招降，他心里有说不出的恨。他想，若不幸杀身成仁，希望自己的部队能前赴后继，继续杀敌。于是便挥笔疾书，声明98军殉国之经过。

十三　山重水复

98军为什么会全军覆灭？几经波折，我再次采访了长治市政协第六届副主席于太成。对于被日军俘获的武兆元是如何脱离虎口的，我深感疑惑。从武士敏将军的小儿子，武铁老先生那里得知，与武兆元一起逃跑的还有武铁先生的堂叔、军需官武士廉。二人都是参加完武士敏的葬礼后，趁日军不备逃跑的。但具体经过却无从得知。只有武兆元的一篇《武士敏将军牺牲经过追记》。

十四　喋血沁河

据武兆元的忆文，共产党的确送来过作战情报，还派军直达中条山，开展游击战，配合98军迎击日军"扫荡"。但收到情报时，庞大的后勤机关已经来不及疏散。中条山战役后，98军对蒋介石的"苛待"意见颇多，武士敏担心化整为零后，军队很难再统一指挥，故决定正面迎敌。

日军首先派秘密部队破坏掉国军指挥系统，使全军陷入混乱状态，失去了战斗力。而中条山战役后，日军焚毁了国军留守处的军需物资，留守处人员南渡黄河，武士敏孤掌难鸣。

9月27日傍晚，日军开始进攻。武士敏亲临一线指挥突围。6万日军以精良的武器装备对98军发起猛烈攻击。武士敏见势孤援绝，弹药将尽，遂将部队分为7个分队，分别向外突围。但即将突出重围时，他又率部重返西峪村，营救被围困的郭景唐。战斗中，武士敏身受重伤，仍奋力拼杀，率部冲锋7次，击毙日军300余人。

29日拂晓，武士敏身边只剩两个卫兵。悲痛之下，欲自戕成仁，却被武兆元抢救下来，背向山下。

十五　将军殉国

关于武士敏将军的牺牲，也有多种说法，窃以为武兆元说法可信。武兆元背负武士敏一路跑到山脚下，日军猛烈追击，子弹穿武士敏右耳，又打在了武兆元头部左侧。两人被俘时，武士敏已奄奄一息。日军的卫生兵对武士敏进行包扎治疗，但在途中流血不止，不幸身亡。30日，日军将武士敏装殓后，运往长治下葬。

十六　一封98军幸存老兵的信

2010年，在微博上发现98军的幸存者，徐尚洁老人的一封信件——《一位已逝老人留下的信件》。他是武士敏将军壮烈殉国的见证人，信中佐证了武士敏战地阵亡，八路军策应过98军的突围，98军的幸存者，后来的半个多世纪一直"按六种人对待"。

而从几位博主的留言中获悉，98军仅300余人突围成功，后被中央裁撤，解放后，被武士敏营救的郭景唐以反革命罪，服刑华县监狱，1966年病故。

十七　举家悲痛

武士敏军长殉国，98军全军覆没！举家悲痛。武士敏的牺牲让儿女们始料未及，但妻子翁止戈没有哭。她强忍悲痛接待来访的追悼者，却常常独自一人发呆，在遗像旁，一边痛哭一边诉说着阴阳两隔的绝望。

十八　简朴生活

武士敏是国民党高级将领中少有的清廉之官。他常与普通战士同食宿，且不摆官谱，不纳妾。牺牲后，仅留下杨虎城赠送的一处宅院和国民政府发的抚恤金。丈夫的遗体不知所踪，成了翁止戈永远的心病。

十九　为父"正名"

"文革"期间，武士敏被污为"军阀"。从此，武铁走上了为父正名的道路。他曾先后委托王菊人、王国权帮助此事，还曾亲自查找共方追悼、吊慰武士敏的相关报道。然而，那个年代，关于国民党抗日，人们讳莫如深，直到"文革"结束，武士敏案件才在郭增凯、薄一波的协助下平反。拿到父亲烈士证书的那一刻，武铁热泪滚滚，百感交集，唯愿找到父亲的遗骨并重新安葬。

二十　寻找将军遗骨

承担寻找武士敏遗骨任务的是时任政协长治市第六届、第七届委员会秘书长燕景仪，时任政协副主席于成太和时任政协文化办副主任田志海。但20世纪80年代，人们对于"武士敏"的名字是陌生的，对墓地都不知情。

一行人只好找到武兆元，来到长治城寻找墓地。但四十多年过去了，长治市容市貌早已今非昔比。于太成等人请来地质专家，甄别了十几处墓穴，却劳而无功。

二十一　重遇"将军"

偶然中，长治宾馆经理周建忠听到了寻找武士敏墓地的谈话。孩童时代，他曾亲眼看见武士敏将军的安葬过程，记忆犹新。在周建忠以及当地裴贵迷老汉的协助下，武士敏的墓地终于被找到。

二十二　移葬太行太岳烈士陵园

武将军的遗骨找到后，时任长治市委书记李慧春，迅速与上级政协和统战部汇报。薄一波奉命起草了一篇纪念文章，山西省政府为武士敏举行了一个隆重的安葬仪式，武士敏被安放于太行山烈士陵园。

二十三　98军命运

沁河作战，98军全军覆灭。98军42师参谋处长余开纬、粮服科长燕云轩、上校参议王国士、团长楚宪曾全部牺牲。247团团长冯汉英被俘后杀敌逃亡中被杀。1941年10月，八路军接管国民党98军领导的沁水县政府，建立沁东县（又称端氏县）抗日政府，士敏县抗日游击队成立。1945年士敏独立团上党战役中立下赫赫战功。

二十四　一则迟到的消息

2013年7月4日，民政部下发通知，要求各级民政部门将符合条件的原国民党抗战老兵纳入相应保障范围，借助社会养老服务体系，让符合条件的原国民党抗战老兵的孤寡对象优先优惠进入敬老院、福利院。

这个消息，也可告慰已在天堂的徐尚洁等终生背负"六种人"枷锁带着遗憾而去的国民党抗战老兵了！

（张乐　缩写）

"难民村"的时代脚印（节选）

——时双印追逐板栗富村纪实

孔令贤

> **颁奖词：** 该作以农村脱贫为题材切入点，以主人公时双印立志改变家乡面貌的理想与实践为主要线索，情节环环相扣，人物性格渐次推进，细节丰富而真实，并有适时适地的环境描写、心理刻画。作品现场感强烈，人物富有冲击力，故事性强，是一部贴近现实的动人之作。

　　他是一枚栗子，在这片土地扎根。春风化雨，傲雪斗霜，一片林成焉，一座山获焉。

　　生活于斯，奋斗于斯，他也站成了一座山。

——采访手记

上篇：问山

难民村在呼唤

有时，抉择决定人生。1991年，时双印走在人生的十字路口。

正是仲冬时分，太阳从蛤蟆石岭那面的河北天空滚过来，慵懒地俯瞰这方土地。洪川村冷风凛冽，寒气袭人。

就在几小时前，观音台这个农家院的北房，时任丁峪乡党委书记王来锁的话语还在响起。

"双印，我们认为你接任洪川支部书记最合适。"

"王书记，不是我不想当，实在是客观情况不允许。老婆教书，家里家外都得我来做。我不想因为我耽误村里的工作。"

时双印态度诚恳，说话实在。

"知道你有困难。可是，你也知道，村党支部正是青黄不接的时候，实在挑不出合适人选担任支部书记。乡党委经过再三考虑，才做出这个决定。"

时双印低头不语。手指间夹着的石林烟丝丝袅绕，烟灰积了老大一截。

"你是个党员，关键时刻，能给党组织讲条件？"

既然党委书记放了狠话，时双印只得点头，答应代理支部书记七天。

王书记走后，时双印心神不宁，坐立不安。妻子不在家，女儿在30里外的丁峪念初中。一连几天，送走在五里远的朱石铺读小学的儿子，便坐在街门口发呆。

居高临下，眼前是生他养他的故乡，一个89户270口人的晋冀边境小村。远处，北面的段岭、神虎岭和东面的蛤蟆石岭构筑起屏障，将村庄团团围定，只在东南角留个豁口通往河北省赞皇县的黄北坪、王家坪、虎寨口，再就是西面的出口，迂回曲折连接着山外。再远，则有古长城遗迹。时间的大树将一片叶子遗落于深山中，任其飘零，自生自灭。时代的大纛随风摇曳，把一个孰去孰留的两难命题抛给这个刚逾不惑、虎背熊腰的山里汉子，令他五内熬煎，寝食难安。

妻子从学校回家，见他焦躁不安，便说："男子汉大丈夫，有什么愁头？该决定就决定，还没见过你这样拖泥带水呢！"

妻子胡翠花比汉子小一岁，温柔贤淑，有知识女性气质。两人青梅竹马，结婚生子，一路走来。知夫莫若妇。她知道，眼前这个男人是个坚强果断自信，可以信赖托付的真汉子。

十九年前，她念平定师范中师，他在丁峪中学高中毕业后留校任事务长。一纸征兵命令，他辞去工作，非报名参军不可，任是谁都劝不住。此一去，就是六年。

1978年，她已有了五年教龄，他却复员回到农村。一条红线将早已相识相知的两人牵到了一起。他问她，"咋样？"她红着脸，抿嘴笑，"你说怎样？"面对不对称的天平，汉子一言九鼎，"婚事就这么定了。我就不信，我这辈子会窝在农村！"

家里穷，结婚时只给新娘做了一身新衣服。买下的两双新袜子，双印说，给大嫂一双吧，她家太穷。结婚头天晚上，她说，我还没鞋呢！他笑了，"你在娘家时就不穿鞋？"随后正言，"只要努力，以后咱什么都会有的！"

往事如烟，誓言若磐。他的决断总是有根有底，言出行随，谁听谁信，花见花开。而今这是咋的啦……

若干年前，洪川还不是村落。据说有条山西通往河北的古道，就在附近的红石崖间。村里有人见过青石路上有斑斑驳驳的牲口蹄印，路面也被磨得溜光。古道旁有个杀牛岗，晋人贩牛至此，常在附近的集市宰杀，血流成河，故名洪（红）川。蛮荒之地，偏远闭塞，却难得山高皇帝远，远离官戎匪盗，冀晋两省的赞皇、元氏、武安、井陉、平定、昔阳六县常有逃荒、避役、躲兵之难民，乞讨至此，聚族而居，开荒种地，苟且偷安，此地便成为有名的"难民村"。洪川何时建村，已无从考证，据传村中观音庙挂一口清代大钟，上面铸刻有"洪川村"字样，后来一场山洪，寺庙被毁，钟被冲到十五里外的李家庄河滩，有人捞起，吊在戏楼，又毁于匪患。村里有人盖房，掘土时曾发现年代不详的大板瓦。时家先人从元氏县逃荒而来，至双印已然六代。照此推算，至迟二百年前的清朝嘉庆年间这里便有人居住。

斗转星移，世事更易，多少桑田成沧海，这里却似乎仍为世外桃源。双印、翠花都记得，20世纪60年代，山外人的生活早有了现代气息，而这里的乡亲们还住着原始的草房。这种房屋，用木头搭架子，上面苫盖着厚厚的谷草，一年加一层，倒是不怕下雨下雪，但潮湿阴暗，不宜人居。双印、翠花都在这样的草房里长大，15岁前没见过砖瓦房什么样子。没有土地，满山遍野的原始森林，人们硬在石头缝间刮土，造成"巴掌田"、条条地，满打满算不过180亩，人均仅6分。土薄地寮，种着几十年一贯制的老品种二黄玉茭，打下粮食交了公粮就不够吃了。糠菜半年粮，留给时双印的记忆太多太深。而山上原始森林资源丰富，砍山卖木头、劈柴烧木炭便成为洪川人谋生的重要手段。山间无路，木头、木炭需远走5里，到朱石铺才能运出。时双印在朱石铺读书时，上学常要捎扛一草包木炭或一捆（4根）抬杆。舍此便没有赚钱门路，用核桃仁、桃杏仁当油炒菜司空见惯。这种状况，直到20世纪90年代初仍没多少改变。1992年，村会计的账面上，全村人均收入仅区区120元。反正哪里也受穷，不少人觉得此地无望。解放后曾因另择高枝，或迁返原籍，洪川因此减少了一百多口人。

时双印其实有理想有条件走出大山，走出"难民村"。他有文化，当过部队的连部文书，还写一手好毛笔字。他脑瓜好，心灵手巧。会盖房装修房，当时已带着十几人的建筑队，他是大工，一天赚三元钱。会做饭，蒸炒煎炸样样拿手，村里谁家办婚丧事，他总当掌灶把式。会盘火盘炕，高火灶火大火小火，土炕吊炕过火炕，桩桩精到，甚至在河北也有名气……即使等不来招工招干机会，一旦儿女有着落了，到县城省府开个饭馆，揽个工程，做个买卖，照样名利双收。

然而，然而……

故乡与斯人，是前世的约定。或者说，乡恋就是一种宿命。偌大个中国版图，就因为在这块偏远之乡出生，不毛之地成长，今生爱她恋她的故事就不会改变。纵使化作一片云彩四处飘散，热爱故乡的心不会走远。

终归是要走出难民窝奔向幸福的。是独自逃离，还是率众突围？

忽然，时双印有了一种天降大任于斯人也的感觉。

那天，他把自己的想法告诉了妻子。

胡翠花家也是逃荒难民，爷爷那辈才从河北元氏迁来，她的心灵感受自然和丈夫一拍即合，便说，"按说应该出去找份工作，但人生苦短，留在村里办成件大事也好。我就不待见那种好高骛远，啥事也办不好的人。是去是留，你自己决定吧。"

二十四年后，胡翠花接受采访时说："我就是看到那人当时治村兴村干事业的心劲很大，支持人家吧，没的说！"

山那面河北人家

冰雪覆盖着太行山，河沟乱石间的冰凌仍不肯消融，山上的原始松林传来阵阵涛声。又一个新春来临，山外或许已然万象更新，洪川依旧唱着过去的歌。

山那面虎寨口乡三六沟的郭三牛翻山越岭来到时家。山重水复，难传尺素，时双印捎书道信将他请来。他俩年岁相仿，有朋友之交。在这偏远穷困之地，拜把子结朋友是常态，以便危难时相互扶持。

时双印弟兄五个，除老三在村供销社外，都是农民。他排行老二，分家时顾及小兄弟，没分到房屋，女儿却在此时呱呱落地。倔强的汉子对自己下了最后通牒：时双印，你可是七尺男子汉呀，能够忍心看着老婆孩子顶席片窜房檐没个安身之地吗？于是，自己绘图设计，自己垒墙盖顶，锛木头弄檩条、椽。整整一年，中午没睡过一分钟觉。光着个膀子，一早晨从门外坡根底往院里拉五十平车土。硬是省吃俭用卖力气，盖起六间北房。闹"非典"

那年，妻子和泥，他当匠人，又盖了西房，红石头垒砌的农家院从此像模像样。现在，在亮堂的北屋，小地桌上摆放着汉子亲手做的炒山药丝、炒鸡蛋，一个开了口的罐头，一瓶跃进大曲酒。

酒过三巡，时双印开宗明义："我决定当洪川支部书记了。应该怎么干，想听听你的意见。"

山东林学院毕业的郭三牛熟悉洪川的情况，开口便说，"我早琢磨过你村的致富路了，土地没有，伐木不久长，唯一出路是搞山上种植。据我观察，种板栗或许可以。"

时双印有些心动，"靠山吃山，就种板栗？那可是个新品种，行吗？"

郭三牛建议请专家论证。

一个大雪初霁的日子，时双印将儿子托付给母亲，身上带着的除了妻子连夜准备的窝窝头、咸菜，就是一包包土样，和郭三牛相跟，从太行山这个偏远小村出发了。他俨然一个探险家涉足罗布泊，欲在茫茫戈壁间探寻出一条生存幸福路来。

山东泰安，山东林学院所在地。两人一到，径直找到郭三牛的老师，交上土壤样本，并报告了洪川的地质气候等情况。

资料显示，板栗为栗树之一种，落叶乔木。果实为坚果，富含淀粉、脂肪、氨基酸、葡萄糖、胡萝卜素、维生素C等多种营养成分，是价值不菲的木本粮食。适宜年平均气温为10℃—20℃摄氏度的温带地区生长，花岗岩、片麻岩、砂岩风化的微酸性土壤最佳。

化验，分析，对比，洪川的气候土壤条件竟非常契合，适宜种植板栗。

时双印兴冲冲归来，找乡领导汇报。一听结果，领导们满脸笑成一朵花，不仅为洪川有了满腔热忱脚踏实地的带头人，也为他找到兴业富村之路而高兴，便说："照洪川的条件，靠近晋冀边界的十一个村都可以发展板栗生产呢。"于是领导亲自带队赴河北省邢台市考察。

太行山东麓冀地诸县，历来有种植板栗的传统。20世纪90年代，万炮齐轰太行山，大规模发展林果产业振兴山区的壮举，轰动华夏。邢台之行，种板栗脱贫致富的口号开始在丁峪乡叫响。

洪川，一个丁峪乡外不知其名的边塞小村，一群连昔阳话都说不纯正的逃荒人后裔，欲捷足先登改革开放先锋号，破冰起锚，扬帆远航。

百余亩薄田播种罢，山坡上，桃花红，杏花白，核桃树长穗子花一嘟噜一嘟噜地开放。时双印乘势发动，率众登上西垴山，刨下了整修条田第一镢。

时双印边干活，边给大伙讲述邢台考察时听到的毛泽东主席和板栗的故事。

抗日战争时期，党中央在邢台一带驻扎。炊事员做窝窝头，毛主席很喜欢吃。后来到了北京，忽然觉得窝窝头不如住邢台时好吃了，便问原因，炊事员这才告诉他，在邢台吃的是栗子面窝窝头。毛主席说，怪不得好吃呢！

正讲得兴致勃勃呢，有人拤着镢头把放凉话："哎，哎，毛主席、北京离咱太远，远水解不了近渴。咱说近的吧，我问你书记，这么大的荒山，这样一镢头一镢头刨，什么时候才能吃上板栗？真叫胡闹哩！"说罢，镢头一撩，扭头就走。

时双印惊奇地直起腰来，一看说话者是从勺铺迁移来的外来户，人家有钱，来洪川压根就不是来受苦的。而眼前这茫茫荒山，非一镢头一镢头开发，吃不上板栗呀！正要说点什么，几个年轻人见风使舵，也顺势放下镢头不干了。

在场的村主任翟保义见状大吼："你们这是怎么啦？不是事先说得好好的，集中开荒刨鱼鳞坑吗？"

众人却不由分说，三三两两溜走了。整修板栗地头一天，就这样无果而终。

夜晚召开群众会。村穷，解放四十多年了，竟连个像样的办公室也没有，开会还得占用学校教室。屋子不大，昏暗的电灯光下，四五十个蒙手巾的、戴帽子的人，个个耷拉着脑袋，满脸忧虑。时双印一到，人们就继续白天的话题，话锋如刺刀般集中袭来。

"时双印，栽板栗到底行不行呀？"

"新官上任三把火，你不是在日哄大家吧！"

"把钱把力气白白扔在山上，你可赔不起啊！"

一时冷油炸了热锅，会场乱哄哄一团糟。翟保义吼破嗓子，呵斥众人，"有话一个一个说，一个一个……"

说话尖刻的"山放羊"一把将翟保义推开，整个身子横在时双印面前，乩点着他的脑门说："时双印，敢不敢打赌，你要栽板栗赚下钱，我脑袋朝下走！"

人称"一响炮"的中年汉子，直腔直调，乘机撺掇："你这纯粹是劳民伤财，自己往上爬，不管老百姓死活！"

哪个角落有人抬高嗓门放凉话："板栗到底是甚样，谁见过？异想天开！"

洪川人历来彪悍勇猛，豁出性命啥都不怕。当年创荡这蛮荒之地，人高马大，两手各提溜一桶水，嗖嗖嗖大步流星就到了山顶。山大林密，上地、走路常遇野狼、野豹、山猪、山羊，黑夜里四野嗷嗷吼叫不停，阴森怕人。和野兽为伴之人生就的胆大，什么都不怕。说话粗喉大嗓，吃饭狼吞虎咽，做事不计后果。时双印深谙这山野秉性，看着渐拥渐多的不明真相的人们，便急中生智，"嗖"地一下跳上课桌，挽袖子撸胳膊，大声喝道："你们想怎么样？！"

也是一物降一物。蛮的怕横的，横的怕不要命的。时双印这一手，将场面镇住了。众人面面相觑，措手不及。几个情绪失控的人再不敢靠前。

血气方刚的时双印双手叉腰，嗓门敞亮："说实话，我也不想教大伙这样受苦受累干。可是，老祖宗把我们安排到这里，山大地少，一口人六分田，够我们吃喝穿用吗？建村几百年了，至现在还是户户没余粮，家家没存款。咱们就这样心甘情愿这辈子、下辈子也过吃糠咽菜的日子吗？谁能想出办法，既不受苦受累，又能叫大家过上富裕光景，我情愿退下来，你干！"

句句铿锵，字字有声。会议就这样不欢而散。

时双印毕竟有文化，懂政策。思前想后，只有落后的领导，没有落后的群众。群众不接受种植板栗的决策，归根到底是思想发动不够，舆论准备不足。这么多年了，地处一隅的乡亲们，信息不灵，思想闭塞，安贫乐道的习惯势力，故步自封的守旧意识，将不少人的心灵封闭得严严实实。当然，还有政策多变，朝三暮四，把人心弄薄了，弄怕了。耳听为虚，眼见为实。总得让群众看到实际可行，才能把人心凝聚起来。

于是决定组织众人到省界那面的三六沟考察。

洪川和三六沟，分属两省两县，相距却只有13里。在赞皇林业局工作的郭三牛带领家乡人遍栽板栗，已成气候，大获其利。洪川村每户出个代表，身揣窝窝头，一早出发，沿村东南方向的蚰蜒小道，弯弯曲曲地走了一盘又一盘，直从海拔800米下到500米，两个小时后才到达目的地。

好个三六沟，漫山遍野板栗树，大大小小，高高矮矮，一片片，一丛丛。三三两两的果农正给板栗树嫁接，剪了枝的粗干大枝上缠着小小的接穗，犹如母亲怀抱里的孩子。洪川人看着这奇异一幕不由惊呆，问长问短，倾心交流，眼界大开。

林业队长是个半百老汉，耐心给邻村的乡亲们介绍板栗的习性、产量、收益。老队长的一句话，打开了洪川人的心窍，"如果洪川村栽上板栗，到了盛果期，一亩板栗收入可以抵上一亩水稻。"

又一个春暖花开，板栗终于在洪川落脚。

儿童文学奖

黑白照片（节选）

东　黎

颁奖词：《黑白照片》以儿童的视角回望"文革"那段特殊的历史时期，表面是小城旧事，却折射出中国历史的大时代，具有深刻的历史价值和社会意义。作品细腻流畅，表现出作者厚实的文学素养和敏锐的文学感受力。

街上好玩

好像所有的大人都不管孩子了，他们很忙，忙于上班，开会，学习，写大字报，跳忠字舞，挖防空洞……于是，孩子们除了在学校，更多的时间，我就伙同街坊邻里的孩子们在街上到处疯跑着玩。

街上是很好玩的地方，有很多的人和事。

在胡同口，每隔一段日子，有一个男人会蹲在一堵墙下卖糖稀。他的面前摆着一个烧着炭火的小泥炉，一个铝制的饭盒，一个玻璃瓶子。饭盒里盛着多半盒褐红色的糖稀，玻璃瓶里竖立着的几十根小竹棍。过一会儿，他会把饭盒放到小泥炉上热一热，防止糖稀凝固。没人买糖稀时，他就大声地吆喝：卖糖稀喽！换糖稀喽！声音很洪亮，能传好几条街。买糖稀，二分钱一团。换糖稀，多用牙膏皮，一个牙膏皮可以换两团。牙膏皮是铅质的，软软的，放在铁勺子里到炉火上烘烤，不一会儿就熔化了，冷却后凝固成灰色的一坨，沉甸甸的。把二分钱或一个牙膏皮给了那男人，他就用一根或两根小竹棍在糖稀里挑起一缕糖稀，然后手指捻动几下，一团蚕豆大的糖稀就黏在竹棍上了。一天，我又听到了他的吆喝声，忙拿着一个攒了好几天的牙膏皮跑到街，循声而去。临近糖稀摊子时，我突然听到几声像过年放的小鞭炮的声音。接着，我看到卖糖稀的男人猛地从地上跳起来，拔腿就跑。他踢翻了小泥炉，小泥炉又碰翻了饭盒，炭火遇糖稀，腾起一股烟雾。他迎着我跑来，跑着跑着，又站住了，抬起一条腿，瞪大眼，看裤腿儿。他看到，我也看到，他的裤腿儿上有个指甲盖大小的洞。看清这洞，他又拔腿跑了起来，转眼就没影了。站在路边的一个人脸色苍白地说：刚才有颗流弹，打在了他的裤腿儿上。要是打在他脑袋上，他就没命了。从此，我再没见过那个卖糖稀人。

但是，我和伙伴们很快就有了一套自制糖稀的办法。办法是一个叫红南的男孩想出来的。他家孩子很多，他排行老三。他妈是寡妇，一天到晚不着家，忙累得很。没有大人的家是孩子们最自由自在的地方，红南家就是。出了老城，在城外有火车站，还有火车站的货场。红南从火车站的货场里偷来两个大土疙瘩样的萝卜，他说这种萝卜叫糖萝卜，可以熬出糖稀来。他这样说时，没几个孩子相信，但都很感兴趣，就聚到他家。红南把两个萝卜洗了，用刀把萝卜切成细丝，放在锅里，添了水，开始在炉子上煮那萝卜丝。萝卜丝煮软了，捞出来，剩在锅里的水继续煮。煮水的时候，我们一群孩子就打扑克，玩简单的"拉火车"。每人依次起几张牌，扣在手里，不许看牌点，也不许调整牌的次序，然后轮番出牌。出手的牌翻过来看牌点，依次摆成一溜，若某人的牌翻开来摆上去，一溜牌中有和你牌点一样的，无论什么花色，某人就可把两个牌点之间的牌都收归自己所有。这种玩法靠运气，运气好，一副牌很快就多半到手，运气不好，一个相同的牌点也碰不上，没几次出牌，手里就没牌了，就输了，就只有看别人玩的份了。平时玩这种牌，大家都相互盯得很紧，监督着，生怕哪个人投机取巧，错位手里的牌。但那次玩，谁都玩得心不在焉，不断有人离开牌场，跑到炉子前，操心糖稀熬出来了没有。水煮了很长时间，当锅里的水快煮干时，奇迹出现了，锅底竟真的洇出一层红褐色的糖稀，它软软的，亮亮的。没有竹棍，红南就用一根筷子挑那糖稀。挑不起来，大家急不可耐，就把一个个手指伸到锅里，伸到糖稀里，顾不得烫手，蘸了就吃。印象里，那糖稀虽不如卖的糖稀好吃，但也很甜。

胡同的中央有个水房。水房盖在墙里，有一个水龙头凸在墙外，墙上开了一个小门，一个小窗户。每天早、午、晚三个时段，卖水人就出现在小窗后面，接过挑水人的水票，看着他拧开水龙头放水。一担水收一张水票，一张水票5厘钱。水票是薄纸印的，印着浅蓝色的图案。一条扁担挑两铁皮桶水就是一担水。一桶水50斤。有人挑水，爱把水票粘在唇边，粘久了，到了水房，那张薄纸竟很难一下子揭下来，硬揭，会把唇皮揭破，得用吐沫慢慢润湿它，才揭得下来。我干过这样的事，把水票粘在唇边时感觉自己很洒脱，结果唇皮破了。

那时，胡同里的很多孩子爱替代大人去挑水，拿了一张水票到水房，卖水人收了水票，看一眼挑水的孩子，不说什么。挑水的孩子开始接水，看着桶里的水过半了，眼睛瞟一瞟卖水人，见他还不说什么，就继续接水，多接一点儿，接多半桶水才甘心。个子小，扁担钩长，把扁担钩在扁担上绕一圈，然后挑起水桶走，走时不忘对卖水人说一句：我还有半担水啊！卖水人盯他一眼，仍不说什么。这多半担水，往往压得挑水的孩子一路趔趄，前高后低。我这样挑了几次水，父亲不让挑了，他说：9号院的怀宝老这样挑水，占小便宜吃大亏，个子都不长了。

冬天的时候，挑的水从桶里洒出来，一路洒去，几十米，上百米，洒多了，在寒冷的早晨就会在路面上结了一层冰。冰就成了孩子们长时间玩的东西。冰的尽头，大大小小的孩子排了队，一个跟一个，退后几步，猛地向前跑去，到了冰面上，突然住脚，站直了，蹲下了，整个身体就在冰面上快速地滑出很远。想滑得远，得跑得快。跑不快，到冰面上没滑出多远就不滑了，被后面滑过来的孩子撵上，撞在一起，人仰马翻。单用脚滑不过瘾，冰面大的时候，有孩子在一块小木板底下绑缚两道粗铁丝做成冰车。冰车下的铁丝在冰面上磨几次变得雪亮，摸上去寒气沾手。冰车使劲地按在冰面上推着滑出去，然后快速飞身坐到木板上，整个人就风驰电掣般地滑出远处，令人艳羡。

街上出现了大字报，白纸黑字，一面墙一面墙地贴，很多砖墙变成了纸墙。有的大字报贴在别的大字报上，日复一日，一层盖一层，厚厚的，成了纸袼褙。晚上，有捡破烂的人在用铁钎子悄悄地锸一些破旧的纸袼褙，当废纸卖。

有高音喇叭用木架子和铁架子架在一些单位的房顶。小城不大，单位和单位鳞次栉比，喇叭们的距离也就不远。从早到晚，喇叭里不是唱歌就是呐喊，一声比一声高亢，太高了，会发出"吱儿吱儿"的声音，打断歌声和呐喊，很刺耳。

到了晚上，北门外的广场上有人声鼎沸的批斗会，通常并排停靠着几个绿色的卡车，卡车上的厢都放下了，几辆车就组成一个高台。高台上架着炽亮的大灯泡，一盏一盏悬挂在被斗人的头上。灯泡很热，烤得灯下的人汗流浃背，汗从眼皮上不断掉下。被斗的人有男有女，胸前一律挂着纸牌子，上面有粗大的毛笔字写着各种各样的名字，名字上打红叉，红叉有渍，像流血。有的名字倒着写，看上去很怪异。每个被斗的人身后都站着两个红卫兵，他们负责把被斗人的胳膊反拧在背上，被斗人就不由自主地低下头，撅起屁股，像一只反剪了翅膀的鸡。这样子，让我不禁笑了一下，想起以前和弟弟玩的一次游戏。我当好人，他当坏人，好人把坏人抓住了。我用一根绳子把弟弟的胳膊反捆在背后，绳头搭在厨房的门框上，往下一拉绳，弟弟的脚离地了，胳膊鸡翅膀样乍在背后，一下子就哭了。经常出现的一个被斗人是个微胖的老头儿，我认识他，他是行署专员，以前经常陪他老婆到我母亲的治疗室打针。我母亲是县人民医院的护士，独门绝技是打针不疼。母亲告诉我说：那专员的老婆针线活好，给你做过一套棉袄棉裤。他是走资派。还有一个经常出现的被斗者是个女人，四十来岁，长得挺漂亮，我不认识。她除了挂纸牌子，还挂了一串破鞋。听说她是一个剧团的演员。她的罪名是破鞋。

母亲说：一个女人被那样批斗，还有脸活吗？没脸活了，得投河，上吊！

批斗会的过程会不断地有人撒传单，白的、黄的、蓝的、红的……漫天飞舞，像雪，落下来，落在头上，脸上，身上……我捡了好多传单。

我捡的传单攒了一大摞，父亲叮嘱我们不可以用它上厕所。

……

翻过老城西边的土城墙，就进了人民公园。公园里的一个大水泥坑里有两只狗熊，一排带铁网的房子里有十来只猴子、狐狸、刺猬，另一个带铁网的房子里有好多花花绿绿的鸟。一个院子里有几只梅花鹿，到处都臭烘烘的。有一次，一帮孩子去了一个玻璃房子里，那里很芳香，开着各种各样的花，没人看守，每个孩子就都采了好多花。在一个花盆前，红南对我说：这盆花的绿叶可以吃。他撸了一把绿叶，给我，我吃到嘴里，它竟酸酸甜甜的。后来，我曾独自又去过那花房，想再吃那绿叶，却怎么也不能确定到底是哪盆花的绿叶，就一盆盆的去尝，尝了个遍，也没找到。临离开花房时，我回身看了一眼那些花，它们凋零了许多。

杏黄了。孩子们的手里就有了一把一把的杏核，大大小小，圆圆扁扁，用水洗净，细沙磨光，一把一把地装在衣兜里。杏核是一种很好玩的东西。小而圆的杏核，适合玩"吹三下"：玩的各方先出数目相等的杏核，都放到一块砖上，拢成一堆，然后锤子剪刀布地角逐一番手谜，确定先后，胜者获得先吹杏核的权利。吹前，先报吹单吹双，然后连吹三下砖上的杏核，将砖上的杏核吹下来，报单，就得吹单，报双，就得吹双，三口气吹过，数落地的杏核，报单，吹落的也是单数，地上的所有杏核就归自己了；报单，吹落的是双数，那就麻烦了，吹落多少，就赔多少，从兜里再掏出杏核，同落地的杏核一起，重新放到砖上。有时赔得多了，砖头上的杏核堆得满满当当，后面的孩子吹起来更兴奋，更紧张。吹杏核有技巧，第一口气要使劲吹，猛地吹出一大口气，把砖上的大部分杏核吹下来；第二口气要匀着吹，吹得绵长一点，转着吹砖上已散沙开来杏核，让它们不断滚动，陆续落下；吹第三口气前要数一数已经落地的杏核数，是单，是双，再吹。

14号院的大奇特别擅长吹杏核。他老是最后一口气取胜，数清地上的，看好砖上的，一口气干脆利索地吹出，只吹落一个或两个，地上的杏核准属于他了。每年他都会赢很多杏核，足有一脸盆。到秋末的一天，他的母亲像炫耀似的端着一脸盆的杏核坐在街门外，一锤一锤地砸杏核，砸碎了，挑出里面的仁儿。半条街都听得见砸杏核的声音。那些杏核里，肯定有我输的。大奇的母亲把杏仁儿用水泡几天，剥了皮，让它们变得白白胖胖，再装到一个瓷坛里，浸了花椒煮的盐水，就成了很好吃的下饭菜。

杏核还有一种玩法，三五颗就能玩，玩法温和。把各方的杏核放在砖上，然后孩子们就轮流用一颗杏核去砸落那些杏核，只要砸落，就属于自己。砸的动作有规定，只能两指捏着杏核，拿到自己眼前，瞄准了砖上的杏核松开，让杏核自然坠落，靠惯性砸落砖上的杏核。一般情况，砸的那颗要大，沉甸甸地落下去，能砸掉好几个小杏核。和平很会玩这种玩法，有一段日子，整条街上的孩子都玩不过他。他的大杏核很特殊，除了个头大，被手摩擦得很光亮，还比别人的重，砸下去，往往杏核四溅。后来，他悄悄地告诉我：把杏核的一面磨个小孔，用针把里面的杏仁挑碎，挑出来，挑干净，再把牙膏皮融了，把铅水从小孔灌进去，再用黄泥糊了孔，用手多摩擦，泥和杏核一样颜色，别人就看不出什么破绽了。杏核越沉，砸下来的杏核越多。这一点，他让我保密，我没对别人说。但他这样的大杏核也有缺点，尤其是在砖上的杏核少的时候，一颗杏核孤单单地在中央，去砸它，没瞄准，没砸到，自己又太沉重，懒得动，就可能也落在砖上了，成了被砸的对象。有一次就这样了。其他孩子立刻兴奋起来，轮番上阵，用自己的大杏核去砸它，希望能砸落它，据为己有。见此情景，和平的鼻尖上冒汗了，他焦虑地看着玩伴们一下一下地砸着，盼望着轮自己砸时那大杏核还在砖上。和平的大杏核被砸得渐渐靠近砖的边缘，恰巧这时轮到他砸。他屏住呼吸，瞄准了，松开手指，大杏核被砸落，又物归原主。

龙王庙中学不再传出朗朗的读书声，寂静得很。

一天，我看到一群全副武装荷枪实弹的中学生上了灰砖砌的围墙上，接着一个接一个地从墙上跳下来，跳到街上，他们神色严肃，步履匆匆地跑了，从胡同里消失。

母亲认识一个在龙王庙中学教俄语的女老师，她姓胡。

胡老师是上海人，人很单薄，常穿一套嫌肥的浅灰色男式制服，衣服在身上摆来摆去，好像她总在风里。她蓄着与这个小城女人不一样的齐耳短发，真有风时，头发在头顶被吹得分到两侧，像屋顶上斜搭的两片瓦。她戴一副黑框眼镜。镜片像厚厚的玻璃瓶底。她的脸色老是苍白的，鼻梁和太阳穴上显现着细细的灰蓝色的血管。这样的人，自然说起话来是有气无力的。

胡老师身体不好，常生病，常到医院看病打针，也就认识了母亲。

可能是因为都不是小城本地人，都是来自大城市，我感觉母亲和胡老师的关系比一般人好，虽然她们只在医院里交往。我只在母亲的治疗室里见过胡老师，她只对我浅浅地笑笑。

母亲说：胡老师四十多岁了，没结过婚，没生过孩子，所以她不怎么喜欢小孩。

一天夜里，很晚了，胡老师突然来到我家。之前，她从没来过我家。她和父亲母亲说了什么。

父亲说：准备好了。

三个人出了屋，来到院里，来到院里的一个小平车前。我注意过这个小平车，他是父亲傍晚下班时拉回来的，停在院里，我不知道用它要做什么。

父亲拉着平车，母亲和胡老师跟在车后，出了小四合院。我悄悄地跟在他们后面心里有点儿兴奋，感觉他们要去做一件有意思的事。街上几乎没人，黑乎乎的。有的路灯坏了，只有几盏灯远远近近地亮着，发出微弱的光亮。灯泡嵌在圆形的白色搪瓷盘中间。白色搪瓷盘在平时被淘气的孩子用弹弓打过，一颗一颗的石子曾响亮而清脆地敲击过一片一片的白瓷，打碎它们，裸露出下面青灰色的铁皮，灯光在铁皮上折射，不怎么亮了。路灯架在木质的电线杆上。杆头上有几个酱红色的瓷碗样的东西，上面绕着电线。路过一根电线杆，我抱在它，把耳朵贴在木杆上，瞬间就听到木杆里有嗡嗡的声音。这是孩子们在街上爱玩的游戏一种，一个个孩子把耳朵贴在木杆上，听一听，再互相交换着听，比较哪个电杆里的声音大。就是一种单纯的嗡嗡声，常常听得乐此不疲。又路过一个电杆，我又抱住它，听一听。

我不远不近地跟着他们到了龙王庙中学的门口。他们进了校门，我也进了校门。奇怪的是，校门没关，除了小门开着，大门也半开着，所以，我们都很顺利地进了学校。

学校里更黑，白天看上去就很森严的庙堂，在夜色里更森严得有点儿恐怖，一个个飞檐斗拱像变成了欲飞欲跳的怪物，想扑向我。有风在巨大的柏树间呼啸，像有好多人躲在树枝上呼喊着什么。我紧走了几步，撵上母亲，拉住她的衣角。我感觉母亲回了一下头，我没看清她的脸。

母亲说：你怎么来了？小孩子不应该在深夜里出来。

我说：那我也不敢自己回去了。

一行人在黑暗里转来转去，曲径通幽，最后到了一个小院，又进了一间屋子。

胡老师没拉灯，而是点燃了一根蜡烛。

胡老师说：别开灯了。灯太亮，会被人发现。

我是第一次来胡老师家。在昏暗的灯光里，我感觉她的家不像住人的家，不大的屋子里到处是书，是纸。一个单人床上堆着一条被子，被子四周及枕头边上也是书和纸。有书从被子里露出来，我想，胡老师睡觉时那些书也在被窝了吧？她睡在书上，不硌得慌吗？

胡老师指了指几个堆在地上的纸箱。

胡老师说：就拜托你们把这几箱书帮我保存吧！它们都是很珍贵的书。

父亲说：好的。

母亲说：好的。

父亲开始把一箱箱书搬出屋，搬到小平车上。

母亲和胡老师在小声说话。

胡老师说：我觉得我躲不过这一劫。

母亲说：你不就出身不好吗？

胡老师说：资本家出身还不够要命的吗？

母亲说：你就是个单纯的读书人。不要想那么多，车到山前必有路。

胡老师说：但愿如此吧。

后来，不知胡老师从哪个角落里拿出一个长方形的铁皮桶，桶上画着美丽的花。她抠开桶上的盖子，从里面抓出一把包着玻璃纸的糖，递给我。

我将糖拿在手里，先捏了捏，透过玻璃纸，我感到它与我以前吃过的糖不一样，它软软的。我剥开糖纸，看到一颗方形的糖，它的表面还裹着一层半透明的薄膜。

胡老师说：那膜能吃，是高粱饴。

那一晚，我吃到了有生以来最好吃的糖。

胡老师的几纸箱书放在屋里一个堆杂物的角落里。有一段时间老鼠经常在那角落出没，有的纸箱上被老鼠咬出了洞。我看到过一只老鼠把头从洞里探出来，它用嘴从洞里推出一堆纸屑。它的小眼珠滴溜溜地转着，尖尖的嘴上有几根黑胡子一翘一翘的，它好像还笑了笑，又躲进纸箱里了。老鼠是一种很小的动物，但我觉得它比狗和猫都可怕。我没有胆量打开那些纸箱，看看里面的书。

我对父亲指了指那几个纸箱子。

我说：爸爸，你不看看那些书吗？

父亲说：那都是些外文书。我看不懂，也没什么好看的。

听说龙王庙中学里的一个教俄语的女老师上吊死了。吊死在一棵盛开着槐花的树上。

我说：胡老师不来拿她的书了吗？

母亲说：胡老师回上海了。

噢，胡老师回上海了。

小城流年（节选）

海 伦

颁奖词：作者通过温暖细腻的文笔，讲述了童年记忆中一座城市及时代的变迁；以个人的成长经历，勾勒出儿童视角下的地域风情、长辈邻里、人情世故的全景画卷。作品意境恬淡，富有诗情，同时也具有强烈的时代色彩和浓郁的地域特点，非常生动地体现了少年儿童的阅读要求。

红泥小火炉

漫天风雪的人生路上，有了母亲炉火般的温暖，总有光芒在前方指引我前行。

小院，西房，东窗，冬夜。

炉火，灯光，鼻息，背影。

这是20世纪七八十年代中国北方一个普通的冬夜。我半夜醒来，揉揉眼睛。耳畔是姥姥、弟弟均匀的呼吸声。我把脑袋伸出暖和的被窝，翻转身，看见妈妈坐在窗前的写字桌前。不知有多少次了，半夜梦回之际，窗前总是亮着一盏黄暖的台灯，妈妈披了件马夹或衣服，端坐在桌前，听见笔端在薄脆的教案纸上沙沙响过，那时夜极静，纸又较脆，妈妈写的大多是英文字母，速度较快，真的是疾书声声响啊。

东窗较大，高高挂着有松鹤延年图案的窗帘，后来又有梅兰竹菊图案的窗帘。都是白底蓝图，干净简洁。我看着妈妈的背影，然后又盯着窗帘上的图案看，在灯光的映衬下，松鹤梅竹好像在光影下隐隐生动。

炉火已封好，火上卧着铜壶。偶尔有水滴在炉火的表面铁圈上冒着泡泡，发出咝咝的声音。窗外门外有风掠过，门外的棉门帘间或噼啪作响。

我看着妈妈，也不吭声。又趴下，转身伏在枕头上，一会又沉沉入睡。

幸福的秘密

妈妈有三个姐妹，大姨二姨也长得好看。小时候都是大姨帮她梳辫子，妈妈的头发又黑又亮又多，粗粗的油亮的辫子或甩在身后，或搭在胸前。有张妈妈上大学时的黑白照片，黛眉，大眼睛，眼皮双楞楞的，眼神清澈，鼻梁坚挺，不薄不厚的嘴唇，端端正正，颇像当年的某位电影明星。

她在高中时，酷爱朗诵和话剧表演，学校推荐她报考播音专业，她也就报考了北京广播学院。在那个年代，能被学校推荐的学生应该有着不一般的艺术才华与天赋，而能做出这种选择的学生，应该是大胆与疯狂的。可是高考中有一些插曲，她去了趟厕所，回来监考老师就不让她回考场，试卷上她还有未做完的题。就这样，凤愿未偿，她上了天津外语学院。不知是谁指引她，学了英语专业。此后一生就与英语教育为伴，一生具有西方人的一些精神特质。

妈妈喜欢收拾家，摆弄家什。我们的小屋基本上没有什么像样的家具，但总是窗明几净，而且充满浪漫生活情趣。妈妈会在窗前放个罐头玻璃瓶，里面插个绿叶枝条，或者是开小花的一把小草，窗帘的花布图案大方有韵味。如果哪有杂物，也会罩块花布，不显得凌乱。

妈妈心灵手巧，喜欢做些女红。妈妈给她自己、我和弟弟经常做些布衣小衫。在过去那个以灰、黑、白色彩为主的时代，她总能发现亮丽的色彩，创造各种美的小奇迹。妈妈自己做不同质地和颜色的棉袄罩衫，用碎布头做衫领。她有一件天蓝色罩衫，领口衬了紫色小格衬领，她下课笑盈盈地从操场土坡走过来，就像冬日灰蒙蒙天空里一片少有的湛蓝晴空。妈妈和姥姥曾给我做过一件墨绿色灯芯绒棉大衣，方领、黑扣。妈妈用紫色、粉色、红色、黄色等颜色的毛线在衣服胸前绣了一簇绿叶中的小花丛，整个沉暗的大衣因为这簇花朵而一下子有了生机。我特别喜欢这件大衣，穿了好多年。弟弟的裤脚边或小褂的胸口上，妈妈会给他缝个小汽车、小皮球的布块。我们姐弟俩的穿着不仅干净，而且总是看起来更漂亮些。

妈妈喜欢画画和音乐，她能画出极为娟秀的仕女图、花鸟图。她也是画在那种又薄又黄又脆的纸上。我惊讶于仙女的纤美、花鸟的灵动，每次翻看，都怕折损了妈妈的画纸。妈妈也喜欢音乐，唱歌、跳舞。有时，妈妈穿上件好看的布拉吉花裙子，站在屋子中央一旋转，裙摆就像孔雀开屏绽放一样，我和弟弟拍手叫着，妈妈常常会带着笑容，哼着小调，给我们来段新疆舞。

妈妈早早开始培养我和弟弟，我学画，弟弟弹钢琴。那个年代有这种意识的父母很少，文化培训班都不多，就别说艺术培训班了。我一直在少年宫画画，从素描、速写到色彩，整整学了十年。教画的老师曾告诉妈妈，我悟性不错，建议考美院，但妈妈不置可否，浅笑盈盈。后来我同样选择了英语教育专业，冥冥中似有安排。虽未选择美术专业，但自小学画的经历非常有用，学画养成我纳言、沉静的性格。我喜欢安静、独处，情感敏感丰富，语言总慢一拍。到后来我自己的居家设计，衣着打扮，到人生哲理，细细想来，无不得益于早年的学画经历。妈妈从未阻拦过我，想画什么就画什么，想怎么画，就怎么画。这是童年幸福的秘密之一。

由于妈妈要做家务，照顾老人，还要备课，我和弟弟去学画、学琴的事便由我担当，我领着弟弟坐车，到教室，各学各的。下课后一起坐车回家。妈妈似乎从未担心过我的能力。后来，弟弟学琴要到老师家去，还是我骑着自行车带上弟弟去学琴。他复课学琴时，我就静静坐在旁边听。一开始弟弟是在妈妈学校琴房里练琴，后来妈妈咬了咬牙，向亲戚借了些钱，加上攒的钱，狠心为弟弟买了一架漂亮的钢琴，有的老师认为妈妈有点疯狂。但是当美妙的琴声飘扬在小院时，我们全家为之陶醉了。多年后，有一次到北京弟弟家中，我们聊着天，弟弟的音箱里飘着西欧古典乐曲，恍惚中我又好像回到陪他去学琴的时光。

　　妈妈对我们的培养一点不功利。她认为我们应传承的东西便会十几年如一日，坚持渗透。在妈妈当年微薄的工资中，常年有固定的资金为我们订阅杂志。妈妈订的是《中小学英语教育》《学英语》，我们订的是《儿童时代》《东方少年》《连环画报》《作文通讯》等，多少年几乎没有落下一期。我们盼着每期新的杂志。妈妈又是浅笑盈盈，手里夹着备课夹子，一回家，从夹子里拿出新杂志，"小青子——小乐乐——来新杂志了！"到现在，我也会为自己、为小家、为儿子们根据年龄和喜好订阅各种杂志，我相信爱文学、爱艺术、爱科学的种子需要早早种下，静待开花。

　　到了上初中时，我已开始自己要求购买喜欢的图书，到了高中更是"变本加厉"，从诗歌到散文到哲学，妈妈似乎鼓励我读"闲书"，不多过问，只要是买书，她就会给我零花钱。柳北口的不足十平方米的晓雅书店是我最爱泡的地方。淘一本好书，我会忙不迭地边往回走，边翻书。妈妈大体翻一下，便不再过问。能够大量购买和阅读自己喜欢看的书，这是我童年幸福的另一个秘密。

童年的河流

如果说一个年轻貌美、浪漫优雅的女子，一对可人乖巧的儿女，一个幸福无忧的家，就是当年生活的写照，那可就错了。我们甜蜜温馨的生活背后是妈妈十几年的隐忍与坚强。

记得有一次读余秋雨先生的《千年一叹》，里面提到他的母亲。说有一次他回到家看到家里的堂桌正在慢慢挪动，原来是母亲趴在桌下，一点点挪移，为的是搬动家具。我的母亲何尝不是有着男人的力气？上有老，下有小，生活的重担可想而知。妈妈与生俱来的乐观，使她能苦中作乐，在家中很少看到妈妈有过愁苦的样子，总是明亮的玻璃折射进来明亮的阳光，总是妈妈好看的秀发映衬着脸庞上流淌的浅笑盈盈，好像日子总是快乐的，阳光的，甜蜜的。

妈妈从教四十余年，桃李不言，下自成蹊。妈妈常常是走到一个地方，就会有学生和她相认。"婷老师，您不记得我了！我是您的学生啊！"妈妈便慢慢回想，有时能想起来，有时，想不起来。凡是上过妈妈课的学生，总会无比憧憬地回忆道："婷老师，就是因为喜欢您，后来就喜欢上英语了。"妈妈在学生眼中是严厉、美丽、风趣、高雅的老师，在妈妈慈母般的关怀之外又有严师的威慑。妈妈多年前就探索教改，以学生为中心，尊重学生的主动性，所以她能充分尊重学生的意愿，自然也就赢得学生的爱戴了。妈妈早早凭借自己突出的教学科研成果被评为特级教师，这应该是一名中学老师的最高桂冠。

每个学期快结束时，妈妈就病倒了，学生们考完试，绷紧了一个学期的弦就支撑不住了，总会高烧几天。等学校的事都结束了，又急急忙忙带着我和弟弟去看望远在边塞的爸爸了。

妈妈对我们的爱是大写意的。莫奈在他的庄园里画的睡莲色彩浓郁，但整体浑然天成。我们的成长受母亲影响最深，说不清是哪一天，哪一夜，哪一年，哪一个春夏秋冬。母亲乐观坚强的性格、浪漫高贵的气质随着岁月、随着母爱的河流融入我们的血液里、骨髓中。

妈妈的美常使她通体似乎赋有光芒，我惊讶于妈妈的美丽，有的时候站在妈妈的光芒之外，站在一个角落里，像个丑小鸭，欣赏着女神似的妈妈。

妈妈与我少有亲昵的举动，也许有，但印象不深，妈妈太忙太累了。有两个记忆片断印象比较深。妈妈每周都要蒸馒头，锅盖一掀，热气腾腾，妈妈揪住笼屉上的笼布，一抖，一个个光洁白胖的馒头便滚到面板上，笼布上总会留下一些粘在上面的馒头皮。妈妈便会叫正在看书的我："小青子——来吃馒头皮了！"馒头刚蒸出来，有一股浓浓的麦香。妈妈用菜铲子把馒头皮铲下来，我和妈妈趁热抢着吃起来。

还有一个片断，还是妈妈在厨房，我在看书。妈妈在火上炒好鸡蛋，第一口最嫩的，总是让我吃。要不就是在厨房叫我，要不就是端着碗，举着筷子，递到我的书桌前。所以直到现在，我始终认为炒鸡蛋第一口最香嫩好吃了。

童年的河流，是淌着幸福的。母亲是那冬夜的小火炉，熠熠生辉，曜曜生暖，使冬夜不再寒冷。我们依偎在一起，我们的小家始终温暖，始终有光芒。

童年的河流，是浸着色彩的。母亲给我们一双观察世界的眼睛，带我们去乡下，去塞外，去旅游。母亲给我一支彩色的画笔，让我肆意点染纸墨。母亲给我一颗发现色彩、发现美的心。母亲为我们的衣衫走针带线，绣出美，缝出爱。时时处处，都为美而生，为美而存在。

童年的河流，是飘着书香的。孟母择邻。母亲始终给我们良好的生活、学习环境。母亲对我们家教极严，不许串门，不许无事看电视，不许无事大笑。我和弟弟大多时候都在看书，画画，听音乐。家里的书是越来越多了，生活的风景越来越宽广了。

绿蚁新醅酒，

红泥小火炉。

晚来天欲雪，

能饮一杯无？

漫天风雪的人生路上，有了母亲炉火般的温暖，总有光芒在前方指引我前行。

银杏路

秋天的银杏路是一年中最美的时候，因了一场又一场的秋雨，道路被洗刷得更加干净了。阳光照在沥青路上熠熠发光，而银杏树正抖擞着一树的黄色、金色、红色、绿色的叶子，色彩斑斓，阳光照在树叶上，折射出点点碎片一样的金光。

吴中应该是小城数一数二的中学了。有近百年历史，有一大批优秀教师，有宽阔美丽的校园……但最令我难忘的是吴中所在的那条道路——银杏路，路面不宽，却极为干净，街道两旁的商铺窗明几净，从里到外透着笃定和安然。路两旁静悄悄地矗立着一株株挺拔、优雅的银杏树。

这种树在北方，在小城并不多见，到了春天它开始爆出小小的嫩芽，像一个个小手掌，风一吹，三天两天就长大了。银杏树并不特别茂盛，不像杨树、槐树总是一股脑儿地绽放满树的绿叶。银杏树像一个矜持的少女，一点点长高，一点点绽放树叶，那种绿不是浓绿墨绿那种浓得化不开的颜色，而是非常舒服的不张狂的绿色。银杏树叶是一片片长大的，每片都像少女头上戴的好看的小饰品，小手掌一样的一点点长成大手掌，叶片上的叶脉如同手心上的纹路，清晰可辨。风一过，小手掌一阵窸窸窣窣、哗哗啦啦，好像为谁鼓掌呢。

到了秋天，银杏树叶随着一场场的秋雨开始一点点变黄。变黄的过程和长大的过程一样，也是一点点地开始发生变化。黄色从小手掌树叶的边缘开始，逐渐蔓延，嫩黄，金黄，赭红，焦红，直至树叶慢慢卷曲，像手掌握住了，最后随秋风轻轻飘落下来。

秋天的银杏路是一年中最美的时候，因了一场又一场的秋雨，道路被洗刷得更加干净了。阳光照在沥青路上熠熠发光。而银杏树正抖擞着一树的黄色、金色、红色、绿色的叶子，色彩斑斓。阳光照在树叶上，折射出点点碎片一样的金光。满树的叶子，满树的小手掌，哗啦哗啦的，也许每一片树叶都知道从生到落的过程，他们知道不远的将来，他们会离开依恋了一春一夏的枝干，他们丝毫没有悲伤，每一片树叶始终金灿灿的，直到坠落的一瞬间，都好像鼓着掌唱着歌，欢快地跟着风跑走了。

我是从秋天喜欢上了银杏路，还是因银杏路喜欢上了秋天，不得而知。12岁的我第一次离家骑着自行车从城北到城南，开始了我的初中生活。

早晨天蒙蒙亮，我就出发了，从柳巷骑到银杏路，空气一下子干净纯净了。上学的路微微有点上坡，我会更加吃力地骑车，也使我有机会抬起头或侧着头看看路两旁的银杏树。银杏树也早起了，少女一般梳洗打扮，她迎着晨曦，抖抖夜里的露水，舒展臂膀，轻轻吟唱着，好像也在注视着我，我更努力也更心安地骑着，哼着歌到了学校。

放学回家的路更是欢快呢。整个路有点下坡，只要猛蹬几下，把车把扶好，车子会一溜烟地自己往下跑。黄昏中夕阳里，银杏树又轻轻抖擞着，看着这个齐耳短发的小姑娘穿巷而过，朝着妈妈在的地方飞奔而去。

这条银杏路我每天骑车而过，整整三年。早晨顶着朝霞，晚上伴着落日。春天，看路两旁的银杏树慢慢爆出嫩芽；夏天，数一树一树的叶子，绽放开来；秋天，听黄叶随风打卷飘落地上的叹息；冬天，想着春天就快来了，我又要高一年级了，银杏树又快爆芽了。

死海螺碟（节选）

管 喻

　　　　　颁奖词：运城盐湖被誉为中国死海，数千年来富有许
　　　　多传奇故事。这部作品以此为背景，用儿童文学的笔法，
　　　　讲述了四位主人公探查北宋金元宝失窃案的故事。其情节
　　　　悬疑重重，惊险曲折，引人入胜，既描述了运城盐湖旖旎
　　　　的风光和历史，又讲述了探案的惊险过程，对激励少年读
　　　　者勤于学习，勇于探索，具有积极的意义。

千古谜案沉死海　　万宝之钥无影踪

　　"中国死海"在晋、秦、豫三省交界之地，叫作"云城盐池"，我们要讲
的故事就发生在这里。

　　2004年春天的一个上午，蓝海市康华中学第288班的学生正在运动场上
体育课。女体育教师杨虹漂辅导学生练习单杠，学生海力的动作引起同学们
的阵阵惊叹。欢呼声未落，一个邮递员送来一只包裹。包裹是从台湾寄来
的，上面写着："寄给我最信任的人：中国大陆蓝海市康华中学少年美探神
海力。"寄件人则是台湾岛台北市的敬盐皇。

　　回到家的海力正准备研究箱子，同学周丽华、景阳刚和马兰奇就来拜
访，海力告诉他们，包裹里面是一块一千年前的古象牙板，上面记叙了一件

包公遗案。包裹里还有一封敬盐皇写的血书，托付海力破解遗案，找回那笔无价之宝。老人的期望，千年的遗案，这一切让海力梦绕魂牵。为了揭开谜团，各自身怀绝技的海力、杨虹漂、景阳刚和马兰奇组成小队，决定每周的休息日前往云城开展调查行动。

第一次行动叫作"随风潜入夜"，路途上，他们遇见一位蒲姓男子。到达云城后，他们首先来到盐池边的瑞莱斯漂浮浴场。涂满黑泥的游客，夜月下的死海，所有景色都令人激动不已。第二天欣赏日出时，他们在悬崖下发现了天肠洞，洞中有本"石书"，内容就是包公遗案。

一路搜索直至下山，并没有新的线索，大家都已饿了，在泡馍店里大嚼大吃，杨老师却在收到一条短信后把手机滑入汤中。

通过时间分析，海力认为包公遗案与盐池大窃案相关，于是四人在盐池神庙和死海博物馆里，根据石书上"蚩尤""黄帝""牛家院""万宝之钥"等名词寻找有关信息。

当天晚上，海力突然听见隔壁杨老师的屋里有奇怪的男人脚步声。海力称他为"R18"。

根据朱博士的提示，他们来到蚩尤村探秘，结识了双胞胎兄弟金盐和金山。热情真挚的金氏兄弟告诉海力，村里传说有一把万宝之钥，可以打开牛家院的石门，找到舜帝的藏宝洞。说完又带着他们前去青龙潭。一路谈笑，海力潜到水中一探究竟，从水底带上了三块石元宝。景阳刚也跳下水去，发现了一条"水怪"。第一次行动到此结束。

返回的路上，火车有节奏地行进着，奔波劳累的杨老师靠着桌子发出轻微的鼾音。海力看着杨老师，回想杨老师两次在吃饭时都因为阅读短信而把手机坠入饭碗，并且神情异样。海力觉得，这个大女孩一定隐藏着什么秘密。

四人对第一次行动进行了总结，确定了第二次行动的时间和调查重点，并将之命名为"在那天鹅徜徉的地方"。

体香神妙漆树毒　天鹅吐玉问哑姑

星期四下午，海力收到金盐的电话，内容与青龙潭的石元宝有关。听到这个消息，海力十分激动，行动组四人赶忙前往云城死海。金氏兄弟把他们带到芦苇滩观察天鹅，观察得正兴奋，死海老滩突然爆发一声闷响，海水翻滚，天鹅一片惨叫。一切平息后，余惊未消的队员返回木棚休息，却有一只天鹅飞落眼前，衔着一枚玉坠儿。玉坠上有副对联，上联是：哑姑泉银鲫吞鲤对海听歌七十寻；下联是：万宝谷金月钩日迎风望春三百步。线索指向岩谷泉村。"金月钩日"说的是自然景象：天空中一个弯弯似钩的残月，将东山峰上一轮红日"钩"了出来。代表着时间或者现象。在村里，队员解开银鲫吞鲤的意思，每年的农历二月初四，哑姑泉水生的银鲫不像往常吃水草和虫子，而是满池水里追鲤鱼，一口吞下。而他们得到的玉坠儿竟是哑姑庙神姑胸前的玉坠。

根据得到的线索，一行人驱车来到了万宝谷。峡谷中山高崖陡，难以行进，海力、杨老师、金盐三人决定徒步进入。谷中长满漆树，海力却因为漆树过敏症全身痉挛，另两人赶忙背着海力撤出峡谷，却因体力不支情况危急，此时，杨老师身上散发出一缕缕奇妙的香味，这气味让海力苏醒过来。

这天晚上，大家来到酒店，在黑泥浴池里休息之后，痛乏全解，杨老师的体香也越发明显，让海力十分好奇。

窗外下起了雨，第二天的行程便由万宝谷变为黄河金三角两千年史志图书珍藏馆。翻阅资料时大家发现要看的几页文字都被撕掉了，老管理员也没有办法，就给他们推荐了一个人。这个人叫李喜华，朝鲜人，曾是日本侵略军的探矿技术员，是中条山的活地图、活史册。于是四人前去五龙关乡寻找李喜华的踪迹。

五龙关乡的饭店里，海力认识了热情的贾老板，贾老板告诉他们李喜华前几日在红岩沟，还答应帮他们注意李喜华的踪迹。五龙关乡有着五十多个自然村，其中的红岩沟村是个隐形村，虽没有在这里见到李喜华老人，村里的大妈却给他们绘出李喜华老人的肖像。贾老板还告诉海力有一个高个子也来打听李喜华的消息。

离火车发车还有很长时间，海力一行人便在云城市的广场欣赏夜景。期间杨老师消失了一段时间，大家问她，她说是因为看见一个熟人的背影，便追了过去。海力听到这话，心里默默联想到神秘男子"R18"。

火车上，四人各自坐着。海力拿出画像本，根据得到的信息，思索勾勒着神秘男子的相貌。天真烂漫的杨老师跟着广播唱起歌来，激荡酣畅的心情让她的体香飘满车厢，引起了乘客们的骚动。海力赶忙让乘务员用空气清新剂在车厢喷一喷，机智地让人群散去。杨老师对海力满心佩服，但当大家询问起追寻的背影时，杨老师闭口不谈。

死海吹泡现魅影　青龙踏浪黑蟒河

第三次调查行动代号为"相见在大山深处"。为了消除家长的怀疑，他们把这次行动时间减少为一天。

四人又一次来到五龙关乡，贾老板告诉他们，没有人知道李喜华的踪迹，又给他们寻来一张五龙关乡的地图。无奈之下，大家用掷骰子的方法决定了目的地——羊角峁，用"趟兔子策略"追寻李喜华。羊角峁又叫"石屋村"，全村二十户人家都居住在青石屋里。居民组长雷学锋告诉他们李喜华前几日刚来一趟，于是他们推测李喜华可能去了老鹰嘴，等他们到了老鹰嘴，却发现"鹰在，人飞了"。追到西下沟，却听说李喜华中午时分坐上一辆运石料的车朝五龙关乡去了。大家又喜又急。

等他们回到五龙关乡时，太阳快要西沉。贾老板告诉海力高大个又打来电话询问消息。海力编了个谎，说李喜华住在野鸡岭，并把这个假消息告诉给了杨老师。

回程的火车上，海力收到金盐发来的紧急邮件，得知死海冒泡的地方和青龙潭都出现了相似的怪物。海力把小组中的另三人送走之后，连忙打电话向金盐询问情况，决定立刻返回死海。晚上早已没有去往云城的火车，海力只能骑着摩托一路飞奔。见到金氏兄弟之后，金盐详细地给海力勾勒出当时的"怪物情景图"。

当天晚上，死海又咕嘟咕嘟出现了响声，三人隐蔽到一处地势较高的芦苇丛里，看见水面上鼓起了一个庞大的扁圆形物体，一起一沉中把泥浪向四周推开。前方的海岸边上，有一个怪物的胸前发出亮光。三人慢慢向目标靠近，却掉进一个陷阱，坑里有许多小鱼钩，三人挣脱半天才摆脱出来。可目标已经消失了。

死海平静了，怪物逃逸了，海力从死海岸边的脚印上推测，怪物是穿着潜水服的人。再看刚才吃鱼钩的地方，里面并没有伤害人的东西，只是为了阻止人。海力三人休息了一会儿，前去青龙潭周围的山崖沟壑仔仔细细探查。海力看见一座山峰上有一处石刻，上面写"南风古道灰鸦，漆树乌藤黄花，吾肠断在天崖"。高的峭壁，删改的古诗，并不符合常理。这时从青龙潭中突然传来呼救声。落水者原来是山里一名牧羊人，被救后，牧羊人从怀里扔出一块石元宝。

牧羊人告诉海力，山峰上的石刻叫摩崖石刻，是宋朝或是明朝时候几个有钱人刻的。询问中，海力明白诗的前两句是指青龙潭、金雾台和天崖台一带的花草树木动物景物。最后一句意思"我最挂心的那件事就在天崖台"。并得知山中有种毒草叫金银草。

送走牧羊人后，三人继续探查山区，在一块石头壳子下发现潜水服，食品和一网兜青龙潭石元宝。三人目瞪口呆,把一切恢复原状后离开此地,继续向上走与潜水服的主人打个时间差。

离开古盐道,时间才是下午,三人便决定借着明亮的阳光再到死海探探情况。没想到,三人在死海边说笑玩乐时,水怪又出现了!斜阳下,水怪像铁铸的将军帽,全体长着深深的螺纹。

晚上三人休息在蚩尤村,听牛根爷讲述黑蟒河的故事。次日,三人踏浪黑蟒河,在死海吹泡泡和出现扁圆物体的地方发现这里的死海水完全改变了那种赭红的颜色,呈现出一种沉重的墨黑色。测量出水深80米。

蝉捕螳螂鲫吞鲤　旷世俊秀两海力

海力又让金氏兄弟划船探测了黑水周围的水深,结果这里的水深还不到25米!而且越往四周扩大,水就越浅。海力认为黑水的下面是一个又深又大的圆形坑,叫它为死海深渊。船靠岸后,海力请金盐配合他演一场"赶兔儿"的好戏,而李喜华老人就是他们要虚张声势的"兔子"。从野兔岭到兔跑村,再从土贵窝到土儿寨,他们一路打听,在回乡时给贾老板打了个电话,得知高大个在野麦岭出了车祸。海力十分内疚,他本想借贾老板之口向高大个提供假情报,一来耗费高大个的时间和精力,二来借高大个的行动,把李喜华老人"赶"进他所设下的口袋。高大个的来历虽不清楚,但应是为寻找"宝藏"。海力有种预感,这次的破案受到人为的阻挠,便嘱咐大家万事小心。

因为杨老师几次活动中的异常表现,海力已经有了警觉,之后的一些事情让这种感觉越发明显。所以哑姑泉的行动海力有意瞒着杨老师。

农历初三的夜晚月光明亮,海力和金氏兄弟在芦苇木棚里过夜。天亮后,即奔哑姑泉而去。

哑姑泉的泉水叮咚动听,以哑姑泉为中心,三人从不同的方向距离研究泉音，发现离得越远，声音越大，又把泉亭的对联翻译为"哑姑泉银鲫吞鲤，对海听歌一百六十八米；万宝谷金月钩日，迎风看春三百米。"这日又正巧赶上"银鲫吞鲤"，根据得到的距离和时间，三人在白银海岸探讨着，思考着，终于破解了藏在对联里的秘密。

因为摩托车发生故障，海力又在金家停留一晚。在梦中他找到了李喜华，却因为中了漆树的埋伏再次昏迷。虽然只是噩梦，但潜意识里对漆树的恐惧一直笼罩着海力。

天涯乌藤辨掌书　大峡猴王斗蠡贼

杨老师询问海力这几日的活动，海力把大致情况说了一遍。杨老师的问话充满漏洞，海力又在无意间听见杨老师在和一位神秘人打电话，说到"找人""详细情况"等关键词。

景阳刚和马兰奇来了之后，海力向大家简单汇报了一下调查情况，但没有把核心情况说给大家，并决定即将开始的天崖台活动。海力只骑摩托带着杨老师一同前往，景阳刚和马兰奇则在原地为之后的活动养精蓄锐。

海力、杨老师，以及金氏兄弟在古盐道的出口汇合，三辆摩托车一起进军天崖台。路过青龙潭时，他们发现之前藏在石壳下的石元宝已经不见了。临近天崖台，他们便把摩托车藏在灌木丛中，沿着石崖向右攀登。寻找天崖台的跋涉艰难而又曲折，在杂草乱树中看见它最窄的地方——毒蛇头。四人便用登山器械跨过山涧，终于发现了要找的天崖台。

天崖台呈圆台形，山顶一片平地。东、西、北三面山坡都是斜坡，独有南面半山腰以上是矗立的石壁，高达百米，上面挂满了乌黑发亮的乌绳草。海力在断壁上看见一个用乌绳草写的"米"字。这时杨老师抱着刚采的鲜花献给海力，谁料这花是金银草，海力晕了过去，杨老师用体香救醒海力之后，知道了真正让海力过敏的不是漆树而是金银草。

海力从石壁顶上坠到"米"字的正中间，发现一个小石洞，洞顶上刻着掌书，大意是：汉代盐道上青龙吞吃金元宝吐到青龙潭变成石元宝之说，纯属我寨为掩人耳目、逃避官府追查而编的传言。石元宝经江南石雕高手打造秘密投入潭水，真元宝现藏于万宝谷金玉匣。金玉匣方位及开匣的万宝之钥隐藏在哑姑泉亭。于是四人便向万宝谷去了。

走到毒蛇头，发现回归的唯一桥梁竟被人割断，四人只能顺着山岭寻找新的出口，从一个石缝下的石洞爬了出来。当他们回到摩托车的地方，看见山上的一队人马应就是割断绳子的对手。龙潭石壳子里，有一张对手写给他们的信，让调查更充满了疑云。

累了一天，四人在芦苇木棚休息，杨老师却偷偷出来给神秘人打电话汇报行动进展。原来，神秘人就是火车上遇见的蒲姓男子——蒲套堂。杨老师还在体操队时，曾见过蒲记者，在火车上重逢之后，便把这次探宝活动告诉了蒲记者，蒲记者说要为他们把活动写成报告文学，并约定保守秘密，给大家一个惊喜。于是杨老师每次都会把所有的进展告诉蒲记者。

第二天一大早，四人就到了大峡谷，遇见了一对采药父子，任长身——老人参和他的儿子狗儿。老人参鹤发童颜，傻儿子40岁左右，又瘦又小，手背上长满黑毛，指甲尖利似刀。任长身告诉他们每年只有四月十五日，可以在鬼座椅看见金月钩日。任长身带领他们前去鬼座椅，留下他的儿子狗儿看守摩托车。

四人在鬼座椅摸索线索，老人参则去采药，回来时拿着一棵碗口大的条山紫灵芝。惊喜之后，大家因为担心狗儿急忙出山。果不其然，狗儿在大峡谷经历了一场艰苦的战斗。有两个坏人前来抢夺摩托车，狗儿力不敌众，危机之时，海力赶忙前来助阵，二人一同把坏人打得落荒而逃。

鬼座椅上月钩日　螺碟揭开千年谜

为了探明哑姑泉，海力、景阳刚和马兰奇组成"三只眼盲人演唱队"，扮成残疾艺人到哑姑泉唱歌，夜宿泉亭。夜渐深，人散去，在众人熟睡后，海力悄悄爬起来，独自走到泉亭上，挖开脚下的泥土，泥土发出亮光，再往下有一块石板，写着"善恶之门"，通过石板，打开石门，海力在祭台前的石头中发现一块玉状物——万宝之钥。带着万宝之钥走出石洞后，海力把一切恢复原状。

天亮后三人离开了哑姑泉村回到芦苇木棚，海力让金盐把万宝之钥藏了起来。整理之后，他们前去五龙关乡，贾老板告诉他们李喜华已经在羊角峁去世。对海力他们来说，这个消息犹如晴天霹雳。他们决定前去羊角峁吊唁李喜华。

刚到羊角峁，雷学锋就拉着海力往村后面山崖上的石洞里跑。只见洞里点着一支碗口粗的白蜡烛，烛火就要熄灭了，洞尽头的石坑里躺着李喜华老人的尸体。雷组长拿起一块石头片，告诉海力，李老汉临终时嘱咐只有赶在这根白蜡熄灭之前到的人才能拿到石片，并要在一个钟头内看懂石片上的话，不然就要把石片砸碎。石片上写着"烟霞拂尽非假语"。海力解开谜语，得到"泉对悟通是真经"。七字。秘密就藏在万宝谷。

离四月十五日的日子越来越近，他们又紧张又兴奋，紧鼓密锣地准备着。

前一天的后半夜，他们就已经进入大峡谷谷口。天色微微亮，他们已经到了鬼座椅，但没想到竟有人领先一步！上面有两个人叫作圆子、尖子，他俩的头儿叫作鬼子。他们就是在石壳下留信的人，并且他们啥也知道。他们用枪逼着海力一行人坐在一起，并在山崖安装了炸药，炸出"金玉之匣"四字。可石门却是假的。海力几人趁机与他们搏斗起来，胶着中，圆子突然被跳到面前的野兽吓昏过去，鬼子也丧身豹口。海力他们被眼前的场景惊呆了，听见任狗儿的叫声，才知道这些野兽是狗儿叫来的帮手。解决敌人之后，海力让金盐把"万宝之钥"拿出来，抬到山崖左边的石壁下，打开了真正的入口。进入石洞，里面漆黑一片，四面石壁，只有一封信。信封上写"呈中国开洞人阅"，信是李喜华1945年写的。

原来李喜华强行被日本军编入部队，成为探矿队的成员。1945年的一天，他们在万宝大峡谷探矿时偶然发现了这个藏宝洞。日本人将十万两金元宝和北宋时期的古宝全部掠走，运到中条山的一个秘密山谷里。那里面有一个兵工厂，为了掠夺云城盐池丰富的矿盐资源，制造了一艘螺碟形的钻泥采矿设备。谁知日本人刚把财宝运到工厂，就传来了日本投降的消息。为了侵占财宝，便把金元宝搬到了黑蟒河，藏在螺碟里。

看完信，八人都默然无语。虽然仍有疑问，但是相信所有的一切都会得到答案。

万宝大峡谷探宝行动结束了，欢歌笑语朝谷口走去。路上却碰到了浑身是血的蒲记者。被救后的蒲套堂哭着说他欺骗了杨老师，他并不是什么记者，是他利欲熏心，将哄骗杨老师得来的探宝情况卖给了鬼子这个团伙。之后蒲套堂被鬼子利用欺骗，摔下悬崖，终身瘫痪。

终于结束了探险，海力等人在广场欣赏"天点凤睛"，各自畅想着未来。春风挟着中条山和死海的气息扑面而来，在海力他们心中荡起一圈圈涟漪。他们挽手走在海岸，放声高歌。

探宝英雄得勋章　螺碟终到出海时

　　光阴荏苒，八年倏然而过。

　　在网上浏览新闻的海力突然手舞足蹈，满心激动地给杨老师打去电话，虽然语无伦次，但杨老师马上猜到是死海螺碟要开始发掘。两人脑海里闪现着八年前一个个难忘的场景，马兰齐和景阳刚也打来电话，四人分享着喜悦和幸福。十一天之后，海力、杨虹漂、景阳刚、马兰奇、金盐、金山，加上老人参爷爷和狗儿八人以"发现者"出席了"中国死海螺碟及国宝发掘启动仪式"。他们的精神和探宝活动受到了有关领导的高度赞扬，并得到国家的嘉奖。

　　根据考察，死海螺碟是个碟形或饼形地下潜藏设备，是日本远东侵华司令部实施的顶级绝密项目之一，该设备自身具备恒久的动能，非常不易被发现。在发现它的八年前，由于设备长时间得不到有效维护而产生动力系统紊乱，这个潜藏设备才偶尔浮出水面。近几年也许因为设备上能量源消耗，已经沉寂于盐泥层中不再露面。根据卫星探测，死海螺碟的金属腹腔里有大量的国家宝藏，总价值无法估算。螺碟本来是日本侵略者的藏宝秘器。想把掠夺的中国财宝先行来个平地蒸发，再偷偷运回日本。人算不如天算，六十多年后这笔数额惊人的中国国家宝物依然毫发无损，原璧归主。所有人激动不已，有关死海螺碟的信息传遍了全世界。

　　三天后，海力把八年前台湾寄来的黄纸箱送到邮局，箱里只有一张纸条，写着："古宝已归国，先生请放心。海力。"这个寄托厚望的箱子，径直飞过绿色的海峡，飞到台湾去了……

（刘悦 缩写）

影视戏剧文学奖

伏　击

史辉华　侯讵望

　　颁奖词："七亘战役"是抗日战争中八路军129师刚进入山西战场首次大胜的精彩战例，也是刘伯承将军作为军事家谋略上的生花妙笔。本剧作者抓住这个典型战例，表现了八路军在全民抗战中独特的战略战术，同时，写出了军队与人民的血肉联系。作品既忠实于史实，又极具特色的艺术创造，是一部优秀的抗战题材作品。

　　1937年10月26日、28日，八路军129师某部在山西平定县七亘村"反常用兵"，重叠设伏，打击日军取得了重大胜利，一战成名。"七亘大捷"更成为我军军史、中共党史和世界战争史上一次著名的伏击战例被载入史册。

　　1937年日军意图沿平绥、津浦两路，从东西两侧进行战略钳制，重点夺取山西，进而控制华北，策应华中，威胁西北。日军联队队长佐藤、参谋岩田、中队长三兵率领的华北方面军第1军则沿着正太路强攻娘子关，准备向太原推进。联队队长佐藤更是发出了"一个月占领山西，三个月灭亡中国"的狂妄之言，而与此同时包括董明才和小四川在内的一大批八路军战士，正在紧急赶赴山西平定县。虽然董明才、小四川等人对红军被编入国民革命军第八路军心有不甘，但在王团长"大敌当前，国家民族危在旦夕，要把阶级的仇恨埋在心里，学会和国民党合作抗日"的劝导之下，众人才缓缓换上缀着青天白日帽徽的黄色军帽，誓要把日本强盗赶出中国，从而在山西平定县七亘村奏响了一曲曲荡气回肠的抗日凯歌。

八路军战士董明才最初是在阳泉站让西北军抓了壮丁，后来参加了红24军，部队被国民党打散后又辗转到了陕北参加了刘志丹领导的红军，所以他对部队被编入国民党最为愤慨。他所在部队接到命令要向敌后侧挺进，支援友军作战，迟滞日军进攻太原的时间。当部队宿营在平定县某村时，思家心切的董明才打算悄悄回七亘村的家里看一眼已经七年未见的爹娘，不想却被误认为是临阵脱逃而被捆绑在树上。

日军趁夜绕开1团的警戒线偷袭了七亘村，1团也在此次偷袭中损失不少，此事不仅引得党中央发来电报，就连毛主席也提出点名批评。因此师长决定在日军进攻山西平定城的必经之地——七亘村设伏，牵制敌人西进，以实践来证明游击战到底行不行。王团长主动请缨，立下军令状，带领3营和董明才所在的特务连布置伏击阵地。

在布置伏击阵地之前遇到的第一个问题便是部队粮食短缺。熟悉当地状况的董明才带领王团长和3营长前去大财主穆久义家借粮，却偶遇了童年的玩伴穆久义的女儿穆秀岩。穆秀岩在县城当老师，还参加了牺盟会，对于八路军抱有极高的敬意，因此极力说服父亲借粮，穆久义便答应借给红军10万斤粮食。

第二天王团长带着董明才前往测鱼镇侦察敌情，途中董明才得知王团长被叫作"王疯子"的原因就是因为王团长抱着"革命不怕死，怕死不革命"的精神。他们乔装打扮想要进入测鱼镇，虽然交了金票贿赂了日本哨兵，但却由于王团长的口音不是本地的而被禁止进入镇子。经过两人的观察和考量，最终选定在视线又好，又可以堵住鬼子退路的东石门放置侦查哨。

王团长率领部队连夜布置伏击阵地。此次伏击战，王团长决定让老部队啃骨头、新部队吃肉，并下令老部队先打硬仗、恶仗，让新部队去缴枪、抓俘虏、缴获物资，这样才可以鼓舞新部队士气，提高战斗力。

当300多人的辎重部队进入伏击圈后，随着王团长的一声令下，平定七亘村南山沟里，手榴弹顿时像雨点一样从天而降，轰炸声响彻山谷。日军被打得晕头转向，运输货物的骡马也四处奔跑。山坡上的机关枪拦住了日军的退路，董明才和小四川悄然从怀中掏出红军帽戴上挥着大砍刀冲入战场。他们如猛虎下山，杀入敌群，杀声撼动山谷，将负隅顽抗的日军全部歼灭。

伏击战刚刚结束，满沟都是倒毙的敌人和骡马尸首，重要的是弹药、食品、用品到处都是，村民们连同穆秀岩带领的牺盟会战地服务团的人都来帮忙搬运缴获的物资。当晚，军民围坐一团，亲如一家。穆秀岩带领青年学生高声演唱救亡歌曲《牺牲已到了最后关头》，董明才也兴致大发，提刀表演，将系着红巾的大刀舞的虎虎生威。而此刻的王团长却正在和师长对峙。

听闻娘子关失守的师长准备在七亘村一带再打一仗，但王团长认为再在七亘伏击太过冒险，师长却说日军现在很是骄横，记吃不记打，所以他断定日军不会改变既定计划，还会走原路运输军需，在师长的耐心解释下王团长才终于同意在七亘再次伏击日军。

在伏击战中负伤失踪的小四川被董明才的父母所救，面对悉心照顾自己的老夫妻，小四川很是感动，但随后却全部被来村子寻找伏击战中阵亡的日军尸体的日本人杀害。王团长原本许诺董明才，伏击战结束后可以回家，现在却又对董明才下达新的任务，命令他前往测鱼镇侦查。穆秀岩见状，主动要求带领董明才走小道一同前往测鱼镇。董明才和穆秀岩装扮成年轻丈夫送媳妇回娘家的样子，一同踏上去往测鱼镇的路。在闲聊中穆秀岩提出这一仗打完后与董明才一同回家看望他的父母，一路的欢笑，使得两个年轻人的心也逐渐靠拢。

两人哄骗过哨兵到了穆秀岩的舅舅家，董明才趁机上街拎着酱油瓶假装闲逛，侦察到日军即将向西运送军用物资。获知情报的两人刚刚出了镇口，便被日军发觉，一路追至山中。为掩护穆秀岩脱身传递消息，董明才中弹坠入悬崖，穆秀岩只能忍痛将消息带回部队。

得到消息的王团长一边向师长请求增援，一边下令伏击部队冒雨进入阵地，再次在七亘设伏。在上次伏击中损失惨重的日军此次顾虑重重，决定派遣侦察机沿路侦查，而用树枝枯木伪装的八路军战士则顺利瞒过了日军的侦察机。但日军仍然小心翼翼，进入阵地后不断进行火力侦察，大火、子弹就在战士身边，但他们一动不动，甚至是有敌人的尿液当头灌下也是咬紧牙关。日军始终犹豫不决，迟迟不愿前行。

坠崖的董明才苏醒后返回家中，这才发现了父亲、母亲和小四川的尸首，悲愤交加的他在老牧羊人的搀扶下执意追赶部队，此时也正好遇见了僵持的双方。为使伏击成功，董明才与老牧羊人用计谋将日军引入了埋伏圈。在日军辎重部队全部进入伏击圈后，王团长果断下令，机枪、手榴弹响成一片，敌人顿时陷入混乱。董明才奋勇杀敌，直至将手枪中的子弹全部打完才中弹倒地，老牧羊人挥动着鞭子鞭打敌人时也中弹而亡。

日军的救援部队被八路军阻击在山下，3营长将如血的红旗插在山头上，冲锋号吹响，战士们跳下阵地冲进日军中赤身肉搏，王团长在硝烟中振臂高呼"革命不怕死，怕死不革命"，倒在地上的董明才挣扎着站起身，昂扬的叫喊着。他从死去的日军身上抓起手雷，拉开引信，不顾穆秀岩的含泪疾呼，毫不犹豫地冲向了日军装有弹药的马队。

在八路军战士的奋勇拼搏下，七亘的伏击战，八路军再次获胜。一切重归平静之后的山林空地上，排列着十几座新坟，王团长、3营长和八路军战士们整齐地排列着向为国捐躯的战友们庄严告别。王团长将一顶红军帽端放在中间的坟头上，沉声道："好战友，不把日本强盗赶出中国，我们誓不回家！"胸配白花的穆秀岩上前将那顶红军帽端端正正的戴在头顶，跟着众人齐声高喊"誓不回家！誓不回家！誓不回家！"那悲伤但却坚定的声音持续在田野中回荡。

告别了牺牲的战友，王团长、3营长带领着八路军战士再次在崇山峻岭之间肃然前行，猎猎的红旗迎风飘扬，身穿军装的穆秀岩神情肃穆地走在队伍中间。

此后八路军运用七亘"重叠待伏"的经验，在黄崖底、广阳、户封等地，连续三次成功伏击日军，歼敌1000余人，迟滞日军第20、第109师团西犯一周之久，掩护防守娘子关地区的国民党友军撤退，使太行山区的人民从亲身经历中认识到共产党、八路军是他们的依靠，这对开辟太行山抗日根据地起了重大作用。而七亘村伏击战也作为我军以小击大、以弱胜强的经典战例，被载入世界军事典籍。

（王宝丹　缩写）

耿二有点二

杨志刚

　　颁奖词：这是一部以喜剧的形式反映农村现实的作品。主角耿二以其独特的、质朴而又略带狡黠的方式，带领村民寻找到适合自身发展要求的致富道路，对于改变农村面貌，走向共同富裕，具有突出的现实意义。作者避免了概念化，塑造了一系列生动的农民形象，增进了作品的吸引力、感染力。

　　耿二是山西沁河县桃园乡青龙山村东头老耿家二小，35岁，未婚，在乡下种地养驴，和父母经营着老耿家超市。

　　在"建设社会主义新农村"的指示下，村里造成污染的小煤窑被关停，老支书已经66岁，在县城买了房子，辞去村主任一职。村里召开"村委会换届选举"，耿二就用毛驴驮着矿泉水去选场卖水，被村民取笑成"送水"。耿二是个犟驴，说话算话，就把八箱矿泉水免费送给村民。不想，选举结果耿二得高票，就这样他被选为本届村委会主任，巧花和路平为副主任。

　　老书记给耿二办工作交接，告诉耿二，村主任的职务是"防火防盗，修路搭桥，调解纠纷，唱戏赶庙，婚丧嫁娶，打扫街道"。总之，要想当好一个村主任，就得比狗睡得晚些比鸡起得早些。耿二后悔不想干，被老书记喝止。

　　桃园乡刁乡长带着干部高扬和第一书记袁芳来青龙山视察，老支书和耿二赶忙接待。袁芳是美术学院毕业的高才生，耿二却不满意，认为脱贫是干出来的不是画出来的。刁乡长走后，袁芳留在青龙山村协助村支书工作。袁芳不适应村里的卫生情况，走路也老是摔跤。

老书记带着耿二、袁芳等参加乡上的"大力发展一村一品一乡一业动员大会"，刁乡长指示："'一品一乡一业'就是每村要发展一种特色产品，每乡要有一个特色产业。最终乡里开会决定桃园乡要重点发展水果产业，梁家寨以苹果为主，高垴庄以核桃为主，杨家峪以西瓜为主，马家坪以葡萄为主。"

耿二对于乡上要青龙村种植50亩樱桃树，重点打造青龙山樱桃品牌的指示并不赞同，认为樱桃好吃树难栽。刁乡长冷言质疑耿二，老支书打圆场说："耿二的脑袋让驴踢过。"耿二则认真地说："是我哥的脑袋让驴踢过。"

耿二一行人回到青龙山村，召开村两委会。老支书支持先规划种植50亩樱桃树，取得效益了再扩大栽种面积，把青龙山乡发展成为樱桃村。耿二认为：青龙山村的土地少，种了樱桃，村民日常的蔬菜就成了问题，更重要的是村民们从来没有种过樱桃，没有把握种活就不如不种，并且樱桃的外销也是一大问题。耿二和老书记互不相让，二人不欢而散。老书记在家中喝闷酒，耿二则去询问村民对于种植樱桃的看法，很多村民根本就没见过樱桃。耿二在路上碰到赶驴的宝财，宝财认为"隔行不取利，樱桃咱没种过，养驴把握大些"。

村两委继续开会。耿二通过宝财家一头老驴换回来两头小驴还又赚了大几千块一事劝说老书记，书记不接受，会议陷入僵局。巧花建议"两条腿走路"，先让村主任负责发展养驴，等明年春天再种樱桃，大家才一致同意。

耿二负责发展养驴，首先联系买驴。第一个问题是村里没钱，只有县宏丰煤炭运销公司两年前拉煤的25万元欠条，但总是要不回来。耿二派袁芳去县上追款，袁芳回来汇报：宏丰公司老板把煤卖给了巨龙炼焦厂，巨龙炼焦厂欠宏丰公司30万元的钱不给，宏丰公司也没有办法给青龙山村还款。宏丰公司把巨龙炼焦厂欠他们30万元的欠条给青龙山村，承诺如果要回来，30万元全归青龙山村。然而袁芳去了三趟巨龙炼焦厂，总是见不到炼焦厂老板。

耿二认为重赏之下必有勇夫，发出通知——谁能要回来欠款，就奖励谁5万元。曲老师的表哥是县里的领导，先去炼焦厂要款，却连老板的面都没见着。耿二亲自出马，第一天也被厂里的保安挡在门外。耿二和袁芳四人找到一家招待所，两人间80元。第二天，四人再来炼焦厂，厂门上挂着"热烈欢迎乌拉圭嘉宾和县领导光临指导"的条幅，袁芳利用巧计，说是要给老板送钱，四人来到宽敞富丽的挂着"上善若水"和"诚信单位"牌匾的老板办公室。40多岁的老板直接说现在没钱，有了钱再给，四人被推出了办公室。耿二知道老板明天下午要和乌拉圭的商人签合同，于是到村里用大喇叭通知村民："牵上驴到村委会门口集中，咱们去一趟县城，凡是去的每头驴发给500块钱。"

耿二带着村里的六十多头驴来到炼焦厂门口，老板领着几个西装革履的厂领导准备迎接县领导和乌拉圭嘉宾。耿二指挥驴子仰天大叫，并在驴脖子上挂着要欠款的牌子，老板无奈最终拿给耿二30万元支票。

村大喇叭里正播放着山东民歌《大实话》，耿二把要回来的25万元放在一边，把多的5万块分给带驴去县城的村民。二牛老汉来讨要村上承诺的要给60岁以上的村民每月80块钱的退休金，曲老师则来报告要修教室房顶，拿走两万元。河南包工头也领着工人来要村里修马路拖欠的五万六千块工钱。耿二决定给工钱，并且让包工头在袁芳住的地方修建一个冲水厕所和淋浴。巧花问耿二原因，耿二认为"没有梧桐树引不来金凤凰，要留下袁芳这样的人才，人才比驴重要"。

要回来的钱经还债、发退休金等只剩下了5万元。老支书要把这5万多元钱留下等春天买樱桃苗，耿二坚持买驴，老支书只给两万块买驴，耿二说："行！"

耿二来到农产品集贸市场买驴，但驴价太高。耿二遇到乡干部高扬，耿二就和高扬一起去县政府办理扶贫资金。刁乡长不支持耿二养驴，耿二也没能拿到扶贫资金。耿二来到驴肉香饭店，遇到了他背过的李董，李董请耿二吃饭，二人亲切攀谈一番。李董的股份制饭店给了耿二启发，耿二决定成立青龙山养驴股份公司，让村民以驴入股。李董则高兴自己的五家连锁店找到了优质驴肉的供货商。

耿二回到乡下，把羊群居容易生养和驴单养难以繁衍的道理说给村民，有十八户村民纷纷入股，"青龙山养驴基地"成立。耿二把十八头驴拴在戏台，夜里，耿二领着大黄狗，背着火枪去看守驴。正巧遇到偷驴的小偷，耿二把小偷绑在办公室。第二天，警察带走了小偷和耿二，因为耿二没有及时报警，犯了非法拘禁罪。耿二被保出来了，但村民害怕自己的驴再被偷，把入股的驴又牵回了家。

李董来到青龙山考察养驴情况，耿二成功地说服了李董投资200万养驴。但乡上的领导却要来检验樱桃种植的准备情况，刁乡长与耿二再次起了冲突。耿二与李董签订合同之后，青龙山养驴基地开始修建现代化驴舍。耿二在工地上干活，却被翘起的木板打伤下身，不得已来到县医院看门诊。女大夫要验尿，耿二在取尿的时候接到电话，让他回去接待刁书记，耿二情急之下拿了孕妇的尿交给化验的护士。

袁芳回省城的时候带了村里的土让农科院专家化验，化验证明青龙山村是干旱地区，不适合栽种樱桃。刁乡长也知道了情况，向耿二道歉，支持耿二养驴。

李董对耿二有好感，打算与耿二说明，但袁芳取回来化验单结果——尿液妊娠呈阳性，使李董误会耿二和别的女人有了孩子，李董摔门而去。耿二在路平的提示下明白了李董的感情，也终于知道自己喜欢李董。耿二再次去找李董，二人定情。

青龙山养驴公司的资金依然紧张，刁乡长告诉耿二乡政府决定划拨20万元扶贫专项资金。同时，耿二还可以向县农信社申请贴息贷款50万元。养驴公司步入正轨后，李董和袁芳又主张走深加工的路子，形成产业链发展循环经济。

青龙山养驴有限公司形成了规模化、现代化的驴肉生产和加工产业链，耿二也因此成为扶贫攻坚的成功范例。市委郝书记、高市长等都前来视察参观。耿二从此后广泛学习法律常识、养殖技术、企业管理等等，袁芳提议建一个养驴网站，驴肉在网上取得了很好的销量。耿二在管理中意识到自己的不足。耿二在公司的第三次董事会上提出辞职，提议李董任董事长，袁芳代表青龙山村委会出任总经理。

耿二回村当了村主任，让村民以土地入股，成立了青龙山农业合作社，又用养驴基地的驴粪做肥料种粮种菜，用驴磨米磨面，发展无公害农业。在一片热血和赤诚中，耿二最终被选为县人大代表。

新年，锣鼓响起，村里一片喜庆祥和。耿二、老支书、袁芳和大家一起，在锣鼓声中扭起了当地秧歌"跑旱驴"。

（陈静 缩写）

2013-2015年度赵树理文学奖获奖作品

文 学 评 论 奖

同宇宙重新建立连接（节选）
——刘慈欣综论

吴　言

颁奖词：本文对刘慈欣的科幻文学创作进行了富有学理的整体性评价，准确地指出了刘慈欣创作的特点及其时代意义。文章基于自身鲜活的阅读感受，以灵动的文字进行分析，拓展了理性思维的版图，也是对当前用概念切割作品的评论时弊的矫正。

创世界：心灵？科幻？宇宙

2012年第3期《人民文学》选登了刘慈欣的四篇科幻中短篇小说，这被认为是时隔近三十年科幻文学被主流文学重新接纳的标志性事件。刘慈欣创作的中短篇小说数量不少，风格多样，为什么是这四篇呢？作为最具影响力的主流文学杂志，其中暗含的尺度耐人寻味。

第一篇是《微纪元》，是刘慈欣的"末日三部曲"之一。"微"和"纪元"是刘慈欣科幻小说中经常出现的概念。"微"和"宏"组成空间上的对立，"纪元"纵笔一挥，形成时间上的宽阔跨度。《微纪元》说的是地球毁灭之后，地球人利用基因技术将人类改造成细菌大小的微人，人类社会进入微纪元。微纪元因为对资源的微消耗而同目前的人类社会形成了巨大的反差，符合科幻创造未来理想世界的宗旨。第二篇是《诗云》，小说中的"诗云"，是无所不能的宇宙之神，寻中国诗词精髓而不得，最后利用量子计算机将所有汉字进行了排列组合，产生了全部可能的诗，用太阳系全部物质加以储存，从而形成的一片星云。同《论语》中常出现的"诗云"，既有形象上的对应，也有哲思上的暗合。小说最后表达的是"智慧生命的精华和本质，是技术所无法触及的"。如果说《微纪元》是在技术的向度上一直向未来延伸，那么《诗云》所带来的对技术和艺术的想象，相信会给读到它的人带来强烈的震撼。第三篇是《梦之海》，同《诗云》一起组成了"大艺术"系列。宇宙低温艺术家创造出壮阔的横跨银河系的冰环"梦之海"。第四篇是《赡养上帝》，同前几篇不同，这篇从当下现实出发，日渐衰老的上帝文明降临地球，从而引发了雷同于赡养老人时出现的矛盾。这篇的亮点是对文明生命周期的想象。

但在刘慈欣的中短篇小说中，最具震撼力的是另一种类型。他在《乡村教师》开篇写道："你将看到中国科幻史上最离奇最不可思议的意境。"《乡村教师》乍看同一篇普通的纯文学小说没什么区别，写的是一位罹患绝症的乡村教师，在最后时刻竭尽生命向学生传递知识。但是后部跳跃到了太空，当从碳基帝国俯视低等的地球文明时，两代生命之间传授知识的个体，是被称为太古词汇的"教师"——此时读者的心灵一定会受到撞击！单纯从现实角度描写乡村教师，会是《凤凰琴》那样的版本，而从宇宙的广阔的背景下俯瞰卑微的生命，会产生传统小说不能及的强烈的震撼。从这一点上说，科幻文学确实拓宽了文学的边界。

还有一类小说是很多男性感兴趣的战争题材，有很多世纪之交局部战争热点的影子。用科幻演绎战局，影响战争走向，想必是很多人的梦想。如刘慈欣所说，"科幻文学是英雄主义最后的栖身地"，这些小说中表现出的英雄主义让人有久违之感。《全频带阻塞干扰》，想象中的电子战，英雄主义放置在太阳系的背景下，确实有着壮阔的震撼效果。《混沌蝴蝶》的背景是科索沃战争，利用蝴蝶效应改变战区气候以阻止空袭，读后会希望这不仅仅是科幻。小说中对巨型计算机运行机制的描写，非常出神入化。《光荣与梦想》有阿富汗战争的影子，科幻色彩不强，只是虚构了北京奥运会，想要通过体育场的竞技换取和平。这些小说中微妙的心理描写，流畅的意识流写法，紧张的叙事节奏，即便在纯文学领域也很少看到这样精彩的小说了——这是读刘慈欣中短篇小说常有的感觉。刘慈欣对这类异国题材的把握能力很强，很逼真，很有现场感，令人惊讶于战争细节的信息他是如何获取的。科幻小说有这样的优势，不必局限于地域，可以纵横驰骋到地球上的任意点。

在刘慈欣的很多小说中，都能感受到物理学、宇宙学同哲学之间那种奇妙的联系，甚至涉及生命的终极思考。《朝闻道》是非常典型的一篇，生命的意义是什么，宇宙的目的是什么。《思想者》中宇宙就是类似于大脑的思想者。读完这些小说，令人平添人生苍茫之感。

2010年，刘慈欣在创作完《三体 III·死神永生》后，写了文论《重归伊甸园——科幻创作十年回顾》。他把自己的创作分为三个阶段。第一阶段是纯科幻阶段，"对人和人类社会完全不感兴趣"，认为"科幻小说的成功，在很大程度上取决于其幻想的奇丽与震撼的程度"。（刘慈欣：《重归伊甸园——科幻创作十年回顾》，《南方文坛》2010年第11期。）《人民文学》所选的除《赡养上帝》外的三篇，均可视为纯科幻阶段的作品。纯科幻作品一直是刘慈欣心仪的文本，也符合普通读者甚或主流文学对科幻的期许。

以《乡村教师》为代表作的阶段被刘慈欣划分为创作的第二阶段，"人与自然阶段"，"由对纯科幻意象的描写转而描述人与大自然的关系。这一阶段的共同特点，就是同时描述两个截然不同的世界：一个是现实世界，灰色的，充满着尘世的喧嚣，为我们所熟悉；另一个是空灵的科幻世界"。（刘慈欣：《重归伊甸园——科幻创作十年回顾》。）刘慈欣说自己最成功的作品都出自这一阶段，代表作还有中篇《流浪地球》，长篇《球状闪电》和《三体》第一部。这个阶段也体现了科幻文学界为了吸引更多的科幻迷外的读者所做的努力，科幻作品现实性和文学性被着意加强。

比照文学史上的"魔幻现实主义"，这种写作方法可以称为"科幻现实主义"。刘慈欣的中篇小说绝大部分都是两万多字，也可界定为短篇小说。短篇小说是非常体现一名小说家功力的文体。目前主流文学界的短篇小说创作已难有新意，作家为了突显个性常常求怪求异，这种后现代主义的创作手法令短篇小说愈发支离破碎。刘慈欣的风格被冠以"新古典主义"，他在科幻领域重拾古典主义写作手法，无论是摹写现实还是构建科幻，都非常耐心，不苟细节。这种扎实的写作风格不仅使刘慈欣成为"硬科幻"的代表，也用"实"平衡了科幻文学本身自有的"虚"，使得刘慈欣的科幻作品传递出更深厚的力量。"科幻文学的发展必须经历一个相当丰富的古典主义的时期。"（吴岩、方晓庆：《刘慈欣与新古典主义科幻小说》，《湖南科技学院学报》2006年第2期。）这一论断是有道理的，因为即便把这一点放在主流文学界也是成立的。一棵大树的生长必须先有主干，无论是主流文学还是科幻文学，都不可能超越社会的发展阶段。

就中短篇小说创作而言，上述两个阶段从最初的1998年开始，大致持续到2002年。令人惊讶的是，在2000年左右明显地感觉到刘慈欣创作的中短篇小说有了一个质的跃升。这些发生在仅仅发表了几篇作品后，一些堪称经典的中短篇小说就从刘慈欣笔下问世了。究其原因，除了有着多年对科幻的痴迷和热爱，本身已经积累了一些创作经验，厚积薄发之外，另一个重要原因想必是1999年7月刘慈欣首次应邀参加了成都科幻文学笔会，他受到了科幻界的接纳和触动，开始认真思考科幻文学和自己的创作。此后，创作呈"井喷"之势。从1999年至2005年，刘慈欣连续六年以中短篇小说获得中国科幻文学银河奖。

第三个阶段，刘慈欣称为"社会实验阶段"，"这期间，我主要致力于对极端环境下人类行为和社会形态的描写"，"星空的自然属性被大大弱化了，代之以明显的社会属性。"（刘慈欣：《重归伊甸园——科幻创作十年回顾》。）这个阶段的代表作品有长篇《三体II·黑暗森林》，中篇《赡养上帝》《赡养人类》等。《赡养人类》写得很像警匪片，科幻成分的比例很小。《镜子》将触角深入到反腐领域，彰显出刘慈欣的现实关照，也应该划入这个阶段。这一阶段基本从2004年开始持续到2008年《三体II·黑暗森林》完成。明显感觉到，这一阶段所创造的科幻世界，是人类社会的某种投射，人的社会性在这些作品里占了很大的比重。第一阶段纯科幻那种空灵的美感，第二阶段介入现实后那种悲悯的情怀，在这一阶段消失了，读完后没有了科幻那种飞翔。刘慈欣也在反思，认为这个趋势是不正确的，"科幻小说中的自然形象一旦被弱化，科幻文学便失去了灵魂，失去了存在的依据，变得与其他文学类型没有本质的区别"。（刘慈欣：《重归伊甸园——科幻创作十年回顾》。）

在写《重归伊甸园——科幻创作十年回顾》时，《三体III·死神永生》还未正式出版。在这部书中，刘慈欣试图重新找回大自然的形象。《三体III·死神永生》创作之初，没有太多考虑科幻圈之外的读者，而是肆意纵笔，将其写成了一部很纯的科幻小说，其间科幻的比例远远超过人的社会性的比例，技术的比例远远超过前两部。但这部书却取得了前所未有的成功，说明这条创作道路是正确的。我想刘慈欣重归伊甸园的愿望已经实现，经过否定之否定，已经不是第二阶段的重复，丰富性和坚定性已然不同。

研读刘慈欣十几年来的科幻创作，发现作为一名科幻作家，所走过的创作道路同主流的纯文学作家的同质性远超过差异性。同很多取得成就的纯文学小说家一样，到目前为止，刘慈欣的创作体系已经比较完整。这个体系通常由三部分组成，首先是创作大量的中短篇小说，这是基础；第二部分是文论、杂文，对科幻文学的发展和规律进行思考，增加文学的自觉性，这对创作道路走得深远是非常重要的；第三部分是长篇小说，经过最初几部的实践锻炼，最后创造出辉煌之作。如果说有什么不同，那么应该是科幻作家不可能一夜爆红。科学技术是一个积累的过程，科幻文学也是如此，不可能凭一篇构思奇异的作品突然站在舞台中央。

文学是想象力的世界。对于一个纯文学作家来说，他笔下的世界可能有一副世俗的面容，也可能是某种抽象和变形，无论怎样都不是现实世界的简单镜像，他创造的是一个属于自己的心灵世界。随着科技的发展，世界的神秘性已经渐退渐让，如果还有"神"存在，他早已脱离三界，归于广漠的宇宙。科幻文学可以突破地域限制，将地球作为自己的舞台，也可以借助科学的制动力，脱离地球引力，在无际的宇宙创造自己的世界。

早在2001年，刘慈欣就表达过："反观中国科幻，最大缺憾就是没有留下这样的想象世界，中国的科幻作者创造自己世界的欲望并不强，他们满足于在别人已经创造出来的世界中演绎自己的故事。"（刘慈欣：《球状闪电·后记》，四川科学技术出版社2004年版，第281页。）那时候，刘慈欣一定已经有了创造自己科幻世界的志向。经过十几年的创作实践，至《三体III·死神永生》完成，我想他的这个理想已经基本实现了。"可以说他在科幻田地里，是一个新世界的创造者——以对科学规律的推测和更改为情节动力，用不遗余力的细节描述，重构出完整的世界图像。"（宋明炜：《弹星者和面壁者——刘慈欣的科幻世界》，《上海文化》2011年第5期。）

元要素：准则？他者？细节

这一节，我们想要探讨的是刘慈欣构建科幻世界所用的元素、要素。

准则。在科幻世界里，现实世界遵从的法则失去效力，需要创造这个世界的运行规则。"塑造科幻形象的基础工作是世界设定，就是为小说中的想象世界确立一个基本的框架、规律和规则。"（刘慈欣：《超越自恋——科幻给文学的机会》，《山西文学》2009年第7期。）刘慈欣的科幻世界首先依从的准则是科学规律。

居里夫人说过"科学有种伟大的美"，这是任何有幸深入到科学内部的人所能感受到的。理论物理学领域，又在穷尽着人类的想象力，它的探索深刻地影响着哲学的基础和人类的世界观。如"不确定性原理"，在考验着"永恒真理"是否存在，连爱因斯坦都不愿接受，他坚信"上帝不掷骰子"。理论物理的最重要的两个分支，广义相对论和量子力学，一个指向广漠的宇宙，一个指向微观尽头，在刘慈欣这里反映的是"宏"与"微"。而迄今为止无法将二者统一而建立宇宙大统一模型，为科幻留下了无尽的想象空间。宇宙是一个广阔的舞台，适合用科幻的笔法尽情演绎传奇。

对宇宙终极真理的探索，是科学家们的人生信念。这一点在刘慈欣的短篇小说《朝闻道》中有着精彩的呈现。模拟宇宙大爆炸的实验被宇宙排险者封锁，面对一个不可知的宇宙，科学家们的人生变得毫无意义。为了一窥真理奥秘，他们纷纷走上真理祭坛，以生命为代价换取终极真理。在《三体》的开篇，很多理论物理学家纷纷自杀，也是因为类似的原因。

"科幻的世界设定需遵循科学规律，它是超现实的，但不能超自然。"（刘慈欣：《超越自恋——科幻给文学的机会》，《山西文学》2009年第7期。）刘慈欣笔下的科学规律，是在科学规律的基础上经过变造的，是经过缜密推演的，也是逻辑自洽的。科学规律只是科幻依赖的一部分，这一部分是大自然的，客观的。另一部分涉及人类的、社会的规则需要自行创立。科幻界目前最为成功的准则设定，是阿莫西夫在《我，机器人》中设立的"机器人三准则"，它已被人工智能领域所采用，产生了实质性的影响力。刘慈欣在自己的小说里，很早就体现出了这种创造"准则"的意识。在《朝闻道》

里，刘慈欣设立了"知识封闭准则"，封锁了低级文明探索宇宙终极真理的可能。《三体》中创建了"黑暗森林法则"，整个《三体》系列就是建立在"黑暗森林法则"上的一个世界。

他者。对于坚信平行宇宙存在的刘慈欣，并没有去直接创造外星文明的直观形象。那是《E·T》之类的科幻电影要做的。他在自己的科幻世界里，创造得最多的是宇宙的他者。除了"吞食者"有些像消逝的恐龙，视人类为"虫虫"，其他都没有具象的面容。"排险者"出自《朝闻道》。"思想者"没有特指，只是用来表明宇宙的模型很像大脑的信号传递，宇宙本身就是位思想者。"弹星者"出自《欢乐颂》，弹星者来到我们星系，以太阳为乐器，弹奏的乐曲以光速传遍所有时空。在《三体Ⅲ·死神永生》中，出现了"歌者"，是宇宙之神的侍者，唱着歌谣，做着宇宙的清理工作。还出现了"归零者"，也叫"重启者"，让宇宙坍缩成奇点，再重新大爆炸，把一切归零。科幻文学将人物形象拓展为族群形象，于是有了刘慈欣笔下的另一些以整体出现的他者，如上帝文明、星云文明、星舰文明、低温文明等。他者是更高一级的智慧文明，在他者眼里，宇宙是二维的，他者如神般俯视着整个宇宙。

细节。文学中最具艺术表现力的是细节。对于科幻文学，则产生了区别于传统文学的"宏细节"。"在这些宏细节中，科幻作家笔端轻摇而纵横十亿年时间和百亿光年的空间，使主流文学所囊括的世界和历史瞬间变成了宇宙中一粒微不足道的灰尘。"（刘慈欣：《从大海见一滴水——对科幻小说中某些传统文学要素的反思》，《科普文学》2011年第6期。）在《朝闻道》中这样的描述就是"宏细节"：

　　排险者露出那毫无特点的微笑说："这很难理解吗？当生命意识到宇宙奥秘的存在时，距它最终解开这个奥秘只有一步之遥了。"看到人们仍不明白，他接着说："比如地球生命，用了40多亿年时间才第一次意识到宇宙奥秘的存在，但那一时刻距你们建成爱因斯坦赤道只有不到40万年时间，而这一进程最关键的加速期只有不到500年时间。如果说那个原始人对宇宙的几分钟凝视是看到了一颗宝石，其后你们所谓的整个人类文明，不过是弯腰去拾它罢了。"

科幻小说的特点是人类作为一个"族群"出现，很少像传统文学那样突出个体的主人公，不以塑造文学形象为主旨。但刘慈欣是被冠以"新古典主义"科幻作家的，一方面是坚持以科学技术为基石的"硬科幻"风格，另一方面还结合了很多主流文学的表现手法，在塑造人物方面用了很多工夫，很多时候能深入到人物的内心深处，使得这些人物形象丰满。《三体》系列每部都有形象鲜明的人物，《三体II·黑暗森林》则突出塑造了一系列的"面壁者"，将这些人物的内心活动刻画得非常细微。书中第一个破壁人出现是这样描写的：

> 作为政治家的泰勒，一眼就看出这人属于社会上最可怜的那类人，他们的可怜之处不仅仅是物质上的，更多是精神上的卑微，就像果戈理笔下的那些小职员，虽然社会地位已经很低下，却仍然为保护住这种地位而忧心忡忡，一辈子在毫无创造性的繁杂琐事中心力交瘁，成天小心谨慎，做每一件事都怕出错，对每个人都怕惹得不高兴，更是不敢透过玻璃天花板向更高的社会阶层望上一眼。

从上面的两段引用中不难看出刘慈欣的文字风格。文学的细节都是通过语言抵达的，作家最后创造的世界无不依赖语言实现。不管是纯文学还是类型文学，语言的粗糙是难以创造经典之作的。刘慈欣的语言风格有着科技人员的简练、精准，同时不失文采。刘慈欣是可以直接阅读英文原著的，这点对于科幻创作尤为有益。想必英语的简洁增加了他文字的洗练程度。

中国当代短篇小说演变史（节选）

段崇轩

颁奖词：本书以中国当代60年的短篇小说创作为研究对象，对卷帙浩繁的短篇小说作品进行了认真系统科学的分析概括，揭示了中国当代短篇小说的演进规律，是一部具有史料性、学术性、现实性的力作，填补了当代文学短篇小说研究领域的一大空白。全书论述严谨，又不失活泼与灵气，恢宏大气，富有激情。

从"现代"到"当代"

1949年7月召开的全国"第一次文代会"，启动了"当代文学的伟大开端"。短篇小说同其他文学门类一样，走进了一个更广阔的社会环境和新异的历史时期。但追踪寻影，当代短篇小说的源头却始自20世纪40年代的革命解放区。它在40年代前后的十几年时间中，由小到大、由弱到强、坎坎坷坷，形成了一种独具特色的革命文学形态。"五四"新文学历经20年代到30年代的几度演变，在40年代的革命解放区"脱胎换骨"，在与革命文学的痛苦磨合、矛盾、改造中，渐渐融入了"大一统"的革命现实主义文学潮流中。应该说，解放区文学只是特定政治区域和战争状态下的文学，它的局限性是显而易见的，但在1949年之后却被奉为唯一的正宗文学，强行推广到全国，这就给它的发展带来了诸多困难和挑战。同时，树大根深的"五四"新文学传统，也依然对当代文学发生着深刻的、潜在的影响，致使革命文学的体制化建构步履维艰。短篇小说是一种最贴近政治、社会、文化和审美的特别文体，在它的兴起、流变和发展中，可谓气象万千、"刀光剑影"、风雨兼程……

1

"五四"新文学一路奔流，到40年代前后遭遇到了新时势和新问题。一是随着战局的变化，全国被分隔成几个区域，文学也须顺应时势做出应对。二是文学中的"左翼"力量，一直在致力"大众化"运动，面对全民族的抗战斗争，这一问题有待"破茧"。正如钱理群等指出的："文学史家通常便以不同的政治区域为文学分割命名，如国统区文学、解放区文学、上海'孤岛'文学和沦陷区文学等等。几个区域的文学都受战争环境（乱世）的影响，又都共同承接着'五四'以来新文学的传统，有着同属于'40年代文学'的共性的方面；但如果要比较具体地考察这一时期的文学发展历史，就必须注意到不同区域社会制度与政治文化背景直接影响和制约着文坛的状态，各个区域的文学面貌也有所不同。由于国统区在全国所占面积最大，拥有作家最多，而且有不同的流派倾向，文学思潮与创作都比较活跃，所以比起其他区域文学来，也更能代表'40年代文学'的主潮。然而在不同的战争阶段，文坛的变化巨大，呈现不同的基调与风貌。"（钱理群、温儒敏、吴福辉：《中国现代文学三十年》，北京大学出版社1998年版，第446页。）这就是说，40年代之际的中国文学，已"三分天下"，呈现出更加复杂多样的文学形态。国统区和沦陷区的文学依然延续着启蒙文学的主潮，而解放区文学则别开生面，创建了一种通俗化、大众化的革命文学，成为40年代之后中国文学的基本雏形和主要源流。40年代的中国文学，成就依然是卓著而丰硕的，短篇小说无疑是其中的重要方面。国统区进步的和革命的作家，积极关注和反映战争状态下的中国现实，暴露和讽刺社会生活中的腐败、黑暗现象。沙汀、张天翼、艾芜、钱锺书、许地山、师陀、汪曾祺、萧红、骆宾基等，创作了大批思想艺术俱佳的短篇小说。沦陷区的进步作家，则在追求一种现代的通俗小说模式，让文学真正走进市民读者群中。张爱玲、苏青、梅娘等，创作了一批雅俗共赏的短篇小说。这一时期的《在其香居茶馆里》（沙汀）、《华威先生》（张天翼）、《石青嫂子》（艾芜）、《纪念》（钱锺书）、《铁雨的鳃》（许地山）、《果园城》（师陀）、《鸡鸭名家》（汪曾祺）、《小城三月》（萧红）、《一九四四年的事件》（骆宾基）、《封锁》（张爱玲）等，成为现代短篇小说史上的经典篇章。

而在以陕甘宁边区为中心的革命根据地和解放区，则是别样的世界和风景。战争、革命、土改，翻天覆地。推广群众文艺、组织作家创作，如火如荼。但在思想文化领域内部，并非风和日丽。因为云集解放区投身革命的，既有现代知识分子，也有"左翼"作家，还有马克思主义理论家。他们在许多重大问题上，思想、观念并不一致。解放区在文化、文艺问题上的多次论争，盖出于这种阶层的不同和思想上的差异。李洁非、杨劼说："'救亡'更多是作为当着民族紧急关头文学所兴起的一种呼声，吸引了作家的注意力，而并未改变'五四'以来文学的基本性质；多数作家心中，仍然延续着'启蒙'的角色和意识。"（李洁非、杨劼：《解读延安》，当代中国出版社2010版，第224页。）正是在这样的背景下，为了统一知识分子、文艺家的思想认识，为了促使文学更好地为战争、革命以及工农兵服务，中共中央于1942年5月召开了为期21天的文艺工作座谈会，毛泽东发表了《在延安文艺座谈会上的讲话》（以下简称《讲话》）。毛泽东以党的最高领导人的身份，紧密结合文化和文艺中的众多现象和问题，回答和论述了革命文艺长期关注并亟待解决的一系列理论课题，是马克思主义文艺理论"中国化"的重要成果。在文学的社会属性上，《讲话》明确指出了它的"阶级性"，而"革命文艺是整个革命事业的一部分，是齿轮和螺丝钉"。在文学的服务对象上，《讲话》坚定地认为："我们的文学艺术都是为人民大众的，首先是为工农兵的。"在文学与生活的关系问题上，《讲话》鲜明提出："人民生活……是一切文学艺术取之不尽，用之不竭的唯一源泉"，作家"必须长期地无条件地全心全意地到工农兵群众中去"。在文艺批评问题上，《讲话》突出强调："文艺批评有两个标准，一个是政治标准，一个是艺术标准"，革命文艺"以政治标准放在第一位，以艺术标准放在第二位"。千锤打锣，一锤定音。毛泽东的《讲话》，在革命解放区复杂而多样的文化语境中，确立了一种权威的声音、至高的准则，强有力地推动了解放区革命文学的成长和发展。但毋庸讳言的是，《讲话》是毛泽东社会思想的重要组成部分，带有明显的激进化、理想化的"乌托邦"色彩，它所要解决的是战争环境中党领导文艺运动的指导思想、基本策略，具有历史的局限性和片面性。

革命解放区始终是把文学艺术当作政治的一部分来领导和创建的。1938年10月，鲁迅艺术学院成立，旨在培养大批的革命文艺家；1940年1月，陕甘宁边区文化协会第一次代表大会召开，选出了新的理事机构；之后一批文艺刊物应运而生，如《文艺战线》《中国文化》《大众文艺》《文艺月报》《谷雨》《诗刊》等。党报《解放日报》创办伊始，就设有文艺专版，经常推出短篇小说作品，既有名家新作，也有新人习作，对推进短篇小说的发展起了重要作用。

解放区作家基本有两种类型。一种是以本土作家赵树理为代表，他们土生土长在农村，接受过或长或短的学校教育，他们熟悉农村社会和各种农民乃至民间艺术，有着与普通农民共同的人生经历。当农村革命风起云涌，千千万万农民奋起斗争的时候，他们被深刻地震撼和感动了，自觉地拿起笔投入了创作。另一种是以外来作家丁玲、周立波为代表，他们接受过"五四"新文学的熏陶，有根深蒂固的启蒙意识，但在新的政治和文化环境中，他们努力改造自己，不断地"工农化"，不断地向大众艺术靠拢，写出了耳目一新的作品。但不管是哪一类作家，毛泽东的《讲话》是他们唯一的"圣经"。如果说赵树理等本土作家，与农村和农民有一种天然的感情，他们更容易理解《讲话》精神，写出吻合主流政治和大众需要的作品的话；那么丁玲、周立波等外来作家，则需要克服自己的知识分子观念，在思想和感情上经历痛苦转变，像《讲话》所说的全心全意深入到工农兵中去，才有可能写出政治和艺术合格的作品。

　　短篇小说是一种敏锐、便捷、精巧的文体，最容易受到文学界和各阶层读者的关注、喜爱。40年代的革命解放区，短篇小说得到了比其他文体更强劲的发展。先看本土作家的崛起。赵树理深感"五四"新文学同底层农民的隔膜之深，长期探索小说的通俗化、大众化。1943年创作了《小二黑结婚》《李有才板话》，一经发表，风靡解放区。之后又创作了《地板》《催粮差》《福贵》《传家宝》等一批土色土香的短篇小说杰作。被誉为解放区"文学创作上的一个重要收获，是毛泽东文艺思想在创作上实践的一个胜利"。（周扬：《周扬文论选》，人民文学出版社2009年版，第564页。）同样是本土作家的孙犁，却在黄土漫漫、硝烟弥漫的革命解放区，奉献出了闪耀着湖光山色的短篇小说精品：《荷花淀》《芦花荡》《嘱咐》《采蒲台》《山地回忆》等。他承传的是现代文学史上以废名、师陀、沈从文为代表的抒情文化小说的文脉，他给解放区文学平添了新的色彩、格调和写法。另一位本土作家柳青，中学时期就接受过大量"五四"新文学和西方小说的浸染，因此他一出手创作的作品，不仅有着浓郁的乡土特色，同时蕴涵着深厚的启蒙思想。这一时期他的短篇小说有《地雷》《土地的儿子》等。还有康濯（他不是北方人，但谙熟农村和农民）的《灾难的明天》《我的两家房东》，山西作家马烽《金宝娘》《村仇》，束为《红契》，孙谦《村东十亩地》等等，都是解放区短篇小说的优秀之作。

来自大城市的进步、革命作家，在短篇小说创作上也不甘示弱，以他们敏锐的思想和纯熟的艺术，创作了众多力作。丁玲的《我在霞村的时候》《在医院中》，不仅表现了解放区新的变化和生活，同时揭露了革命队伍内部的官僚主义作风和农民中的小生产者的思想习气，是两篇难得的佳作。周立波创作了回忆上海监狱生活的《麻雀》《第一夜》，还有表现解放区农村生活的《牛》等，显示了他深厚的外国文学修养和对民间艺术语言的自觉汲取。刘白羽既是一位随军记者，又是一位部队作家，他的短篇小说《政治委员》《战火纷飞》《无敌三勇士》等，表现了抗战和解放战争的艰难残酷，歌颂了战士和民众的勇敢、献身精神。他的作品与《讲话》精神是相通的，代表了20世纪年代革命战争题材文学所能达到的高度。

本土作家和外来作家，不同思想、内容和风格的短篇小说，共同构成了解放区文学的瑰丽景观。

但解放区的主流政治要求的是一种"大一统"的革命文学，对不同思想、格调的作品，采取了持续不断的批评乃至批判。40年代初，一些中央领导和八路军将领，就十分关注《解放日报》上的短篇小说，对一些作品很有意见，社长博古曾从中央驻地杨家岭带回过批评意见。被指名批评的作品有严文井《一个钉子》、朱寨《厂长追猪去了》、马加《间隔》等。（王培元：《延安鲁艺风云录》，广西师范大学出版社2004年版，第263页。）可见副刊作品的影响之大、各阶层读者对短篇小说的要求之高。1942年6月，《解放日报》发表文章，批评丁玲《在医院中》，"主题不明确"，"医院的描写过分黑暗"。作家"站在资产阶级知识分子的立场上"，"宣扬了个人主义"。同年7月，又是《解放日报》，展开了对陆地《落伍者》的讨论，批评方认为：这是一篇"不真实的作品"，"描绘出来了一个与旧式部队无大区别的八路军"，作者是从"变了质的立场之上"，对一个落伍的军人表现了"同情和亲切"。甚至对孙犁的《荷花淀》，1945年有评论家发表文章，认为"充满了小资产阶级情绪"，"缺少敌后艰苦战斗气氛"。在40年代的解放区文学中，这样的例子举不胜举。

解放区短篇小说是一种既竭力统一又充满矛盾的文学。毛泽东的《讲话》，在建设一种朴素、明朗、理想的工农兵文学的同时，却排斥、割裂了对现代启蒙文学的继承，并把文学的这种深层矛盾，带进了当代文学中。

2

全国第一次文代会上，有两个令人注目的"亮点"，就是代表解放区和国统区的两个报告。周扬是以胜利者的姿态报告解放区的文学工作的，列数了小说、诗歌、戏剧等多方面的辉煌成就，特别提到赵树理、康濯、刘白羽等的多篇短篇小说。他把解放区文学称为"新的人民文艺"，这一文艺形态是在《讲话》思想的指引下创造的。他指出："毛主席的《在延安文艺座谈会上的讲话》规定了新中国的文艺的方向，解放区文艺工作者自觉地坚决地实践了这个方向，并以自己的全部经验证明了这个方向的完全正确，深信除此之外再没有第二个方向了，如果有，那就是错误的方向。"（周扬：《周扬文论选》，人民文学出版社2009年版，第371页）这就把毛泽东在解放区的文艺讲话提升为指导全中国的文艺纲领，用工农兵文学、社会主义文学，取代了"五四"以来的多元化文学。茅盾代表国统区作的文学报告，虽然基调是"在种种不利条件下，我们打了胜仗"，"国统区文学运动还是有其显著成就的"。但他更着重反思了"存在着若干严重的缺点"，并从理论上检讨了"人道主义""个人主义""小资产阶级的思想观点""欧美资产阶级文艺的传统"等对国统区文学的负面影响，同时对"文艺大众化"、"政治与艺术"、作家的"主观"性同立场、观点的关系等问题，表达了对毛泽东文艺思想的臣服和认同。他声称："但是无论如何，因为有了毛泽东的'文艺讲话'，有了解放区的文艺运动的范例，国统区内的文艺思想也就渐渐地有了向前进行的正确的轨迹了。"（茅盾：《在反动派压迫下斗争和发展的革命文艺》，引自陈思和主编：《中国当代文学60年》卷一，上海大学出版社2010年版，第11页。）茅盾的报告不仅是对40年代国统区文艺的总结，也是对整个现代文学的反思和检讨，是对启蒙文学的扬弃。表达的是主流政治的思想观点。他知道国统区文学已成为"陈迹"，与周扬所称的"新的人民文艺"是不能相容的，与毛泽东的《讲话》精神是格格不入的。国统区的作家必须以新的姿态走进新的社会、创造出新的文艺。茅盾的报告对"五四"新文学有釜底抽薪的意味。

中华人民共和国成立之后，毛泽东和执政党以解放区文学运动为经验，加快了"一体化"文学体制和机制的建构。中国文联正式成立之后，又相继成立了中华全国文学工作者协会（后改名为中国作家协会）等七个协会，1953年中国作协升格为与中国文联并列的部级机构。文联作协的机关报刊《文艺报》《人民文学》迅速创办。在《人民文学》创刊号中，短篇小说是重要栏目，所占篇幅最多，发表了刘白羽、康濯、马烽的三篇作品。一篇革命战争题材，两篇农村生活题材。之后，全国各省市作协也纷纷创办刊物，与《人民文学》模式大同小异，短篇小说栏目是其中的重中之重。全国各省市作协以及报刊社，都把促进短篇小说的发展和繁荣作为重要"任务"。召开短篇小说研讨会，讨论、推荐短篇小说作品，发表短篇小说研究文章，是经常性的、持续不断的文学活动和举措。

短篇小说是作家特别是青年作家走上创作道路的重要阶梯，同时也是激发整个文学创新的"点火器"。因此五六十年代的众多作家和评论家，都热衷探讨短篇小说艺术。作家周立波、赵树理、艾芜、杜鹏程、王愿坚、茹志鹃等，评论家孙楷第、唐弢、魏金枝、侯金镜等，都曾发表过精辟的短篇小说研究文章。特别是茅盾，集短篇小说家、文学研究者和文坛领导人为一身，对短篇小说的创作和理论给予了高度重视，发表过一批专门文章。通过探讨规律、解读名家、年度述评、剖析新作、指点新人等方式，有力而有效地促进了短篇小说的健康发展。尽管当时的文学创作有许多清规戒律，但他凭借自己的深厚学养和对艺术的谙熟，在短篇小说的艺术特性、人物塑造、结构安排、语言运用、风格追求等问题上，发表了卓然不群的思想见解，对维护短篇小说的艺术品格，抵制激进文艺思想的横行，发挥了无可替代的重要作用。

一个时代的文学需要一个时代的作家。特别是中国走进全新的社会主义时代，更需要一批新的作家去描绘、去歌颂。在作家队伍的重组、更替、扶持上，执政党及文学体制做了细致艰苦的工作。1949年之后的作家队伍，实际是由三部分人构成的。一是来自解放区的进步、革命作家，本土的革命作家如赵树理、柳青、孙犁、康濯、马烽等，成为这一时期创作的中坚力量，居于中心位置，尽管其中的个别作家在以后遇到了一些挫折。外来的进步作家，有的成为主流作家如刘白羽、周立波、杨朔等，有的则不再能适应新的时代从事创作，如丁玲等。二是来自国统区的大批进步作家，这一部分的情况尤为复杂。从短篇小说文体看，茅盾、巴金、沙汀、艾芜、张天翼、沈从文、路翎、师陀等，三四十年代均有著名作品。中华人民共和国成立后也在努力学习、追赶时代，有的写出了新作，但却难以超越过去；有的做了文学部门的领导，甘做人梯，不再创作。他们难以丢弃深入血液的"五四"启蒙思想，难以写出充分体现"新方向"的作品，文学体制已把他们划到"边缘区"。从整体而言，他们中的大多数，在中华人民共和国成立后已结束了艺术生命。三是中华人民共和国成立后迅速成长起来的青年作家，50年代轰轰烈烈的社会主义革命和建设，激发了众多文学青年的创作热情，一批青年作家脱颖而出，以短篇小说闻名的作家有刘绍棠、李準、王汶石、峻青、王愿坚、茹志鹃、胡万春、浩然等。他们更多地继承了解放区作家的创作思想和方法，对新时代的火热生活有着更深切的感受和认知，作品更吻合社会主义现实主义主潮，因此被文坛视为新生力量，进入中心作家的行列。

建设社会主义文学，必须有一批"又红又专"的工农兵作家，而不能依靠知识分子作家，这是当时的共识。正如周扬所说："正确地帮助和指导工农群众创作，发现和培养工农作家、艺术家，是我们文学艺术方面的最重要的任务之一。"（周扬：《周扬文论选》，人民文学出版社2009年版，第415页。）为了快速有效地培养青年作家、特别是工农兵作家，1951年国家成立了中央文学研究所，后改名为：文学讲学所、鲁迅文学院，培养了一批又一批青年作家，遍布全国的各行各业。后来人们戏称其为中国作协的"黄埔军校"。同时，中国作协和各省市作协，建立了专业作家体制，专门吸纳有突出成就的作家特别是工农作家，进入文学体制，成为专业人才。这是具有中国特色的文学体制才会有的设计和措施。

3

当代文学史家洪子诚指出："相对而言，在题材的处理上，当代长篇小说侧重于表现'历史'，表现'逝去的日子'，而短篇则更多关注'现实'，关注行进中的情境和事态。当代政治、经济生活的状况，社会意识的变动，文学思潮的起伏等，在短篇中留下更清晰的印痕。但受制于社会政治和艺术风尚的拘囿，比较长篇，它在思想艺术上受到的损害也更严重。"（洪子诚：《中国当代文学史》，北京大学出版社1999年版，第87页。）小说家族是由短篇、中篇、长篇构成的。但由于它们特性的不同，因此承担的社会"使命"也不同，所以命运遭际也迥然有别。"十七年"时期，中篇小说是欠发达文体，人们关注的只是短篇和长篇小说。短篇小说是文学的"前卫"，它在20世纪50年代初中期率先活跃、发展起来；经过数年的探索、积累，然后才有了长篇小说——"后卫"——在50年代中后期到60年代的跟进、发达。短篇虽小，但"半两拨千斤"，它对整个小说创作的影响是深刻而广大的。

毛泽东的"乌托邦"文学构想，包含着两种既对立又统一的元素，一个是"破坏"，一个是"建设"，二者轮流运作、相辅相成。他说："我们不但善于破坏一个旧世界，我们还将善于建设一个新世界。"（毛泽东：《在中国共产党第七届中央委员会第二次全体会议上的讲话》，《毛泽东选集》，人民出版社1964年版，第1329页。）他把这种"破坏""建设"哲学也充分运用到了文学事业中。建设一种朴素的、全新的、理想的社会主义文学，破坏那种暗淡的、古旧的、异质的"封资修"文学，始终贯穿在五六十年代的文学中。短篇小说在这一历史时期首当其冲。

客观地讲，建构社会主义文学有其历史原因和合理内涵。在"一穷二白"的基础上建立一个新型国家，文学作为鼓舞和教育广大民众的重要"武器"，它自然应该是明朗的、理想的，也应该是通俗的、民族的。问题在于，政治意识形态把解放区文学的思想和模式全盘照搬，并把它扩大化、绝对化，就把文学推向了危险的"独木桥"。五六十年代卓绝的文学建设，主要表现在如下几个方面。

一是要求文学特别是短篇小说，努力表现社会主义时代的本质规律和光明面，以先进的思想和乐观主义精神团结、鼓舞民众。当时的作家，不管是来自解放区还是国统区，都虔诚地相信苏联模式的社会主义制度，憧憬着更美好的理想，在创作上努力学习社会主义现实主义，创作了一大批鲜活刚健的短篇小说佳作。如孙犁《正月》、秦兆阳《农村散记》、沙汀《卢家秀》、周立波《山那面人家》、刘绍棠《大青骡子》、浩然《彩霞》、刘真《春大姐》等，都真诚地表现了国家的巨变、农村的新貌，普通民众身上焕发出来的新道德新风尚等等。二是要求作家深刻揭示出现实生活中两个阶级、两条路线的斗争，不论长篇小说还是短篇小说都是如此。50年代，这种斗争是一种客观存在。如马烽《村仇》、李准《不能走那条路》、束为《老长工》等，反映农村社会主义运动中地主阶级的捣乱、个人发家与集体道路的冲突、地主与长工关系的戏剧性变化等等，都写出了生活的真实和严峻，在艺术上也达到了一定高度。但60年代之后，在阶级斗争基本消失的社会背景下，依然强令作家写充满斗争硝烟的作品，就是一种违背现实、强暴艺术的极"左"行为了。三是要求作家塑造社会主义先进人物和英雄形象，且身份须是工农兵。如杜鹏程《延安人》中工程处主任黑成威和小黑妈，峻青《老水牛爷爷》里老农民老水牛，焦祖尧《时间》中老工人季艾水，马烽《我的第一个上级》里的水利局长老田，李凖《耕云记》中的气象员萧淑英等等，都是思想高尚、事迹感人、性格鲜明的工农兵形象。但这样的形象后来逐渐走向了概念化、雷同化。四是要求作家取法民间文艺和传统文学，努力创造人民群众喜闻乐见的民族形式和中国风格。在建构国家文学的初期，这一要求有其合理性。譬如赵树理、康濯、马烽等的短篇小说，更注重故事的完整曲折和农民语言的创造性运用；譬如周立波、沙汀、方纪等的短篇小说，更倾心人物形象的刻画和情节结构的创新。在叙事语言上，众多作家都在追求一种朴实、凝练、刚健的时代格调和韵味。在当时"一体化"的文学思想规约下，竟产生了姿态纷呈的艺术形式和语言风格，这不能不说是一个奇迹。

"建设"是艰难的，"破坏"是无情的。前者是为树立"样板"，后者是为扼杀"异端"。短篇小说是五六十年代的"重灾区"。被批判的作品，大多出自抱有启蒙思想的知识分子作家之手，少数源于被倚重的主流作家手笔。被批判的作品主要有三种类型。一种是直面现实，揭露了社会问题和黑暗现象的作品。如萧平《除夕》、丛维熙《并不愉快的故事》、赵树理《"锻炼锻炼"》、李国文《改选》、王蒙《组织部新来的青年人》等等，这些作品敏锐地表现了农业社经济的艰难、人心的涣散、干群的矛盾，国有工厂工人同领导的冲突，组织部门的官僚主义倾向等等，显示了作家的思想洞察力和社会忧患感，对于克服当时的极"左"路线和思想是有积极意义的，但却受到了主流话语的尖锐批判，什么："暴露社会阴暗面"，"歪曲和污蔑""农村现实"，把党的工作"描写成一片黑暗、庸俗的景象"……将这些作品一棍子打死。第二种是表现人的正常人情、人性和爱情生活的作品。人的精神情感生活，本来是文学的一个永久主题，但在五六十年代成为一个危险的"雷区"，稍有不慎就会"踩爆"。如萧也牧《我们夫妇之间》、路翎《洼地上的"战役"》、方纪《来访者》、刘真《英雄的乐章》等，均表现的是不同时期的人物正常、美好的人情、人性，青年男女之间复杂、微妙的爱情、婚姻生活。但却遭到了评论家严厉的批判，指责为：作者在"玩弄人民""提倡一种新的低级趣味"；把"正义的战争"同志愿军的"理想和幸福"做了"对立"描写；"作品中的人物，灵魂里充满了浓厚的资产阶级的没落、颓废情绪"；最通用的判词是："作者站在资产阶级立场上"，"企图改造世界、改造党"。第三种是塑造多样化人物的作品。毛泽东《讲话》强调描写工农兵人物，并没有限制写其他人物。但激进的理论家们演变成了作品主人公必须是完美的工农兵形象，其他人物只能是配角或是反面人物，以致最终发展成一套"三突出"创作原则。如秦兆阳《改造》刻画的是一位土地主形象，陆文夫《小巷深处》描写的是一个妓女的改造经历，西戎《赖大嫂》塑造的是一个泼妇式的农村女性，这些作品无一例外地受到了严厉批判。评论家会质问：难道生活中只有这样的人物吗？塑造这样的形象目的何在？这种批评和批判愈演愈烈。1957年反右运动中，姚文元在《人民文学》发表长文《文学上的修正主义思潮和创作倾向》，一口气列举了同年发表的七位作家的九篇短篇小说，有刘绍棠《田野落霞》、刘宾雁《本报内部消息》、丰村《一个离婚案件》、宗璞《红豆》、陈登科《爱》等等，认为这是国际国内的修正主义思潮在文学创作上的顽强表现，必须坚决斗争、彻底扫除。由此可见这一时期，激进和极"左"的文化思潮的横行无阻，短篇小说生存与发展的艰难。

当代短篇小说直接延续和发展了40年代解放区的文学传统，同时形成了自己的风貌和特色，它比此前更加精湛、规范、成熟了。创造了一个独具特色而又硕果累累的鼎盛时期。但它的缺陷和问题也是严重的。它突出了社会主义文学特征，却丢弃了"五四"的精英文学传统；它强调了民间的民族的艺术形式的继承，却排斥了对西方现代文学方法和手法的借鉴。它越来越激进化、政治化，最终沦落为一种"极左"政治的工具，它的衰败也就是必然的了。

清欢中的悲悯与忧伤（节选）

马明高

> **颁奖词**：这部评论集分为"说""观""思""想"四部分，视野开阔，有的放矢；既关注把握全国乃至世界文学思潮及创作趋向，又直面基层创作者所关注的社会生活、观念变化以及人性关怀；还有对文学现象的宏观分析与研究，具有独到的思想见识与批判价值。

就差库切般的彻心彻骨的痛苦与忧伤
——宁肯《三个三重奏》与库切《凶年纪事》比较谈

1

说实话，我很喜欢宁肯的《三个三重奏》。阅读过程中的那种智力上的满足和心情上的快感也是很少有的。我同意徐勇先生的判断，"相对此前的小说创作，这篇新作《三个三重奏》在宁肯的创作历程中可以说是一个标志或者说是一个'事件'"。其实，不仅相对以宁肯以前的小说创作，而且就是无论相对于《收获》杂志这两年来刊发的长篇小说，还是相对于这几年来中国的长篇小说创作，《三个三重奏》都可以说是"一个标志"或者说是"一个事件"。

从保罗·奥斯特《神谕之夜》中的"注释"中获得灵感，进而结合"元小说"的理论，使"注释"成为小说重要的"文本方式"，成为《三个三重奏》的"三重奏"之一，就是长篇小说结构上的一大创新。从而使这部长篇小说成为三个复调式的写作线索：一是杜远方的当下逃难生活叙写，杜远方隐居在李家，与李敏芬、云云的生活；二是居廷泽面对谭一爻和巽等人的回忆，居廷泽与李离、杜远方的故事；三是作家的"序曲"和"注释"故事，作家的生活与人生态度。这三条写作主线的贯穿使这部小说成为三个三重奏。一是杜远方、敏芬和云云的三重奏；二是杜远方、李离和居廷泽的三重奏；三是居廷泽、谭一爻和巽的三重奏。其实还有李敏芬与杜远方、黄子夫的三重奏。真的，这是一部比较成熟、比较好看的现代小说。比起《蒙面之城》《环形山》《天·藏》和《沉默之门》要成熟得多，也好看得多。正如作家所说，是一部"把小说从内部打开"的长篇小说，而且这种"恣意腾挪"的打开，不是"混乱、胡闹"的打开，"而是合理而有秩序的"打开。

2

打破现有故事文本叙述，重新按照生活的样子，把故事梳理一下，是这样的：杜远方是中国20世纪八九十年代企业家的典型代表。1983年这个当了二十多年右派的他，作为一个小酒厂的负责人，审时度势，把一个无名的"九里香"酒和八竿子打不着边的河北蔚县新发掘出来的泥封上有"兰陵美酒"的陶制酒坛勾搭在一起，打造成了举世瞩目的"兰陵王"公司。李离可以说是一个孤儿，父母中华人民共和国成立前夕逃往台湾，把刚刚出生的她托付给了留在大陆的叔叔，长大后成了酒厂一位普普通通的女工。而正是杜远方"在千篇一律中一眼就挑出了李离"，把她逐步打造成了气质高雅而独特的财务处长，并且成为他的情人。1988年，历史系大学生居廷泽慕名投奔杜远方，来兰陵王公司实习，却疯狂地爱上了李离。但正合杜意，让他们都有愧于他，被他所用。但居却为了实现和李离的爱情，拒绝杜对他的仕途安排，考上了经济学的研究生。但几年后的90年代，落魄的居通过李离再次投奔杜，通过杜的运筹居步入政坛，成为省委书记的秘书。杜通过居的周旋，套取国家外汇，成为中国最具特色的"官商腐败"。居被逮捕审讯。杜远方逃亡隐居于女教师李敏芬家。敏芬离异，女儿云云在外地上大学，一直被学校校长黄子夫性骚扰。杜让敏芳获得了人生的"第二春"，情意绵绵。放假后，云云回家，让杜获得了从未有过的温情。三口之家春节期间的美好生活，使杜和云云、敏芬感受到生活是如此的浪漫和幸福。但"在完美的罪行中，完美的本身就是罪行"。云云已预感到杜的不一般，把杜所赠金钱与财物告知母亲所放之地，表示不愿接受。敏芬知道了杜的过去，要让他离开李家。后来，敏芬遭遇了黄子夫的强奸，悲愤中听到了杜的电话，杜兴奋地迎接如约而至的敏芬，却在两人深情拥抱之际，远远地看见了警车。在一片厂房深处，一切皆白的秘密审讯室里，居廷泽与身患绝症的谭一爻的角斗惊心动魄，最终居在谭死之前说出了一切。待杜和居伏法后，谭一爻这个不喜欢宗教的法学大家却选择了佛教的圆寂理论，"诸德圆满，诸恶寂灭，灵魂离开，躯体获得了新生"。2003年，"我"与在看守所的杜、居成为好朋友，听了他们的故事，终于写成了这篇小说。

这部小说写得丰饶而绚丽，醇厚而甘美。杜远方、居廷泽、李离、云云，这几个人物都塑造得生动形象，有呼之欲出之感。就是黄子夫、谭一爻这两个人物着墨不多，黄的猥琐、偏狭和执着也让人过目不忘。谭虽相对单一，除了与居廷泽几轮对峙，整体游离于故事之外，但他"坐缸""圆寂"的"殉道"之笔十分独特。更重要的是，他与居廷泽一起成为经过20世纪90年代以来欲望化的知识分子的两种不同的精神样本。云云，这个"90后"的聪明、活泼、浪漫和自尊自爱，也是让人眼前一亮。李敏芬和李离是这部小说中写得非常丰满的两个中年女性。敏芬的矜持和渴望，以及与杜同居后的骄傲和恐惧，被男性情感打开后中年妇女那种的滋润与惊慌，都写得细腻而生动。作为杜的情人、80年代的李离，和后来的敏芬太相像了，都是40岁的样子，面对具有征服欲的杜的魅力、身体和情感的渴望和纠缠，无不含有被权力的征服。杜与李离的情人关系，包含着父辈乱伦和权欲种种关系的因素。而李离与居廷泽的偷情、性爱也是极其复杂的，既有爱情的成分，又有母与子的因素，还有嫉妒、占有的欲望和被凌辱的痛苦，非常生动而丰饶。可以说，杜和居与李离之间的性爱故事，正是一幕包含爱情与欲望、爱情与理想、政治与时代、权力与僭越、僭越与成长等等因素的人性活剧。

小说中着墨较多的人物是杜远方和居廷泽，但我认为人物形象塑造最成功，给人印象最深刻的是居廷泽。居廷泽作为知识分子的形象，他与谭一爻形成了一个鲜明的对比。居廷泽对李离的追求、偷情和性爱，居廷泽对杜远方的向往，不从以及落魄后的屈从，特别是他再次投身杜远方，意味着宣布他可以接受现实生活中权力、政治和财富运行的一切游戏规则，以及杜与李离对他人格尊严的凌辱。从一个充满理想与浪漫的知识青年到屈从权力游戏规则的犬儒主义的代表人物，这无疑是中国长篇小说中少有的21世纪典型的知识分子形象，这肯定是一个非常生动形象而又思想深刻的"这一个"。

相反，作家着力最多的杜远方，却不是很成功的人物形象。我觉得，作家对这个人物在思想内涵的把握上，多少有些轻浮而油滑。小说用大量的篇幅叙写了杜远方、李敏芬和云云春节前后三口之家幸福而美满的生活。这种生活很让包含作家在内的人们都很羡慕。尽管这一段美好生活有点"回光返照"的意味，是一个在逃罪犯最后的浪漫生活。问题就在这里，我们从这种细腻而生动的叙写中，更多看到的是一种炫耀和展示，是对一种世俗中成功人士美满生活的炫耀和展示，一点也看不出有回望中的喟叹与遗憾，看不出一丝一毫的忏悔和怀疑。尽管杜远方的"老伴对他在外面和女人的关系早就绝望"，两个在国外的"儿子对他在这方面开罪母亲也不满"，大儿子"在美国一稳住脚早早就把母亲接了去"。杜与他们的关系早就是钱多少的关系了，但已走到人生绝境的 70 岁的杜远方，在这梦幻一般的生活中，难道就没有一丝一缕对家庭对老伴对子女的愧疚和悔恨吗？难道就一点也没有对自己的悔恨吗？没有一点对这种人生的怀疑吗？杜远方展现给我们的是一个"成功"的、有魅力的、有教养的、会生活的男人的形象。这是中国人世俗中向往而羡慕的成功男人的生活，只不过是它因为"腐败"而最后落马了。我觉得，大多数世俗中的人有这种心态和想法是可以谅解的，但作家在塑造这个人物时丝毫没有一点忏悔、怀疑、愧疚的人性喟叹，这就的确有些轻率，虚浮和油滑了。这就大大减弱了这部长篇小说的思想深度和精神含量。

3

　　库切的《凶年纪事》也是一部"三重奏"的复调式的长篇小说。小说在每一页排版的形式上就明显地分了上、中、下三个栏，从始至终同时进行。上栏是老作家"C 先生"撰写的《危言》和《随札》，是作家应邀给出版社写的一本书的主要内容；中栏是用老作家 C 先生的视角写的，他很喜欢的一位少妇，被他聘请打字整理这部书过程中的故事；下栏就是这位叫他安雅的少妇与她同居的男友艾伦之间的故事。是以安雅的视角写的。《凶年纪事》与《三个三重奏》还有一个相似的地方就是人物关系的相似。宁肯的《三个三重奏》，杜远方 70 岁，李敏芬 42 岁，李离比杜小 15 岁，80 年代也就是 40 岁左右；居延泽比李离小 15 岁，80 年代也就是 25 岁的样子。库切的《凶年纪事》，C 先生 72 岁，安雅 29 岁，艾伦 42 岁，也构成了人生情感性欲不同的三个阶梯年龄段。

　　《凶年纪事》和库切的其他小说一样，没有宏大叙事，故事情节也很简单。老作家 C 先生应出版社约稿，正在写一部名叫《危言》的书。这是一部涉及国家、人权、政党、恐怖主义，人与自然等等话题的 50 多篇政治随笔。在这一部书稿中充满了作家对表面光鲜而内部危机的现实生活的质疑，充满了对这个世界和时代的反省与拷问。一天 C 先生在塔房看见了活泼、甜美的安雅，"我打量着她，心里滋生一种痛感，一种形而上的痛感，爬遍我全身，让人无法自已"。他决定聘用她帮助自己打印整理书稿。这一部分的叙事有些惝恍悱恻的意味。C 先生在安雅身上找回了生命的爱欲，抑或自己内心产生耻感，迷离之中欲说还休。安雅对他写的这些言论不感兴趣，觉得他对这个世界有一种天真的了解，也可能是想通过聘用自己实现对她的"绮念"，当然这是一种"理想的爱，诗意的爱，而不是性欲层面上的"。于是她建议他不要写这些"政治的宏词阔论"，应该写些身边的、有人性意趣的小故事。C 先生采纳她的建议写了第二部分叫《随札》的稿子，情感的东西多了，文章也变得优雅而好看了。一次，两人在工作中探讨到"耻辱"的问题，发生了分歧。C 先生认为耻辱一旦降临到了你的身上，它就像泡泡糖一样沾在了你的身上，你想摆脱都摆脱不掉。安雅却认为他的这种看法是老观念，"新的观念是只要不是你的错儿，只要你不必为此负责，耻辱就不会落到你身上。"她还以自己亲身经历的事例来说明，没有想到 C 先生的一步步质疑，竟然点到安雅的痛处，让她突然真切地感到"耻辱不会被洗去，不会被冲刷掉，还是用它原来的那股劲儿沾在那儿"。安雅难堪而大怒，决定不再为他打字了。C 先生通过写信求情，安雅又为他打字了。与她同居的男友艾伦，却认为 C 先生雇用安雅是有所企图的，是在通过她打他的文稿，实现他的"淫念""猥亵之念"，并且十分反感 C 先生。他利用安雅替 C 先生工作之便，在她送去的光盘上塞入了一个木马程序，借此掌握他电脑里的所有秘密，还想暗自挪用老作家银行账户上的 300 万美元去投资股市，这样他们挣回 100 万美元。但安雅坚决反对。这事儿没干成，艾伦对安雅怀恨在心。一天，C 先生想请安雅和艾伦一起吃饭，安雅觉得内疚不想去，而艾伦却非要去不可，而且还在吃饭中发飙，他不光对老作家心怀醋意，而且对安雅的搅局也窝了一肚子火，差点把自己隐名大盗的勾当也全部说出来。安雅一气之下离开了艾伦。她离开了这个城市，心里却一直惦记着C先生，电话里拜托邻居留意老作家的状况，在他弥留之际她一定会出现在他身边，"也许在温暖的春夜，我也听到他低吟的爱情歌曲，从电梯井里传上来。他和那只大黑背钟鹊，'忧郁先生'和'黑背钟鹊先生'情爱与悲苦的二重唱"。

故事简单但主题却是宏大而深刻的，小说依旧贯穿着库切小说一贯的主题：耻辱感。同时还有他经常涉及的一个受世人忽略的，而且是常人难以启齿的主题：老人与性。老年男人对性爱生活的向往与困惑，暧昧的冲动、迟疑的压抑。依然涉及的是权力问题。宁肯的《三个三重奏》说的是政治与财富的权力，而库切的《凶年纪事》等小说探讨的是年龄与青春的权力。其实，任何人在一起都有一定的权力关系，而任何一种权力关系都不会是真正平等的。难道仅仅是年轻人就拥有性爱的权力吗？老年人就不能拥有对性爱的追求吗？小说中处处充满着这样的怀疑与诘问。那些《危言》中对国家的起源、恐怖主义，人权等关乎人类与世界大事的思考与怀疑就不多说了，就是那些很有情趣的《随札》中也充满着很多不被人关注的深邃思考。《公众情绪》提出的脱俗的境界究竟在多大程度上能够撇开世俗的喜乐悲哀？《说厌倦》谈到的"犬儒主义"的话题，其实，也正是《三个三重奏》中所展示的东西。杜远方无疑是奉行手里有钱，所以随心所欲，不讲道德，自称是有现代观念的"性情中人"的纵欲型的"颓废犬儒主义"；居延泽则是典型的"权力犬儒主义"和"智识犬儒主义"。《写作生涯》中谈到的文学应该永远关注"应该怎么生活"，怎么样才能生活得更好等抓住人灵魂的问题。还有第二部分以C先生视角写的和第三部分以安雅视角写的迷离而又丰赡，惝恍而又悱恻的"二重奏"和"三重奏"，都处处充满着怀疑、忏悔和痛切。《凶年纪事》总是不完全受制于人物的约束、人物心理和欲望的因果演绎，而更多的是以某个多难的情境出发，专注于肉体的尴尬、受苦和救赎。那些孤独而密集的思考言说，时时处处逡巡于肉身化的语词边缘，充满着真切而深刻的反省与质疑。所以，库切的小说尽管写得干硬峻切，但充满着令人彻心彻骨的痛苦和忧伤。在冷峻的语句中间，不时地可以读出作家作为一个人文知识分子的眼泪、悲愤和沉痛。他的这种低调、深思的写作，总是不轻易放过生活与人性中的任何一个值得勘探的瞬间与缝隙。即便是一个普通而简单的故事，他都会引出宏大叙事的思想力度，他会把那些琐琐碎碎的人性与生活的点滴扯向哲学，经过他的反复拆解，引发出那么多的各种意向的反诘，让他的小说处处充满着理性的思辨的意味，让那些闲言碎语瞬间缝隙不经意间变得十分有力。这的确是库切的独门暗器，也是他最高明的过人之处。

4

《凶年纪事》告诉我们，库切小说干硬峻切的小说面目下面，有着细腻而锋利的现实分割和人性深思。而这些深思，始终表达着对悲剧的升华力量和写实的可靠性质的潜在怀疑。他的怀疑总是穿透现实的表象，直抵人性与世界的本质，给人一种通达黑暗隧道尽头令人目眩的风景般的光源感觉。而这恰恰是我们中国的长篇小说所缺乏的。

也许，库切在他的文学评论集《异乡人的国度》中，对数次被提名为诺贝尔文学奖候选人的荷兰作家齐斯·努特布姆说的一段话，对我们中国作家也同样具有启迪作用。现抄录如下：

努特布姆和作为化身的那些故事叙述人让人觉得，他们在这世上活得太舒服了，因此不会感到任何真正的痛苦。而这……恰好是作为作家的努特布姆的不幸所在：他太聪明、太过世故、太过文雅，不可能整个身心都投入到营造现实主义的伟业中去，也不会因为自己被排除在这刻骨铭心的想象之外而感到半点痛苦。因此，要让他写出苦难的悲剧，也就根本无从谈起。